穿越湖山

姚樟树　江琦军——主编

中国出版集团
现代出版社

图书在版编目(CIP)数据

穿越湖山 / 姚樟树，江琦军主编．－－北京：现代出版社，2022.11

ISBN 978－7－5143－9983－7

Ⅰ.①穿… Ⅱ.①姚… ②江… Ⅲ.①报告文学－中国－当代 Ⅳ.①I25

中国版本图书馆 CIP 数据核字(2022)第 212897 号

穿越湖山

主　　编	姚樟树　江琦军
责任编辑	杨学庆
出版发行	现代出版社
通讯地址	北京安定门外安华里 504 号
邮政编码	100011
电　　话	010—64267325　010—64245264(兼传真)
网　　址	www.1980xd.com
印　　刷	北京荣泰印刷有限公司
开　　本	710 毫米×1000 毫米　1/16
印　　张	16.75
字　　数	210 千字
版　　次	2022 年 11 月第 1 版　2022 年 11 月第 1 次印刷
书　　号	ISBN 978－7－5143－9983－7
定　　价	76.00 元

《穿越湖山》编辑部

主　　编：姚樟树　江琦军

副 主 编：刘　政　吴俊彪

编　　委：胡慧敏　王婉芬

设　　计：方家明

千岛通途　摄影/赵雄军

目录

CONTENTS

渔归　摄影/程海波

碧水青山漾轻舟　摄影/吴宗其

上江埠大桥

文｜一 酸

工程简介

环湖公路上江埠大桥及接线工程，是浙江省政府2008年重点建设项目之一，2008年9月9日开工建设，2011年6月29日建成通车，起点位于淳杨线12k+600，终点设在跨越港里航道与淳杨线相接，按二级公路标准建设，设计速度60千米/小时，路基宽10米，路面宽7米，路线全长6.69千米，总投资5.16亿元。其中，特大桥（上江埠大桥）长1278米，大桥（界牌桥和港口桥）长854米，桥面宽15米；隧道3座，总长1.045千米。

使 命

2011年6月29日13时30分，一声汽笛长鸣，上江埠最后一班汽车渡轮[1]（以下简称汽渡）缓缓驶离上江埠汽渡码头，它没有载走一辆过往的车辆，只载走了自己的历史使命。长鸣的汽笛，情绪复杂，有不舍，有喜悦。

不舍的是自己将退出历史的舞台，一艘汽渡船已载不动滚滚向前的发展步伐。喜悦的是，半个小时后，上江埠大桥正式通车，淳安人的交通将翻开全新的一页，迎来24小时全天候交通历史。

桥梁和汽渡在汽笛长鸣声中完成了使命交接。

上江埠大桥建成通车，标志着45万淳安人的环湖交通梦，终于在半个多世纪后实现。意义十分重大，这是新安江水库形成后，淳安县境内各乡镇真正实现陆路全天候通勤。这个简单的愿望，因为千岛湖，淳安人等了50多年。

50多年有人从懵懂少年变成了白发老人。有些人因为交通的不便，只能隔湖相望，那些美好的青春都消散在这一波渺茫的湖水之中。有些病人因为水路阻隔，只能在对岸静等死神降临。亲人们痛哭，那撕心裂肺的心底呐喊：路啊，你何时能通？

淳安交通人一直在努力，从12千米的断头路，迫不得已选择水上交通。从赶船到慢慢地回到陆路交通，最终让公路环湖成环，县域成网。50多年以来，一代又一代的淳安交通人，在资金、技术、人才都紧缺的条件下，就靠着蚂蚁啃骨头的精神，一千米一千米，一段一段地，慢慢改善淳安的交通。从盘山公路，七转八弯中积累经验，再试着遇水架桥，逢山开隧道，摸着石头过河，一路走来，从不言放弃，用辛勤工作改善淳安的陆路交通，为淳安人民交上了一份满意的答卷。

“这是我们的工作，更是我们的责任，自从选择交通建设这个行业，这份情怀与自己的生命融为了一体。”徐建富②每次提到工作上的细节，从不掩饰内心的自豪。作为淳安交通建设的参与者，小到桥梁的一颗螺丝帽，大到巨型的水下作业钢护桶，对于他来说，都有讲不完的故事。

环湖公路每一寸土地上都留有他们的汗水，每段路上都留有他们的故事。上江埠大桥建成通车，是淳安交通梦的又一次飞跃，新的征程又在此开启。围绕“区域交通一体化、城乡交通一体化、综合交通一体化”“三位一体”的现代综合交通运输体系，立足淳安交通发展现状，结合淳安地区特点和经济发展定位，构建以人民满意交通为目标，以立联互通交通网、城乡一体运输网为重点，以设施建设、市场秩序、行业安全为抓手的“一体两网三翼”总体布局，推动淳安走向共同富裕。

我们看到的是淳安交通网络的不断完善、不断便利，而没有真正走进交通人的内心。他们对于交通的情怀贯穿于交通的方方面面，立项、审批、建设、运营、维护都有他们的故事。

关心与努力

淳安交通从水上交通到陆路交通，从单线到成网，从县内交通改善到出县交通的飞跃，每一次的交通发展都是一部淳安人的奋斗史，也是国家和省、市领导对淳安关心的历史。

2003年至2007年，时任浙江省省委书记习近平同志，继续将淳安县下姜村作为自己的基层联系点。2006年底杭千高速千岛湖支线通车后，从杭州到下姜，要经过一个半小时的杭千高速[3]，下高速后还有半小时车程才到县城。从县城到下姜，先乘近1个多小时的摩托艇抵达薛家源码头，再坐十几分钟的汽车才能到下姜。往往是早上从杭州出发，傍晚才抵达下姜。可想而知，当时淳安的交通条件，是多么不便利。

淳安的交通欠债太多！到淳安调研后，习书记看在眼里，也挂在心上。他一直挂念和关心淳安交通事业，淳安过去为国家做出过重大贡献，省市有责任帮助淳安解决一些实际问题。在习书记的关心下，淳开公路[4]淳安段(千汾线)顺利立项建设。

2007年，习书记赴上海履新后，赵洪祝同志调浙江工作，第一次到淳安调研时，持续把帮助协调解决淳安发展中的重点问题作为调研的重点。淳安县委县政府在充分征求各方意见的基础上，综合考虑后，从淳安急需做的十几项工作中选择了上江埠大桥建设项目上报给省委调研组。

只有上江埠大桥及接线工程建成通车，才能彻底打破淳安南北交通的瓶颈问题，才能改善千岛湖南部三镇两乡十多万人口出行问题，对打造县域1小时交通圈、对推动千岛湖旅游业发展，特别对东南湖区和石林景区的发展、建设社会主义新农村、实现城乡统筹与协调发展提供了基础保证。

“以前，我们去洽谈投资上千万的项目都很难，而现在老板主动找上门，最多的一个项目达到了40亿元。”时任安阳乡党委书记汪仁发感慨地说。安阳乡跟千岛湖镇相隔仅42千米，在上江埠大桥建成之前，交通不便带来的困惑，让当地百姓叫苦不迭。2009年末，汪仁发书记正在乡里值班，有位杭州来的朋友来千岛湖谈一个项目，约好晚上一起在千岛湖见面商谈。却因大雪汽渡封航，只能绕道建德经06省道回千岛湖，42千米路整整走了7个多小时。因受困于湖水，安阳平时吃的猪肉，每斤也比县城贵三元到四元。安阳引进的农业项目“莲玉葡萄”，因为交通制约，优质的农产品运不出去，游客进不来，农旅融合发展的设想，只能望湖兴叹。

时任省委书记赵洪祝同志对淳安提出的要求，给予了极大的帮助与支持，多次带领省市机关部门领导及专家到淳安现场办公，并协调国土、发改、水利、环保、林业等多个部门，为上江埠大桥的立项审批工作一路开绿灯。尤其是在建设资金上给予了前所未有的政策上的倾斜。

淳安交通人也一直在为项目努力着，从决策层面、技术层面以及组织保障层面都倾注了大量心血。县委、县政府迅速成立领导小组，建立指挥部，目的就是让这一项民生工程变民心工程，让项目尽快落地实施。

工程立项是项目可行性的论证，是领导决策的重要依据，编好可行性报告显得尤为重要。由于淳安财政的困难，请不起大专家，就只能靠淳安这些土专家。不懂的就向专家请教，他们带上设计图纸跑杭州，跑北京。有时来不及吃饭，就靠一瓶农夫山泉，一袋饼干充饥；没时间休息就在等候接见的空隙里，靠在椅子上打个盹。每次回到淳安，随身带的小本子上，记满了各样的符号和数据。这些只有他们自己看得懂的笔记，对于淳安交通人来说，符号不仅是符号，更是对淳安交通的一份厚重的责任担当。这些资料拿回来重新整理消化，变成自己的知识储备。

淳安百姓对交通的需求，总是逼着淳安交通人不能只待在自己的舒适区、躺在过去的功劳簿上，逼着他们一次次突破自己的认知范围，一次次接受未知的挑战。淳安交通的变迁改善，就是淳安交通人的成长过程。

从石门大桥到上江埠大桥

建桥，有很高的技术要求。千岛湖形成之后，淳安交通一直没有得到很大的改观，主要是没有深水桩的施工经验。千岛湖库区平均水深34米，想把路线拉直就必须在水面宽度超过百米的湖面建桥。千岛湖形成之初，淳安人也想尽快改善陆路交通，但一遇到水面，就只能绕道而行，如果有桥明明只需几百米的路程，偏要绕上几千米，甚至是几十千米。

隔水相望的几百米，开车也要大半天。

从技术层面考虑，淳安人先后选择了单跨桥和汽渡。单跨桥只有在较窄的水面建桥，而汽渡是没有办法的办法。汽渡在交通上存在四大缺陷：

运营成本大，需要成立一个单位；安全隐患多；不能实现全天候通行，时间成本高；遇到大风、大雾天气要封航。选择单跨桥，一方面是出于技术的考虑，另一方面是因为特殊的千岛湖，生态环境保护始终是第一位的。

单跨桥的建设虽然从技术上避开了深水桥墩建造，但受着跨径的局限。跨度一长，技术难度就呈指数上升。每增加一米，其建造成本就直线上升，很不经济。建造超长跨度的桥，多跨桥是必然的选择，而在深水区建桥墩又是多跨桥面临最大的难题。

在深水区浇筑桥墩，不掌握一定的技术，是不可能的事。在千岛湖大桥建成之前，像石门大桥、里阳大桥、威坪大桥、南浦大桥[⑤]都是没桥墩的单跨桥。对于千岛湖库区来说，跨度通常都轻而易举地突破单跨桥的极限。南浦大桥是千岛湖上的一座单跨桥，单孔净跨307.94米，已是一个技术极限。

千岛湖大桥是千岛湖上第一座有深水桥墩的超长大桥，由中铁大桥局集团有限公司施工。淳安交通人在千岛湖大桥建造过程中，学到多跨桥梁建设和管理经验。

小金山大桥[⑥]是千岛湖大桥之后又一座深水区多跨大桥，其主要技术和建造经验都从千岛湖大桥建设中学来。深水区建桥技术在建造小金山大桥时得到了进一步实践，并根据千岛湖的实际情况进行了优化。千岛湖水下的地质条件比较复杂，水深高低错落，对施工要求更高。经历了千岛湖大桥和小金山大桥的技术实践和探索，在不断学习、实践和探索改进后，桥梁建设技术得到了巩固和提升，也为上江埠大桥项目的争取和建设提供了技术支撑。

从石门大桥到上江埠大桥，表面是淳安人建桥技术的提升，而其内核却是淳安交通人改善淳安陆路交通的决心，他们始终把完成淳安县内“24小时全天候”交通作为自己的使命与担当。

细心的人可以发现千岛湖上的桥，各有各的特色，样式没有重复。在建设大桥之初，就充分考虑了千岛湖是国内著名旅游景点，桥融入景区，也为景区增色，各桥之间风格相近，但又避免简单重复。

千岛湖大桥选择多跨连续V形刚构；金竹大桥针对桥面距湖面较高的特点，结合地形采用大跨度的上承式拱桥，拱圈采用浅色调的蓝色，与环境融合；南浦大桥因为是单跨桥，桥面以上结构庞大；上江埠大桥桥位处湖面宽广，借鉴千岛湖大桥的成功经验，选择桥面建筑高度低的桥型。

一座桥就是一处风景，就是一件完美的艺术品，每座桥都凝结了淳安交通人大量的心血与创作。

上江埠大桥综合考虑了水深、桥位地形特点和航道等因素，又借鉴千岛湖上其他桥梁的跨度布设情况，在设计时将桥梁的跨度定在100米左右。通过比选，在所有设计方案中，选择了桥面建筑高度较低的一个，同时减少深水区主墩数量，降低施工难度，最终确定由主桥与引桥两部分组成，主桥设计为九跨连续刚构，跨径组合(77.5+7×130+77.5)米，引桥为4跨50米连续箱梁结构。

上江埠大桥是环千岛湖交通最后一个关卡，具有跨时代的意义，它的建成通车标志着淳安交通进入一个全新时代。

“不让一个矿泉水瓶掉入千岛湖里”
开启绿色交通时代

在工程立项之初，县委县政府就建造上江埠大桥提出绿色环保的要求。淳安县交通局努力践行“资源节约型、环境友好型”的交通理念，大桥

上江埠大桥在建　摄影/胡有泉

水位又涨了

“水位又涨了，昨天刚刚锚定的平台，今天又在水下了。”

“这两天也没见怎么下雨呀，这水位怎么说涨就涨！”

“千岛湖这么大，上游安徽下几场大雨，就够我们呛的了。”

当年上江埠大桥工程指挥部办公室主任徐晋军还原了当年他们交谈的细节。他说，技术上的困难可以向上向外请教，但这天气造成的困难，就感到特别无助，唯一的办法就是等，但时间又拖不起。

上江埠大桥一开工就遇到了反常的天气。

建造多跨桥梁最关键的技术是深水桩施工，而深水桩施工所面对最大的困难是水的深度。千岛湖水位随季节变化明显，水位最大落差可达十几米。根据水库形成50多年的经验来说，水位在冬季和初春一般处于年度水位最低时，选择这个时间进行深水施工比较合理。

谋划上江埠大桥初，冬季施工便提上了日程。国庆一过，便开始深水施工准备工作。锚定施工操作平台是深水施工的第一步，按往年经验，进入秋冬季之后，雨水将会减少，水位变化趋缓，水位逐渐往低走，这对操作平台锚定是有利的。

第一个平台刚刚锚定不久，雨水不期而至。总说秋雨不会下久，对千岛湖水位影响也甚微，可2008年的秋雨却像梅雨一般，着了魔似的迷恋上了千岛湖，绵绵细细地下个不停，丝毫没有小下来、停下来的迹象。千岛湖水位一涨再涨，突破了千岛湖形成以来秋冬季的最高水位纪录。刚刚锚定的操作平台，就被漫上来的水浸泡。水中作业，对平台露出水面距离有严格的标准，一旦超出界限就需要重新锚定。

工程从立项实施到建成通车只有不到三年的时间，时间非常紧迫。雨一停，就抢着时间重新锚定操作平台。千岛湖水位每天都在变，为确保水中桩基础的施工精度，水中操作平台的锚定工作也要随水位变化而调整，水位上升就要松开固定钢缆绳，水位下降就要拉紧固定钢缆绳，这个工序很烦琐，费工费时。但这雨水赌气似的，这边刚刚重新锚定好操作平台，准备下一步施工，那边水位又开始涨了。因为千岛湖的水位不仅受淳安本地降水的影响，还受上游安徽降水的影响。上江埠大桥处于千岛湖水位中末端，上游的降水影响到施工现场有一两天的时间差。这就给工程正常施工带来了极大的影响。

“3600余次。”这是当年参与上江埠大桥建设的人说的一个数据，这就是当年锚定操作平台和钢扩筒，松紧纲缆绳的次数。

那段时间，指挥部除了关注淳安本地降水量，还要关注安徽上游的降水情况。2008年上半年，中国移动网络3G时代刚刚起步，信息不像今天这样发达，智能手机只是在高端用户那里才有。天气预报信息多数还是靠电视或是短信推送，还做不到实时。

对于水位是否还要上涨，大家的想法都很简单，宁可多干点，也要争取接下来的施工能够更加顺利，只要不下雨，就进场施工，水位涨过操作平台安全线，就重新锚定。

“当年，所有人就是靠着这样一种精神在工作。”以时不我待，只争朝夕的态度投入工程建设当中，那种为交通而奋斗的力量源源不断地涌现，管它水位如何涨落，兵来将挡，水来土掩，以变应变。

电热毯

2011年春节前后，全县普降暴雪，平均积雪深度10厘米，局部山区积雪达40厘米。持续的低温天气，给工程推进带来了很多困难。低温天气不能现浇桥面混凝土，更不能在接线工程上铺筑沥青砼路面。

桥梁建设是一项系统工程，而工程质量就是工程的生命，质量贯穿于每个细节，关系到桥梁今后的使用寿命和安全，来不得半点马虎。在桥梁工程中，尤其是混凝土浇筑，各项指标都要经得起四季的热胀冷缩，经得住高温、高寒的考验。每浇筑一段，等凝固后，各项指标达标之后，才能进行下一段的浇筑。

因为长期的低温天气，2011年春季平均气温比往年都低。上江埠大桥又处于千岛湖中心湖区，气温低于周边。在挂篮施工阶段，每9米一个阶段，浇筑后要等上一周，才能达到初凝(70%以上)指标。施工队除了采用两头分别施工外，再没有更好的办法了。

时任交通局局长、上江埠大桥建设工程总指挥郑志光，来到工地了解工程进度后，在心中盘算起来，如果按现在的进度，天若连续放晴，到6月底完成工程，时间已经较紧，但阴雨天气说来就来，过完春季，还有一个梅雨季节，必须想办法让时间往前赶，做好工作提前量才行。

“除了外加剂能加速外，还有没有办法可以加速凝固?”

“提高温度，可以的。但这荒郊野外的，如何能提高温度，又不能像室内可以用空调。”

“空调?”郑志光一个激灵，“你刚才说空调。”

“是的，我们在实验室里实验过，气温达到三四十度，混凝土凝固速度会加快。”交通局总工程师何仁说。

“电热毯，电热毯能用吗?”

“电热毯?”

“对，就是用电热毯包裹浇筑的混凝土，进行加热，看能不能加速达到工程所需的指标?”

这是一个大胆的想法。

“根据建造桥梁以往的经验，这个办法可以用在桥跨合龙段，可以加速凝固，缩短初凝时间。”

大家综合了一些技术指标，一致觉得这个办法可以一试。

“这样吧，你们先试验一下。用电热毯试试，采集好数据，多少温度加热效果最佳，加热多久可以达到工程指标，既要保证工程质量，又要让时间效益最大化，这几个数据一定精准把握。数据出来后，由指挥部召集开个协调会，商量下一步要不要用这办法推进工程。”

试验结果很快就出来了，在达到同样工程指标的前提下，考虑气温逐渐升高，采用电热毯加热加速凝固，每个挂篮施工凝固周期可提前一天多时间，达到初凝指标。

“一天！”郑志光听到结果后，有点激动，在工程临近尾声时，每个凝固周期减少一天时间，按桥长来推算可缩短工期20天以上，时间对于整个工程来说多么宝贵，而且还不受天气的影响。

电热毯，这个跟桥梁建设丝毫没有瓜葛的东西，居然用在了桥梁建设上。对于常人说，是前所未闻，而对于施工单位和建设方，这是一种时不我待的责任意识，淳安已经落后太多了，对淳安百姓欠债太多了。50年前，给华东一片光明的时候，淳安的百姓只能隔水相望。2008年项目敲定之后，淳安政府便以只争朝夕的时代担当，将这民心工程加快上马。

烤　饼

持续的雨天，工程处于停滞状态。只要不下雨，不管白天晚上，都在赶工期。

上江埠大桥的工地上，工程人员、施工人员时不时地朝天看看，希望雨能停，哪怕雨小一点也行。临时工棚里，工程负责人都在焦急等待，时不时地问手下最近的天气情况。

上江埠大桥工程已进入尾声，能不能赶在预定时间完工，除了人的努力还要靠天帮忙。淳安县政府已经将通车仪式敲定在6月底，这项工程是建党90周年一个重头戏，也是淳安县政府向淳安百姓承诺的一项民生工程。

雨能停，工期就能按时完成。施工人员随时都准备着，只要雨一停，或是小一点，就立即进入工地进行施工。

老天似乎仍要考验所有人的耐心，施工人员刚刚拿起工具，又一阵瓢泼大雨。

比施工人员更着急的是工程总指挥郑志光，6月底上江埠大桥能否通车，这是他代表交通局跟县政府签订的责任状，更是对淳安45万百姓的一个承诺。

这份责任让他在工程最后几个月内养成了一个习惯，一天不管有多忙，他都会抽时间去工地上，在现场遇到问题解决问题，解决不了的带回去研究对策办法。晚上7点到11点，经常会出现在施工现场。哪怕是杭州开会赶回来，也要去工地走走看看。有时明知一整天都下着雨，工程不会有丝毫进展，他也要去现场看看，就算是给施工人员鼓鼓劲也是必须去。

4月中旬一个下午，雨丝毫没有变小的迹象。刚从杭州开会回来的他，下高速时已经19点了，司机问他是不是先回家。他说，先不回，直接去工地。

从高速出口到上江埠大桥工地，一路上，他一直望着天，这雨何时能停？没有人回答，天当然也不会回答。

一到工地，就往临时工棚钻。几个工友无精打采地坐在那里吃着方便面，边上的垃圾箱里方便面桶塞得满满的。

“怎么，你们就吃方便面？”

“开不了工，有方便面吃就不错了。说实在的，这方便面也像这鬼天气，让人不耐烦，唉，真想啃一口烤饼，嘎嘣脆！”一位工友似笑非笑地说着。

工程负责人无奈地看着他，雨不停，他们一点办法都没有。

“这鬼天气，要不要向县政府申请延长工期？”

“这不是人为造成的，我想县领导应该能够理解！”

“再等等吧，明天去了解下接下来降雨的情况再说。从现在开始到6月底还有差不多两个月时间，如果接下来天气好的话，你们有没有把握保质保量完成工期？”

“只要所有保障都能到位，我们施工没有问题，就算三班倒，24小时施工，我们也要把工期赶上去。”

人，没有问题。物资保障，也尽可能满足。只有这天气……

在出临时工棚时，雨没有丝毫变小的迹象，反而越下越大。

郑志光走出工棚，无助地仰起头看天，任雨水浇在脸上，雨水沿着脸颊往下滴。无可奈何，多么无助。

“我们是在修桥铺路做好事啊！老天爷，你倒是让这雨停一停呀！”

这一句祈盼，是来自他内心的呐喊。

时间是拖不起的，对45万百姓的承诺必须在规定的期限内完成，这是他作为一名领导干部的担当。

“停了！停了！雨停了！”

不知是谁喊了一声，随后几个人一起大声疾呼起来。那似乎带着胜利的呼喊，在千岛湖水面，在两边的山谷里不断地被放大。仿佛，千岛湖的水，两岸的山都一起帮着呼喊。

郑志光一时兴奋，紧紧地抓住了徐建富的手，竟一时无语，眼眶里闪出了泪花。这么多天来，他第一次莫名地感动。许久，才开玩笑地说："是我们修桥铺路做好事，感动了上天！"

"晚上就动工，赶紧把所有的施工人员都召集起来。能抢一晚上就抢一晚上，哪怕抢一个小时，也是好的。"

工地上的灯亮起来了，郑志光的心里也亮起了一盏灯。

"郑局，我有一点想法。"徐建富怯怯地对郑志光说。

"你说。"

"今晚他们不知加班到何时，作为指挥部，想今晚给他们添点夜宵，提振一下士气。"

"这个应该的，怎么操作？"

"派人去采购些烤饼、蛋糕啥的。资金由我去协调，由项目部来出。"

"这没问题，采购的事我让指挥部办公室徐晋军同志负责落实，采购完送到工地。"

"还有几张烤饼？全部打包！是的，全部。"

"你还做吗？一小时之内做的饼，我全部打包带走。我一小时后来取！"

千岛湖镇城区这些做烤饼的小摊位，在这个晚上几乎都被扫荡一空，凡现有的及现做的烤饼，全被指挥部的工作人员买走。谁也不知道这些烤饼的去处。

这期间，郑志光一直待在工地现场。烤饼一送到，郑志光就带着指挥部的工作人员从工地这头走到那头，遇到施工人员就停下，把烤饼送到他们手上。

施工人员从郑志光手上接烤饼的瞬间，那画面是多么温馨。一张烤饼在当时也就两三元，但在那个夜晚，这一张烤饼所体现的意义却非同一般。

主体工程完成后，这1.3千米桥面，郑志光已经走了近百十次，而这一晚，他觉得这桥特别地结实，这不仅有工人们的汗水，更有他对淳安百姓的庄严承诺。桥下平静的湖水，以及水下的城镇和村庄，似乎也被这一群人的热情所感动，它们在夜幕里静静地倾听着这一群人的呼吸和心跳声。

为了让施工人员不饿着肚子加夜班，在指挥部与项目部的协调下，形成了一个机制，每天从城区几个摊位定制夜宵往工地送。有时是烤饼，有时是鸡蛋饼，不断地变换口味。根据施工人员多少，每晚都有夜宵送到工地上。

混凝土车又来了，又有15米好浇了！

4月上江埠大桥主体工程完成后，桥面工程开始施工。桥两边需要用混凝土浇筑起防护墩，一车混凝土可以浇筑15米，主桥长1.278千米，需要近两百车的混凝土。此时，工程又遇到了新的问题。

2011年，淳安房市迎来新一轮的上扬。新楼盘不断开盘，商品混凝土供不应求。给大桥建设带来了一定程度上的困扰。上江埠大桥离城区较远，而多数新建楼盘都在城区，灌装混凝土车司机从自身的经济利益考虑，都会优先选择向楼盘运灌装混凝土。

雨季一过，大桥施工现场正如火如荼地开展各项施工。唯有这浇筑防护栏墩的工事因为混凝土不及时到位，而被耽搁了。如果光是这一项施工被耽搁还好说，但接下来还要在护栏墩上安装钢结构的护栏，一环紧扣一环，如果不及时解决混凝土供应问题，工程依然无法如期完工。

郑志光局长得知此事后，立即向县政府分管副县长王晓林副汇报。王晓林副县长接到情况汇报后，非常重视，立即与建设局进行沟通协调，让混凝土公司保证向大桥供应混凝土，确保工程能正常推进。通过王晓林副县长的沟通协调，混凝土供应量总算有所改观，但离理想目标仍有差距。为此，工程指挥部也从侧面对混凝土公司的运营模式进行了解，他们实行的模式，类似承包制，是以运输司机为主体，公司对运输司机没有太多的约束力。如果要多向大桥工地供应混凝土，必须要做运输司机的工作，这就需要跟运输司机拉近关系才行。

就这样，每次去工地，郑志光都会多带几包烟，见到运输混凝土的司机，就给他们发烟，拉拉家常，就是为了能让司机给工地多拉几车混凝土。

有次从工地上回县城，车子在排岭半岛忽明忽暗的路灯下穿行，郑志光坐在车里，心情特别焦虑。忽然一束强光从对面射来，工程车沉闷的轰鸣声，碾过午夜的宁静。郑志光"嗖"一下坐直身子，兴奋地对司机说："看，又来了一辆混凝土车，又有15米好浇了！[⑦]"

我们可以想象，平时在大街上见到这种大型的灌装混凝土车，可能会产生一种莫名的厌烦，远远就避开。而对于工程建设者来说，看到混凝土车都特别亲切，没有混凝土，工程建设将止步不前。

一项庞大的工程，就这样一个15米、一个15米地往前推进，用这种蚂蚁搬家般的精神，大家一点点努力，一点点付出，不断地积累，涓涓细流最终汇聚成奔流的江河。

今天的泥泞，是为了明天的更加便利

2010年春节前夕，上江埠大桥接线工程淳杨线排岭半岛路段正在紧张地施工。在不久前，下了场大雨，加上工程车来来往往，路面被轧得坑坑洼洼，加上雨水，显得有些泥泞。一些坑里还积满了泥浆，对百姓出行造成了不便。

这条路通往里商、安阳、大墅等乡镇，是几个乡镇百姓回乡的必经之路。无论是农村班车、自驾车或是摩托车，都要通过这一段接线工程现场去上江埠汽车轮渡才能抵达对岸。

这几个乡镇的很多百姓平时都在县城做事，到了年底就采购好年货，大包小包往家里赶。有摩托车的人都会选择骑摩托车回家，只要一次性把年货绑定在车上，直接到家再卸货，不会因换车而拎上拎下。

那天下午，有夫妻两人骑着一辆摩托车从千岛湖镇往上江埠轮渡赶。在经过接线工程现场时，不小心骑陷进了泥浆的坑中，轮胎在泥浆里打滑，一时出不来，一个趔趄，人跟车都倒在了泥浆里。坐在后座的妻子急忙爬起来帮丈夫扶车。绑在车上的年货，几个纸盒，受到冲撞，破了，苹果、香梨被甩在了泥浆里。

现场正忙着施工的工人看到了，急忙放下手中的活儿，过去帮忙。帮着扶车，帮着收拾东西。夫妻两人站在那里，摩托车还没熄火，发出低闷的轰鸣声。看样子，人应该没事，因为道路泥泞，车速并不快。

工人刚刚散开，那男主却破口大骂："你们这些人，干什么吃的，连条路都修不好，越修越差。没见过这么差的路，这是全天下最差劲的路。"

这样的场景对于工地上的工人来说，已经见过多次了，对于男方的骂声，也不想多加辩解，毕竟道路现在这个样子，也不是大家所想要的。这泥泞的道路不但给百姓出行造成困难，也给施工带来众多不便。天放晴，尘土飞扬，一下雨就泥泞不堪。不知道年前，这雨水还会不会来。

当大家都沉默的时候，女主突然开口了："你少发点脾气，这路这样也不是他们故意弄的，他们这样努力地做事，不就是为了我们今后回家有更加便利的道路吗？等桥建好了，你想什么时候回家就什么时候回家，就算是三更半夜，想家了，也能骑车回去。多好呀！”

男主被这么一说，也觉得不好意思起来，一个劲地冲着大家笑。

多好呀！这样简朴的愿望，淳安人却等了几十年。

多好呀！今天的泥泞，不就是为了今后的更加便利吗？女主的话让在场的所有人都感到心里暖暖的。对于交通人来说，有百姓这样理解，就是对他们工作最大的支持。

临近年关，回乡的人越来越多，为了百姓的出行安全，施工队调来几车碎石将百姓回乡必经的几段道路进行了简单的维护，将那些泥坑填补。

安全保障

进入梅汛之后，降水量比同期增多93%，仅2011年6月就出现4次暴雨，上江埠水域水位暴涨。从指挥部到施工单位都时刻关注天气的变化，克服天气带来的所有困难，在保证工程质量的同时，向着最后目标冲刺。

时间逼近6月下旬，上江埠大桥建设进入了尾声。

桥面的沥青路面浇筑，人行道的瓷砖贴面，都已完成。护栏和路灯的安装是工程的最后一道关卡。要赶在6月底完工，就当时的进度进行评估，必须要夜间加班才行。

夜间加班，这对桥梁建设是一次挑战，夜间的光线不好，而且扫尾工作，是安装护栏，要在桥边进行操作，危险系数较大。如果不开夜工，就无法在月底完成。

在两难的抉择中，指挥部最终还是决定以大局为重，实行夜间加班，但必须要确保施工安全和工程质量。

临近零点，桥面上依旧灯火辉映，工人们一字排开，扶护栏的，拧螺钉的，各自分工明确。虽然已经深夜，但大家内心都点着一把火，早一天完工，就早一天为淳安百姓交上一张满意的答卷。之前那么多苦都挺过来了，眼下这些还算困难吗?

桥面的灯光，让桥下湖面更加深邃和凝重，宽阔的湖面呈现着一种深沉，有着历史的质感。桥面施工如火如荼地开展着，桥下还有一支特殊的队伍，正在夜的深处待命。这支队伍，除了项目部和指挥部负责人之外，施工人员根本不知道他们的存在。

因为是夜间作业，出于绝对安全考虑，从交通港航、卫生等部门抽调水性较好的人员专门组建这一支特殊的营救队，一艘船，几艘快艇，趁着夜幕关掉船灯，悄悄驶入桥底水域静候着。队员们保持高度警觉，关注着头顶的一举一动。万一有人不慎落水，他们就会立即营救，做到有备无患。

这支队伍组建时便要求大家严格纪律和保密要求，不宣传，不告知队员以外的任何人。以减少施工人员对危险存在心理暗示。

从桥面到湖面，有十多米的距离。在巨大的挑战面前，唯有不退缩，方能战胜，就好像狭路相逢勇者胜一样，这十几米的高度算不了啥。

在建设过程中，始终把安全施工作为前提，严格执行安全生产的相关规定，执行水上作业必须穿好救生衣，系好安全绳等措施，哪怕炎热的夏天也必须执行到位。所有工程完美收工时，没发生过一起安全责任事故。

每个细节都是一次抉择

对于指挥部来说，工程的每个细节都是一次抉择，每一次抉择都是一次责任的担当。

如今从上江埠驿站前的观景台远远望去，上江埠大桥就像一条蓝色巨龙，横卧于千岛湖之上。桥体边缘、桥底部及桥墩的淡蓝色，在千岛湖深绿色水波的映衬下，显得特别和谐。

桥体为什么用这种颜色？

工程进入最后阶段，有一件事一直没有确定，就是桥体的颜色。

桥体的颜色，既要考虑桥的美观，又要考虑与周边环境的融洽。千岛湖畔有独特的地理环境，随着季节光照强度的变化，水体颜色又会有所变化。

桥体选用什么颜色？也成为工程扫尾所面临的一件大事。考虑到特殊的千岛湖，必须让桥体与景区融为一体。

大家都意识到，这次面对的不是一个科学问题，而是一个人文问题。科学总是用数据说话，但那数据都是冰冷的，无温度的。就像研究千岛湖，只有水位、水文等各项数据指标。而人文是带有情感的，同样是面对千岛湖，想到的是湖底的村庄城镇，以及那些为了华东一片光明而远走他乡的人们。而这种情感体现在对山水的热爱，对百姓的负责。爱山水，就想办法让桥体与水与山既要有所区别，又相互融洽。对百姓负责，让所有人看到桥体的每个视角，都能感觉到美的享受。也就是说既有视觉效果，又要考虑环境因素。不管什么颜色都必须经得起时间的考验。

别看这样一件事，指挥部对这项工作很重视，考虑到上江埠水域以绿色为主，从颜色美学来说，桥体颜色以冷色调为宜。

为了确定具体颜色，指挥部举行了一次特别的现场办公会议，邀请了县人大常委会副主任童忠理、县政府副县长王晓林、县政协副主席徐月焕和指挥部的同志一起来到现场。在桥体上事先准备好涂刷几块几平方米不同颜色的大色块，大家先乘船从水上观看，然后又站到桥体侧面的岸上

上江埠大桥　摄影/胡有泉

进行观看，两个方位，远近观察对比。还要考虑光照的因素，大家便从中午等到黄昏，就为感觉那光线变化带来的视觉感受。

最终综合了所有人的意见，觉得淡蓝色最好。在赶进度时，不惜跟天气、跟水位抢时间，而此时为了一种颜色又不惜等上大半天时间。

这就是我们现在看到的桥体颜色的来历。

大桥记事碑

除了工程扫尾，桥名的立碑，工程简介等一些辅助性的工作也被提上了日程。为桥立碑竖牌，也算是工程的点睛之笔，这事也得重视起来。

要不要请名家或是领导题写桥名？

有钱请名家题写桥名当然好，然而就当时的淳安来说，多花一分钱在实体经济上都是好的。

“我有一个办法，你们看行不行？”在大家衡量各种利弊之后，郑志光局长说，“我们从毛体中挑选出这五个字出来，进行组合起来，看行不行？”

“我同意……当年《浙江日报》四个字就是鲁迅先生的墨宝组合。”

“我也同意，既节俭，又大气！也不会出任何导向性的错误。”

“桥名解决了，碑文由谁执笔？”

“我来吧。”总指挥长郑志光说。这无比坚定的三个字，也说明了这个工程在郑志光心中的分量。

二十世纪五十年代末，新安江水库建成，淳安县承沧海桑田巨变而成水乡泽国，县中百姓隔湖相望，假小舟以渡水，交通极为不便。九十年代末，千岛湖环湖公路建成，淳安交通山水阻隔的历史基本结束，然上江埠水域成为环湖公路未能闭合的最后一环，县城南部三镇两乡十万群众出行仍需依靠汽车轮渡，两岸百姓翘首期盼在此架桥修路。

淳安县委、县政府秉生民之念，承守土之责，启动上江埠大桥建设程序，争取政策，筹集资金，几经努力，圆满完成工程前期工作，于二零零八年九月九日开工建设。大桥长一千二百七十八米，宽十五米，桥梁设计荷载为公路Ⅱ级；上部结构主桥为七孔单跨一百三十米之预应力钢筋混凝土连续钢构，引桥为四孔单跨五十米预应力钢筋混凝土连续梁，下部结构为高桩承台钻孔桩条型墩，最大施工水深逾七十米，为国内第一深水桩；总造价约二亿五千八百万元。大桥建设由淳安县交通局负责组织实施，浙江省交通规划设计研究院设计，杭州交通工程监理咨询有限公司监理，中铁大桥局股份有限公司承建。二零一一年六月二十九日大桥建成通车。

上江埠大桥，横跨两岸，沟通南北，如长虹卧波，似蛟龙出海，朝迎紫气，晚送落霞，藏于山水，美轮美奂。五十年梦想，天堑变通途，一桥既成，百业升腾，造福当代，蕴惠后世。

淳安县交通局

二零一一年仲秋

至今，一说到上江埠大桥，郑志光都掩饰不住内心的激动，这一段由他亲自撰写的碑文，他能从头到尾，一字不差地背下来。每次开车经过上江埠大桥时，当年那些他在桥上的日日夜夜，便立刻闪现在脑海之中，仿佛就在昨天。

石碑立在主体桥与港口桥之间连线路边，耸立在湖边，眺望着原港口镇这片水域。这里曾是遂安港汇入新安江之处，是两县交界的重要集镇。不想50多年以后，这里成为淳安县内交通成环的最后一站。一块桥碑已经完全超出了它本身的意义，它更像是一位被邀请而来的老人，见证淳安绿色交通新时代的开启。

如今站在桥碑下面，面对这一湖山水，心沉醉于历史，身沉醉于宁静，背后是奔波不息的车流，那呼啸而过的声音，正是时代前进的步伐。一静一动间，我们感悟着淳安交通的变迁。

①上江埠汽车轮渡建于1985年12月25日，截至2011年6月29日共25年半。

②时任交通局局长郑志光，为指挥部总指挥。何仁，交通局总工程师，时任指挥部副指挥。徐建富，高级工程师，时任上江埠大桥建设指挥部工程部长。

③杭千高速于2006年底通车，文中所叙述是2007年的经历。

④淳开公路于2007年12月通车。

⑤石门大桥，单跨164米，于1997年12月建成通车。里阳大桥，单跨148米，于1999年11月建成通车。威坪大桥单跨198米，于2001年6月建成通车。南浦大桥，单跨307.94米，单跨长度目前为同类型桥梁中全国第三、华东第一。

⑥小金山大桥，千汾公路有限公司负责建设，由浙江省公路桥梁建设有限公司负责施工。

⑦这里的15米是桥梁栏杆基座砼的现浇长度。

千岛湖大桥

文｜一　酸

工程简介：

千岛湖大桥，位于千岛湖之上，是淳安县交通规划“内成环，外疏口”公路网建设中的关键工程。千岛湖大桥西起阳光路，上跨千岛湖水道，东至集贤路；线路全长1258米，主桥长928米，多跨径总长1145米，桥面总宽18米，两边人行道各宽1.5米；项目总投资1.38亿元。主桥墩桩深53—64米，为当时国内桥梁深水钻孔桩长之最。由铁道部大桥工程勘测设计院设计，中铁大桥局集团有限公司一公司施工。大桥于2002年9月28日举行开工典礼，2005年9月18日完工，9月20日举行通车典礼。该大桥的建成，为淳安加快融入大都市，沟通安徽、江西等省又多了一条大通道，也标志着县境全天候交通网络基本形成。

一座改变淳安人出行习惯的桥

“明天去排岭办点事，记得早点叫我。”父亲的这句话，时常响在回忆里。出个门不容易，又不想把钱用在住宿上，只能赶第一班6点左右的船，四小时的航程，抵达县城快中午了，动作麻利点还能把事办完，还可能匆匆忙忙赶下午回程的船，到家已是灯火阑珊。

从老家到姜家码头有十里路，走路赶船要一小时左右。这还算好的，像郭村源里去一趟县城，那得凌晨一两点就要起来赶路去码头。后来有了自行车，因为走夜路，也需要半小时左右。再后来有了三轮车代步，也还得要起早，不然车载满了，你又得干瞪眼。赶船的画面，对于20世纪出生的人多少都有点印象。这便是淳安人从1958年之后形成的出行习惯，在淳安这片土地上，这种习惯持续了近五十年。直到2005年9月20日，千岛湖大桥建成通车，淳安人的出行习惯才慢慢地由水上回到陆地。

怀念过去并不是固执于过去的经验，而是对比于新时代的发展，让人更加珍惜当下来之不易的幸福。淳安的交通是淳安发展的最有力见证，从水上到陆地，从县内成环，到快速出县，逐步接轨大杭州一个半小时交通圈。对于县内交通成环，千岛湖大桥建设是关键的一步。

千岛湖大桥位于县城北约3千米处，桥址南端为原千岛湖40万吨货运码头（杉树湾），与景观大道相连，接05省道直通省城杭州。北端接环湖公路北线（千威线），与安徽黄山连通，也是“交通西进”的必经之路。

如果没有千岛湖大桥，千威线是条断头路，仍靠汽车轮渡完成进县城的最后一步，更不用说之后建设的淳开线（千汾线），都将是断头路，建设投入就没有更大意义。

千岛湖大桥通车的那天，来自千岛湖镇和周边乡镇的百姓都走上了大桥。

站在桥上，倚着栏杆，望着碧波的千岛湖水，那自豪的心情便油然而生。在新中国成立之初，一座武汉长江大桥让国人自豪。就连毛泽东也在词中写道“一桥飞架南北”，而在50年后建成通车的千岛湖大桥，长度与武汉长江大桥相当。这50年的中国发展，举世瞩目，50年前中国倾一国之力建桥，而如今仅一县就能建起一座大桥，而且是在水域环境更加复杂的千岛湖。

对桥的渴望，对交通改善的渴望，是每位淳安人心中的梦。

我们千岛湖需要一座桥

参加工作那会儿，有位同学被分配在淳建公司搞设计。每个周末，我们都会聚在一起，不是在他宿舍，就是在我宿舍，要么就是大排档。我们海天阔地地谈论，从国家到县城，什么都谈。

那是20世纪末的一个傍晚，我们几位同学刚从大档排出来，喝了几瓶千岛湖啤酒，趁着酒劲还没完全散去，有人提议去湖边坐。那时千岛湖的湖岸线还是呈自然状态，大家就坐在千岛湖岸边，看看天空，看看水中央模糊的岛屿。

湖水在晚风的带动下，不断地拍着岸边。像是在与我们交谈，也像是在向我们倾诉些什么，更像是在回应我们些什么。

那位同学突然说，我们千岛湖需要一座桥！

什么样的桥？

当然，能走人，还能通车，以后回老家就不用赶班船了，直接开车回。

我们都以为他只是随便说说的。不想第二天，他就拉上我，去他宿舍。

他拿出一张图纸说，这是他设计的桥，多跨桥墩，大概一千米左右，可以选择湖面相对较窄的地方建。

我看着那图纸，像是在看科幻片一样。这样一座庞然大物在千岛湖水面上，那一定很壮观。却很难想象得出，这样一座桥会架在千岛湖哪个水面上。突然想起，每次乘班船回老家经过桃源大酒店附近，就有人指着那边一个工地说，那桥建一次塌一次。

便不由得说，做梦吧，桃源大酒店那桥，才百米不到，都建不起来？

他说，因为那是单跨桥，单跨桥最大的问题就是建不长，只能在湖面很窄的地方建。我这个设计是多跨桥，理论上可以无限延伸。再说，我们淳安现在的建桥技术也不断地在突破，石门大桥、里阳大桥都建好通车了。

好吧！我淡淡地说了一句，算是对他的梦想做一次礼貌性的回应。

因为公司的改制，千禧年刚过，那位同学离开了淳安，作为劳务输出去了新加坡。带走的，还有他那个梦想："我们千岛湖需要一座桥！"

新安江水库建成后，县内交通以水上交通为主，但从乡镇去省城杭州至少要两天，中间需要在千岛湖镇住一晚。诚然，面对县内交通现状，在多数淳安人的心中都有这样一个梦想：我们千岛湖需要一座桥。

而我们都不知道的是，就在他离开淳安的第二年，淳安县政府完成了《淳安县千岛湖大桥工程可行性研究报告》，并得到了浙江省交通厅的批复。

那几年千岛湖镇的发展迎来了一个黄金时期，城区不断地向北、向南拓展。向北，突破了原木材公司以北领域，开元大酒店已开始规划建设；向南，南山经济开发区已初具规模。

千岛湖大桥的选址就在四十万吨货运码头边，此时千威线已经建成通车，为了让车能开进县城，这里开通了汽车轮渡，是为阳光轮渡。

那几年，这里有了一道独特的风景。一边是忙碌的大桥建设工地，一边是往返县城跟千威线的汽渡。每次在汽渡上，看着一个个桥墩从水中冒出，我总能想起那位同学说的话，那个梦想正在一步步变为现实。

同学在新加坡待了五年，中途回来过一次。那时，千岛湖大桥正在建设中。我告诉他，我们千岛湖很快就有一座桥了，是你的设想，多跨桥。

他笑了，我们也笑了。为年轻时的想法笑，也为淳安的未来笑。

尽管他在新加坡过得并不怎么好，但一说起千岛湖上的桥，便将那些不痛快全都抛在九霄云外。借着酒兴，我们再次把话题扯到了未来，不止一座，千岛湖上还需要更多的桥，连接起县城和老家，也连接起淳安与外界，更连接起你和我。

那晚，我们对着千岛湖水面大声喊话，对着未来喊话。

2005年9月20日，千岛湖大桥建成通车时，我一个人骑着自行车上了大桥。

站在桥上，一会儿看看远方，从未感受到的空阔感，人在天地间，变得如此渺小。一会儿又看看桥下平静的湖水，想起了几年前那个夜晚，想起了那位还远在新加坡的同学，以及他说的那句话：我们千岛湖需要一座桥！

金秋时节，经过千岛湖大桥，总有人在附近的公园拍婚纱照。他们的婚纱照也需要一座桥，他们的爱情也需要一座桥。

结缘中铁大桥局

千岛湖与中铁大桥局结缘，是因为另一座桥：江苏镇江润杨大桥。

2001年6月前后，时任交通局局长钱立标带领团队赴江苏镇江学习考察润杨大桥建设。当提到淳安准备在千岛湖上也建造大桥时，润杨大桥指挥部便推荐了中铁大桥局。

中铁大桥局集团有限公司是中国中铁股份有限公司旗下的全资子公司，前身为1953年4月为修建武汉长江大桥经政务院批准成立的铁道部大桥工程局（2001年改制为现名），是中国唯一一家集桥梁科学研究、工程设计、土建施工、装备研发四位于一体的承包商兼投资商，具备在各种江、河、湖、海及恶劣地质、水文等环境下修建各类型桥梁的能力。

中铁大桥局具有多项承包资质，如铁路、公路、市政公用工程施工总承包特级资质，桥梁、隧道等设施工程专业承包一级。在全国桥梁行业中，中铁大桥局是领军者。公司一直引领着中国桥梁事业发展方向；拥有桥梁结构健康与安全国家重点实验室和博士后工作站，是国家认定企业技术中心，荣获中国质量奖。在国内外设计建造了3000余座大桥，总里程3600余千米，在大跨度公路桥、铁路桥、公铁两用特大桥、超长跨海大桥、大跨峡谷桥等建设方面形成了独特的技术优势，达到世界领先水平。先后参与了京津、温福、合武、甬台温、福厦、武广、哈大、石武、津秦、渝利、京沪、京福、南广、南钦、沪昆、汉十、京张、郑济、武九等众多铁路客运专线（高速铁路）工程建设。

从镇江回到淳安，江苏镇江考察组又马不停蹄地去了武汉联系中铁大桥局。

在与中铁大桥局对接中，将千岛湖形成历史及现状进行了简单的描述。

在了解淳安的近几十年的历史后，对千岛湖的形成有了一个初步的了解，也理解了淳安人民渴望交通变革的迫切期望。在第一次接洽后，就形成了初步的合作意向。

初访武汉后不久，中铁大桥局派出一家公司前往淳安进行实地勘测，对大桥的选址地进行环境数据收集和分析。

在千岛湖水域建桥，这对于中铁大桥局来说也是一次挑战。在过去的桥梁建造史上，以公路桥、铁路桥和河流桥为主，库区建桥为数不多，加上库区多处于山地，水下地质条件复杂，尤其是像千岛湖这样的大型水库。

在中铁大桥局一公司的技术支撑下，淳安县交通局做好做足准备，从6月到镇江学习考察润杨大桥建造开始，不到两个月时间就形成了《淳安县千岛湖大桥工程可行性研究报告》。并在9月5日得到了浙江省交通厅的批复，同意千岛湖大桥立项。

中铁大桥局也与淳安结下缘分，从千岛湖大桥到小金山大桥，再到上江埠大桥，都有中铁大桥局的身影。

一座桥创下当时国内三个第一

千岛湖大桥选址水域为进贤列岛水域，在千岛湖形成之前，进贤溪汇集淳北四乡一镇的水量，在此汇入新安江。

千岛湖水下的特殊地质环境，在前期的沟通中，淳安交通局已做了介绍，中铁大桥局已经做好了充分的准备。但在实地勘测中，一些数据还是让他们感到工程的困难度。桥址区地貌整体上呈高山环平的形式，地层岩性自上而下为：第四系覆盖层和基岩（又分为强风化岩底和微风化基岩层），平均抗强度为49.3MPa，桥的基桩在栽入微风化基岩层。再比如水深，因为当年是河流所在地，最大水深大于55米，而且有水下回流。幸好中铁大桥局在多年桥梁建造中积累了大量的经验和技术。

画里通途　摄影/余诗祥

根据千岛湖的独特性，中铁大桥局在千岛湖大桥设计中也充分发挥自身的技术特长，针对性地给出一些解决方案。很多技术首次在国内桥梁建设上使用。针对千岛湖深水区特点，采取了钢管混凝土桩“栽桩工艺”施工，这是国内首次运用的新工艺。为了将千岛湖大桥融入千岛湖风景之中，充分考虑了千岛湖大桥的外观设计与进贤列岛的融合度，主桥上部结构采用915米一连的V形墩预应力连续钢构，这一长连为当时国内第一长连。主桥下部结构为高桩承台柔性钢管桩混凝土嵌岩锚桩结构，这项技术为国内首次采用。

千岛湖常水位一般在94米至100米之间，最高蓄水位108.41米，千岛湖大桥设计水位为109.6米。

V形墩的设计，除了减轻桥梁的自重外，在高水位运行时，还能增加水流通过量，减少水流对桥墩的冲击力。V形手势在美国等西方国家寓意胜利。千岛湖大桥建成通车，至少对于淳安交通来说，也算是一次不小的胜利。而这个小胜利，仅仅是开始。V形设计还很美观，在千岛湖风平浪静时，远远望去，水中倒影与实体V形组合成X形，这种独特的风景给千岛湖增添了一抹亮丽的色彩。

一座桥点亮一个个产业

15分钟，从金色阳光出发，经阳光路上千岛湖大桥，然后走千汾线，开车只用了15分钟，就抵达了目的地——淳安县千岛湖千峰郡种蜂有限公司。此行目的是采访被金峰百姓称为“蜜蜂”书记的李君竹，他不仅是金峰乡的名人，在全县都有较高的知名度，还曾连续三届担任金峰乡安上村党支部书记，也是淳安中华蜂的养殖专家。

金峰乡，原属淳安二都，因与县城很近，地理位置优势突出，历史人文资源丰富，更有丰富的山林资源。

千岛湖形成后，金峰乡与县城千岛湖镇隔湖相望，直线距离不到十千米，但这一湖水让这不到10千米变得特别遥远。陆路无法通达，只能走水路，从金峰码头乘船，要绕道小金山经过中心湖区才能到达县城。

20世纪70年代中期出生的李君竹，经历过淳安交通条件最差的几年，也见证了交通改善的历史。1993年，李君竹在唐村中学毕业后，同龄人中都有一种"逃离"的想法，逃离淳安，逃离山区。他也一样，毕业后就去杭城务工，用自己的勤奋积攒了一些财富。并有了自己的实体企业，而对于家乡总有一种因爱生恨的情感。那是故乡，也只有离开过故乡的人，才有这种特殊的情感，爱恨交织。爱，那里有割舍不掉的乡情，亲情和友情。恨，不是仇恨，因交通不便，百姓守着金饭碗过穷日子，优质资源出不去，外面的资金技术又无法落地。

2001年，千威线建成通车。2005年，千岛湖大桥通车。之后县政府又加大投入，加快县乡道和康庄工程的建设投入，贯通金峰乡的环金线在2010年基本建成。早在千威线开通时，李君竹便萌发了回乡创业的想法，这里毕竟是自己的故乡，但在外的创业刚刚有了起色，所有的人脉资源都刚刚固定，加上朋友的劝导，也就放弃了这个想法。到了千岛湖大桥建成通车，金峰乡的地理位置优势再次凸显出来，从千岛湖镇出发经过千岛湖大桥，再走千威线，半小时不到就能到达金峰乡政府。

2011年，李君竹毅然决定回乡创业，当年当选为安上村委书记，并在县城开办自己的实业裕达饼家。这一干就干了三届，整整十年时间。

"因为千岛湖大桥，我回到了故乡；因为千岛湖大桥，我在金峰创办了一个甜蜜事业。"

李君竹所说的甜蜜事业就是中华蜂产业，金峰及周边地区是浙江省唯一的中华蜂保护区，民间散养中华蜂的历史悠久。李君竹凭借自己在外多年经商的经验，觉得这是一个富民产业，一方面，邀请了浙江大学的中华蜂专家来金峰进行科研调查，形成学术报告；另一方面，主动向当地老蜂农土专家悉心请教。在不到一年时间内，他便成了一个养蜂专家。随后成立了千岛湖好清蜜蜜蜂专业合作社。2016年，为响应"绿水青山就是金山银山"的发展理念，注册成立了"淳安县千岛湖千峰郡种蜂有限公司"，当年通过杭州市农业农村局审验，取得"一级中蜂种蜂场"保种繁育资质，成为杭州市唯一一家中蜂保种场。

除了养蜂，李君竹还积极挖掘当地的民俗文化。现如今在骑龙巷入口处有一家淳安特色小吃"安上粉皮"，也是在他担任安上村委书记期间整理挖掘出来的。

2019年，在村里组建了亿实餐饮管理有限公司，两年来为村里实现消薄增收任务60万元，成为一家地地道道的强村企业。2020年开始，他卸下村委书记，改任金峰乡非公企业党支部书记，继续为家乡的发展贡献自己的力量。

如果没有千岛湖大桥，那么李君竹可能至今还在外地发展。因为一座桥而改变人生轨迹的，在淳安李君竹并不是一个特例。因为千岛湖大桥建成通车，交通极大地改善，时空隔断被彻底打破，在金峰、左口、界首、梓桐等乡镇民宿业得到了极大的发展，既有春兰土菜馆这样地方特色的餐饮民宿，也有像左口蓝马驿站这样的精品民宿。这些返乡创业的"李君竹"，带着对家乡的情结，为家乡发展贡献自己的力量。

附:千岛湖大桥建设大事记

2001年9月5日,浙江省交通厅对淳安县政府《淳安县千岛湖大桥工程可行性研究报告》作了批复。同意立项,标志着千岛湖大桥的建设拉开帷幕。

2002年4月12日,浙江省交通厅关于淳安县政府《浙江省淳安县千岛湖大桥工程初步设计》作了批复,同意工程设计方案。

2002年9月28日,千岛湖大桥奠基仪式。

2002年12月20日,杭州市交通局组织千岛湖大桥施工设计评审会,对千岛湖大桥的施工组织设计进行了评审。

2003年2月18日,第一根钻孔桩开始施工,标志着全桥主体工程正式开始。

2003年4月20日,终孔,标志着深水裸岩浮式平台钻孔技术在千岛湖大桥的运用是成功的。

2003年7月17日,做了桩的抗推刚度实验,实验结果和理论计算是吻合的,表明了深水栽桩技术的成功。

2003年10月7日,第一个承台施工完成,标志着大桥施工由水下开始转向水上。

2004年2月16日,第一个V形墩施工完成,标志着箱梁施工的正式开始。

2004年11月28日,全桥下部工程结束。

2004年12月28日,全桥第一个合龙段施工完成。

2005年8月16日,全桥合龙。

2005年9月20日,通车典礼,时任杭州市委书记王国平宣布通车,时任副市长孙景淼等出席。

最美公路:淳杨线

文 | 余娇艳

工程简介

淳杨线起点位于淳安县县城千岛湖镇,终点位于汾口镇,全长64.1千米,采用二级公路标准建设,双向单车道,设计速度60千米/小时,总投资25亿元。作为淳安西南片的唯一交通大动脉,淳杨线分2段进行“接力棒式”建设才有了现在的最美公路。一期千岛湖镇至上江埠大桥段长11.8千米,2008年9月开工建设,2011年6月完工;二期上江埠大桥至汾口镇段长52.3千米,2012年12月开工建设,2014年9月完工。让沿途里商乡、安阳乡、大墅镇、枫树岭镇和汾口镇五个乡镇约十多万人口彻底摆脱了轮渡出行的交通方式。

少了一座桥

2011年6月,上江埠大桥及接线工程正式建成通车。2014年9月淳杨公路改建投入运营，自此，千岛湖环线公路全线通车并形成了到县城的“一小时交通圈”。

可这“一小时交通圈”的实现，淳安为此足足奋斗了55年，其中的艰难可想而知。1959年，新安江水库形成，137千米干线公路被淹没，淳安境内仅剩下12千米“断头路”。县城到汾口的乡镇全都成了“湖景乡镇”，出行多靠水路，各个乡镇设置码头供客船停靠。想从乡镇去趟县城，真是山遥水远，需要花上大半天时间。“想致富，先修路”不仅是口号，也成了历届县委县政府亟须解决的重大民生问题。

淳杨线是连接县城和老遂安片区乡镇的主要交通动脉。原淳杨线从老汽车站起到开化县初禾村，全长106.33千米，车子从起点出发，沿着山和湖行驶，转过大大小小的弯道，翻过长长短短的陡坡，需要3小时多才能抵达终点，这还是在交通畅通的情况。5米宽的路面，每到会车的时候总显得局促，若是遇上两个新手司机会车，行程时间就更长了。加上沿线山体风化严重，每一次大雨、大雪都是一次严峻的考验，随时有可能塌方，影响车辆通行。

106.33千米长的淳杨线还不是条连贯的公路。在许源乡境内有一处上江埠渡口，从1986年起在这里摆渡过往车辆。虽然渡船从3车轮渡更替到了12车轮渡，但仍旧不能满足出行需求。渡船往返一次需要1个小时，赶上节假日车子多，一趟载不下，排在后面的车辆还得等下一趟。渡船运行从早上6点开始到下午3点结束，一天8趟，错过就得等第二天了。

2003年4月24日，时任浙江省委书记习近平第一次考察下姜村时，到了县城以后先乘船，后乘车，几经曲折才抵达目的地。交通问题作为一个重要的影响因素，让下姜村这个欠发达县的贫困山区难以突破发展瓶颈，村集体在2001年的经济总收入仅有0.86万元。

2004年1月17日，已经是农历廿六，天上飘着雪花，寒冬腊月里，街面上的各式小店都有顾客在挑选着年货，溪水边也尽是洗洗涮涮的老少，到处都是浓浓的年味。就在前一天，大墅公路管理站的站长王海念把站里的值班人员安排妥当以后，也骑上摩托车，回老家准备过年。王海念难得回趟老家，熟悉的乡音和节日的氛围，让他可以暂时卸下担子，松一松紧绷的神经，睡个清净觉，这天晚上，他睡得特别安稳香甜，直到凌晨4点多，一阵急促的铃声撞进王海念的耳朵，让睡梦中的王海念打了个激灵，电话接通，原来是淳杨线45千米加500米处发生了交通事故，车子撞断了护栏冲进水里去了。职业的直觉让王海念心里升起不好的预感，这个时间，车上肯定人多，怕是出了大事故，他也顾不得多想，立马起身穿上衣服，妻子来不及埋怨，只能叮咛他路上小心。黑暗中，王海念的摩托车轰鸣着赶赴事发地。但走淳杨线必须得等轮渡开航，怎么办？只能从汾口绕过来，路要远100多千米，雪天路滑，车子又不敢骑快，多骑了四个小时，等到现场，手脚全都冻僵了，好在其他同事离事发地近，早就抵达现场开展工作了。

每到节假日，淳杨线沿线乡镇在外地工作的人们想要回家一趟可就堪比走蜀道了，尽管轮渡有增加，但一天趟数有限，车站的发车时间也是跟轮渡时间匹配的，赶不上趟就走不了，要么从建德或者汾口绕行，要么搭乘客船，但到了码头可能还要走几千米的路才能到家，没有接驳车或者其他交通工具，拖着大包小包的行李，终归是各种不方便，短暂的节假日，大家都心照不宣，尽量不回来。要不然，路上几经折腾，回家的急切心情也化作满肚子的牢骚。一些老人甚至因为交通不便，一辈子也没进过县城。

什么时候能在渡口架座桥就好了。

24小时可通车

2007年7月，人们盼望的架桥消息终于尘埃落定，省发改委批准了环湖公路上江埠大桥及接线工程项目。由交通局作为建设方，中铁大桥局施工。当时的淳安作为杭州地区最偏远的一个县，又是个以第三产业为主的旅游城市，可用于交通建设的钱并不充裕，只能优先建桥，解决人民群众多年来的心愿。

在建上江埠大桥之前，淳安已经先后于2005年9月建成千威线上的千岛湖大桥，2007年12月建成淳开线上的小金山大桥，其中千岛湖大桥主桥墩桩最深达64米，为当时国内桥梁深水钻孔桩桩长之最。两座跨湖大桥的建成，让总工程师何仁对这次的上江埠大桥建设胸有成竹。

但施工现场的复杂状况却让他有些措手不及，始料未及的问题接踵而来。2008年9月，施工队入场，首先要做的便是将桩点定位定好，经过现场勘察才发现施工水域水下地质条件复杂。建新安江大坝时淹没的港口镇就在打桩的范围内，泥墙、砖石、瓦片、木料在浸泡了几十年后，一遇外力就成了碎块，受到这些碎块的影响，底下岩石的情况不好判断。现场施工一时陷入僵局，工人们一筹莫展。何仁第一时间赶到了现场查看，得把杂物都先清理掉，但水深已经超过往常施工技术的水下深度极限，单靠冲击钻怕是不行，只能加压形成对抗水压，辅助把施工区域的杂物吹出去。一试果然成功将杂物清理了，这个问题暂时克服。

桥墩要稳，基础必须扎实。杂物清理出来后，需要在水底的硬质岩石上固定金属护筒，然后在护筒内进行施工打桩。为了保证钻头垂直，每2—3厘米都需要进行垂直校正，打完才发现，嵌岩深度竟达30米，这是前面两座桥建设时都没有遇到的。把难题攻克的心情是愉悦的，但复杂的水下环境和高难度的施工让工程进度比原计划慢了。

攻克了技术难关，本想把进度抓紧时间赶上，可偏偏怕什么来什么。连日的降雨，让千岛湖的水位在几日内猛涨，甚至突破了106米水位线，固定好的金属护筒全都淹没在水下看不见了。按照以往的经验，下半年雨水少，水位会低，这个时候进行深水桩施工最合适，水位下降，施工难度跟着下降。可这一年的反常天气，就像是故意要给人使绊子。“好事多磨啊。”现场的人只能这样安慰自己。

安慰归安慰，现场人员一刻也不敢松懈，施工时间只有不到两年时间，任何一个环节都耽误不起。即使困难重重，施工不能停滞。雨一停，施工人员马上重新进行桩点定位，誓要与雨天抢时间，所有人都在现场待命。

在困难重重的客观条件下，工程进度比预计的进度要慢了许多，眼看离计划竣工时间越来越近，施工方决定一天三班倒，24小时不间断施工，把进度赶上去。工人们加班加点干得热火朝天，混凝土又跟不上抢工进度了，县交通局动用了所有资源和力量，从市面上购买商品混凝土回来补充。指挥部也从固定变成了移动，从室内搬到了室外施工现场，遇到问题就由监控方、施工方、监理方、设计方当场开会，当场出结果，当场执行。就是在这样的干劲和敢与时间赛跑的韧劲下，上江埠大桥项目得以提前完工。

2011年6月29日，全长6.69千米，总投资51587万元的上江埠大桥及接线工程正式完工。下午1点30分，千岛湖上最后一班汽车渡轮缓缓驶离上江埠渡口码头，从淳安交通的历史舞台上正式谢幕。至此，淳杨线沿线两乡三镇10余万群众也彻底告别了轮渡这一出行方式，淳安的环湖交通圈正式实现24小时通车，长达40余年陆路交通隔阻的历史宣告结束，淳安交通进入全新时代。

行路难

“弯道太多了,车子难开,不熟悉路况的司机容易出事故。”回忆起老淳杨线,在大墅公路管理站工作过30多年的老站长余速这样说。在这30多年的时光里,他见证了淳杨线史诗级的蜕变。

余速说,淳杨线未改建前,从大墅镇到县城,50多千米的路程,开车需要两个半小时才能到达。淳安是丘陵地貌,到处都是山,当时建设公路的技术手段及机械设备也有限,主要依靠人力施工,为了减少施工难度,老淳杨线既没有隧道,也很少架桥,公路是沿着山体开的,就像歌中唱的“这里的山路十八弯”,车子刚要提速,前面就有弯道需要减速,急弯、陡坡也有多处,路面只有4—5米宽,还有很多是依山傍水路段,路面外是落差几十米的水库,让开在这条路上的司机们苦不堪言。很多货车司机开到这条路上都得先抽口烟提提神,甚至有些外地的货车司机不敢走淳杨线。

到了节假日,狭窄的路段还经常堵车。尤其是在大墅镇境内的栗园里村,老淳杨线穿村而过,路两边排布着村民的房子,路面拓宽一寸都难。每年春节,交警们准时到这段路上“报到”,指挥来往车辆通行,减少堵车时长。过年要来村里走亲访友的人都尽量骑电动车或者摩托车过来,免得堵在“最后一步路”。遇上有大车需要到这里会车,轮胎得紧扣路沿过去,十分考验驾驶技术。

纵然是余速这样,长年在这条路上工作,对淳杨线上的一草一木甚至一粒石子都无比熟悉的人,也在这条公路上出过车祸。2006年夏天,他骑摩托车带着女儿进城上钢琴课,天下着毛毛雨,雨衣加上头盔,视线并不那么好,他想着慢慢开吧,时间来得及。行至许源加油站附近的一处弯道,迎面而来的一辆车许是减速来不及,直直朝着他冲来,为了避开这辆车,他下意识将摩托车把往路边一撇，轮胎从沥青路面滑到湿润的泥巴路肩，摩托车一下子失去控制，瞬间打滑侧翻，连同父女俩，重重摔在地上。他挣扎着爬起来去看女儿，幸亏女儿只是手臂挫伤，但他自己的手掌、手臂、小腿都受了伤，鞋面和鞋底也分了家，真是要多狼狈有多狼狈，好在俩人都只是一点轻伤，也让余速心里有些后怕，弯多路窄，幸亏这次出事的路肩以外不是湖！

2004年1月16日，还有3天就是除夕，在外地工作的人们陆陆续续往家里赶。在私家车还没那么普及的年代，春运的客车总是一票难求。当日晚上10点，一辆41座的客车从杭州驶出，尽管这辆车并不是车站的车，但春运，能有车都算是幸运了。归乡的心情是雀跃的，车上的人不觉得辛苦，想着睡上一觉也就到家了。5个小时以后，客车已经开到淳杨线大墅镇境内，却在胡家村对面的一处弯道，驾驶员误判了路况，径直开出路面，车辆翻入落差30多米的千岛湖库湾。警方联合当地的干部、群众及时进行施救，有11人当场死亡、22人受伤，其中 2 人重伤。司机朱永富在被救上来后失声恸哭，这个中年男人完全顾不上形象如何，一个弯道让这么多人丧生，他恨自己没有警醒一点，也恨淳杨线有这么多弯道。闻讯赶来的死者家属几欲瘫倒在地，团圆夜再也不能团圆了，美满家庭毁于一旦。

余速和他的同事们面对这么多逝去的生命也扼腕痛惜。每有交通事故发生，除了交警到场，养护站的工作人员总是在第一时间清理道路杂物、修复安全设施、设立警示标牌，24小时待命是全站工作人员的工作状态。

他们最担心的还是梅雨季和冬季的极寒天气。淳杨线沿山而开，沿线的边坡并不稳定，山体风化严重，部分岩石裸露无法生长植被，还有些边坡坡度比较陡，梅雨季节一来，土壤的水分过度饱和以后，山体极易发生塌方。泥土、石块、树枝甚至整棵树像是泄洪一般坍塌下来，本就不宽的路面，通行随时可能中断。余速曾在20世纪90年代参加过一次公路抢险，那

淳杨线上三合桥　摄影/王建才

年的梅雨季，下姜村附近就发生过一次大的山体滑坡，大约有一千多方的土从山上坍塌下来。天上淅淅沥沥，不见有雨停的迹象，抢险工人们只能冒雨清运土方，掏进竹簸箕里的泥混着水，又从缝隙漏出去，清了好多天才把路面清出来。中途有个孩子高烧要去就医，车子是过不去了，孩子可不能耽搁，母亲望着高高的土堆，急得哭起来，余速见状就把孩子背起来，从塌方的泥上深一脚浅一脚过去，让他母亲跟着走过去，抄小路去镇上的医院，总算是没耽搁孩子看病。

除了这一次，每年大大小小的塌方也从来没间断过。

最美公路

2014年9月，历时6年分段建设的淳杨线全线完工，路基宽度10米，隧道净宽10米，公路临湖一侧还设计并建设了骑行绿道，绿道宽5米，其中绿化隔离带1.5米，骑行道3.5米，基本与公路并行，部分路段利用半岛向外延伸，淳杨绿道总长约75千米，与2013年建成的千汾绿道共同组成150多千米的环千岛湖绿道。

淳杨线的美，并不是轻轻松松就有的。是背后有人克服千难万阻，付出了汗水和牺牲换来的。淳杨线的建设必然涉及征地赔偿。但土地是农民的命根子，不愿意自家土地、山林被征用的占了多数，涉及的农户数也多，工作人员只能一遍遍上门做工作。为了减少淳杨线征地工作阻力，县交通局派工作组到沿途乡镇协助征地，希望能加快征地进程。原塔山村书记邓满莲还记得，当初最不同意土地被征用的农户，她连着去了农户家6个晚上，不断做思想工作，软磨硬泡，晓以利害，终于说通农户，把征地协议给

骑行花园中　摄影/王建才

签下来。

淳安的新安江，吸引过李白这样的诗人，千岛湖形成以后又吸引过郭沫若这样的大文豪，一湖秀水让许多游客慕名而至。为了保护好这一湖秀水，贯彻“绿水青山就是金山银山”理念，县交通局在设计上花了一番功夫。既要建好公路，又要最大限度地保护沿线的生态不被破坏。

何仁坦言，淳杨线建设最大的压力来自环保压力。淳安多山，要做到少挖山填湖，减少景观破坏，只能多设计隧道和桥梁。必须要挖的山，就一边挖一边复绿，且根据挡土墙、上边坡和下边坡的实际情况实施不同的复绿措施，采用垂挂实物、攀爬藤本植物、映山红等分别配植。挖出来的废弃石料经加工用来砌挡墙和铺基层，还摒弃了“边挖边填”的传统做法，通过相对集中地借方取土，减少破坏面，达到土石方的综合平衡。

淳杨线的设计方案送去杭州市，最终只给批了公路项目，并没有把绿道纳进去。淳安县委县政府最后决定自己出钱建绿道，出两套图纸，等施工时，再合并图纸进行施工。千岛湖至上江埠的公路路面原计划只有8.5米宽，时任淳安县交通局局长郑志光几次跑去和县主要领导商量，最后才建成了10米宽的公路。

对公路建设来说，公路等级越高，公路的造价就越高。当时的淳安县，地方财政收入还不到10亿元，要建成这条二级公路，资金上的困难是显而易见的。淳安交通赔补偿政策历来是最低的，不到当时房地产赔补偿的一半。但是为了减少征迁工作阻力，为了环境保护，县交通局还是按照最高的标准执行。在设计施工上，采取少挖山，多建桥梁、隧道等措施，并进行了全方位、立体化的生态修复，增设了路面污水收集系统，建设成本比其他普通公路增加近3亿元。

此外，淳杨线绿道每年要增加养护成本1500万元。县委县政府硬是克服了重重困难，建成了这条“最美公路”。

淳杨线穿过枫树岭镇薛家源村　摄影/凌至泽

设计建成的淳杨线将滨湖、山林、田园景观与公路融合，尤其是临湖路段，通过绿化植物的巧妙设置，打造通透的湖景景观，还在部分路段设置观景台和停车位，方便游客下车观览。山的秀美、水的灵动以及田园的宁静，让“车移景异、一步一景”成为现实。

2019年淳安创下了四好农村路全国示范县，淳杨公路也被评为全国最美农村路。随着知名度和美誉度上升，淳杨线上的各类骑行比赛接踵而来。骑游人数也从2013年的20万人次，上升到2020年的140余万人次。

乡村旅游正当时

淳杨线改建的消息传到了里商乡塔山村邓满莲这里，作为村书记，也许是她的战略眼光，又或许是子女长大的迫切需求，她把在自己手上建起来的第二幢房子推倒重建。

既然是要建房子，那就建民宿。邓满莲心想，自己的房子到淳杨公路上不过500米的距离，门前有溪，屋后有山，穿过淳杨公路外面就是湖，山清水秀的环境一定能把外面的游客吸引到这里来。村民们却不看好，这个自然村叫柴林湾，听名字也知道，到处都是山，长满了柴，务农倒是可以，怎么会有人想来这样的地方玩，这里有什么可玩的？

2017年12月，邓满莲的柴林湾民宿落成，并正式开门迎客。陆续有客人从杭州、上海、金华等地到她的民宿来，有自驾游的，有骑行游的。经过一段时间的经营，民宿也日渐走上正轨。2020年，邓满莲趁着村级组织换届选举的机会卸任了村书记职务，专心经营自己的民宿。2021年十一长假，我几次电话联系想要采访她，她都忙得没时间接电话，于是在一个午饭后，我做了一回“不请自来”的人,刚走到民宿前,就看见一位头发花白满脸褶子的老人家站在门口,随后悠闲地坐在沙发上,我看她的神情以为她是邓满莲的家人,直到她开口说了一句什么土话,我也理所当然地认为就是这里的方言,邓满莲介绍说,这位老人家是从金华过来玩的。宾至如归大抵就是这样吧。

得益于淳杨线带来的便捷,越来越多离公路近的房子被建成了民宿,村民们在自己家里就能实现就业,收入还比外面务工要高。不同于大型酒店,小而美的民宿为游客提供的个性化服务更多,更容易亲近大自然,也因此受到越来越多游客的青睐。

当然,乡村游需要更多的体验活动,沿线的葡萄、西瓜、火龙果、水蜜桃、草莓等四季水果采摘游,笼络住年轻的家长游客带着孩子前往。随着千岛湖环湖交通的打通,一小时交通圈的行程,乡村游成为来淳安旅游的另一个选择,避开人流,亲近自然,让城市里每一颗躁动的心灵都在这里得到安抚。

淳安交通的时代进行曲

文｜谢敏慧

“天地交而万物通。”

交通这个词最早源自《易经》，词义在千百年的衍变中不断扩张，如今已囊括了运输与邮电通信，成为民生之本，一头连着民族的发展希望，一头系着群众的小康生活。

交，乃联结；通，乃开放。只有走出去，迈开第一步，实现贸易互通、技术共享、人才流通，经济发展的血脉才能更加蓬勃。而淳安的交通不仅书写了山川河流的史书，更勾勒出一座城市腾飞的形象气质，在无数辛苦耕耘的淳安人民心中点燃希望的火花。

淳安交通史就是一部苦心孤诣的巨著，每一项重大工程背后不仅有一群默默付出的交通人，还有一番不断重塑的经济地理新气象。如果以它们为标识划分开不同的时代，那么我们可以清晰目睹从排岭小城到享誉中外的花园城市千岛湖的发展历程——是交通串联了淳安经济发展与生态保护相协调的60年。

在当今的浪潮之下，只有与时代脉搏同频共振，才能骑龙而上，鹏程万里。

联运时代

“路难行，行路难。”

这是老淳安人当时的真实写照。

1959年，为建设新安江水电站，淳安全县境内只剩下12千米的断头路，这时的淳安交通以水运为主，梭机和船是主要交通工具，公路反而是辅助的、补充的。

村与村、乡与乡全靠水路来往，于是湖面上有了客船，水岸边有了码头，人们常说“一座码头一世界，隔山隔水难相见”。譬如王阜乡，由于先天地理条件影响，山高路陡，巉岩巍峨，公路还未开通，村里人要想谋生，就得走出去，通常是半夜起床，从山顶的村子徒步走到宋村码头，再坐船去镇上做短工，几十里山路全靠一双腿，翻山越岭，披星戴月。

老轮船码头是一部苦涩的辛酸史，它开启了一个时代，结束了一个时代，又迎来了一个新时代。它的变迁与升华，和淳安交通紧密相连。

在初期，只有新县城的排岭码头是固定的，有青石板铺就的台阶，像汾口、威坪、姜家等大一点的码头都是浮动的小木屋，它们随着水位的高低而上下浮动，20世纪50年代末很少有钢筋水泥，乡村一级大多是沙石铺就的简易码头。

如今有资料记载的标准码头就有五百余个，其中四百六十多个码头有人员管理，但临时停靠的私人码头却不计其数。譬如里商乡，在当时没有一条通达的公路，村子里都是烂泥路、拖拉机路，要想出门只能坐船，很多沿岸的码头都是村民们自己挖出来的。

毛竹源码头应运而生，承载着辉煌的使命——从20世纪60年代起，在长达四十余年的时间里，它一直是淳安对外沟通的唯一窗口，更是外地游客来千岛湖旅游的必经之地，同时也是淳安县唯一通火车的地方。要外出，就需要乘坐汽车或者轮渡到毛竹源码头——这是去往金华、杭州乃至上海的交通要道，素有“小香港”之称，其繁华程度可见一斑。

小时候坐船，除了拥挤的甲板和赶早的天光，还有那一碗喷香的船上面，有服务员来船舱售卖，分光面、香干面、肉丝面三种，价格由低到高。汤底里加酱油、小葱和一勺灵魂猪油，面条浸满汤汁的油香，又筋道又顶饱，一碗下肚，暖胃暖身暖心，以至于多少年后，都有人心心念念这一碗质朴的船上面。

到了20世纪80年代初，淳安仍被戏称为杭州的“西藏”，原因无他——交通过于落后。

当时的公路只有三条：一至街口，通歙县、屯溪；二至芹坑，通建德、杭州；三至界首，通遂安、开化。如果从淳安县城坐客车到杭州，至少需要六个小时，途经分水，一路沙石颠簸，漫天黄沙从拥挤的窗户缝隙间扑扑而来。等到了杭州，整个人连头发都打结，灰尘满面，十分狼狈。若是想快一些，就要水陆联运，先从西园码头坐船到毛竹源码头，再走320省道去杭州，这样一来交通费用就很昂贵，很多人舍不得。

在这样的背景下，淳安人民的生活自然是十分艰苦。

直到1991年，机遇开始垂青于这座灵秀小城，9月25日，淳安县排岭镇正式更名为千岛湖镇——“西子三千个，群山已失高。峰峦成岛屿，平地卷波涛。”郭沫若先生的这首诗正是千岛湖名字的由来。不久的将来，这个名字将响彻中外，而此刻，这片土地上的人们还不知不觉地奔忙于生活之间，被时代的洪流裹挟成一束光。他们有的正值壮年，心怀梦想意气风发；有的年少轻狂，刚刚踏上外出求学的征程。

夕阳西下，悠长的汽笛声在辽阔的天际呼啸，“呜——”

一湖秀水之下，狮城、贺城沉眠其间；湖面之上，千余座翠色岛屿散落

排岭码头　摄影/程爱香

分布。大大小小的客船次第驶离湖岸，载着乘客们一路向前，霞光照耀着整片湛蓝的湖域，滚滚流逝的除了那一湖光阴，还有记忆里拥挤、落后的联运时代。

——青山绿水之间，一颗火种悄悄被点燃。

通达时代

穷则思变，要想打破这个僵局，唯一的突破口就是交通。

要想富，先修路。

1996年，淳安人民迎来了交通史上的第一个重要节点——环湖公路。

这是一个跨越式的交通大项目，如果建成，就能实现淳安境内的“乡乡通”任务，这无疑是一个从天而降的巨大惊喜。

对于当时的淳安交通人来说，更是具有划时代的意义。

举个最简单的例子，从县城到姜家、汾口，每天虽有班船，但县城的码头下午4点半以后便不开船了，常常有人赶不上船，无奈只能再在镇上留宿一夜，或是铤而走险去私人码头坐船。

“那个年代太苦了，”老交通人徐建富至今还记得当时的情景，“原本简陋的渔船却用来载客，为了赚钱，大家都默认超载，存在的安全隐患非常大，若遇上恶劣天气，经常发生翻船事故。”

发展交通势在必行——封闭，是山高水长；开放，是道路万千。

当时淳安交通局设立的目标是“通达”，但淳安共有37个乡镇，是浙江省陆域面积最大的县，拥有丰富的自然资源。其地理环境极为复杂，施工的难度也非常大。摆在淳安人民面前的是一个真正的超级工程，但在这样的情况下，没有人退缩，也没有人放弃——

“交通人就是劳碌命，我甘愿做这样的人。”

“吃得了苦才能干得了活儿。”

这一句句轻飘飘的言语背后，却是道不尽的艰辛：多少个日夜的呕心沥血，多少个家庭的聚少离多，多少张图纸的举重若轻。

他们扛起了责任与担当，却连名字都未留下。

逢山开路，遇水架桥。淳安人民就是靠着这种群策群力，紧追不放的精神和韧劲，终于完成了第一代交通的发展。而淳安县委、县政府也把交通建设作为最大的民生工程来抓，集全县之力建设“四好农村路”，总里程跃居浙江全省前列。

所谓“四好农村路”是指建好、管好、护好、运营好的农村公路，建设只是其中一环，后期养护管理必不可少。

从事公路段养护工作二十余年的姚春城说道：“在当时常常有人调侃我们：远看像个烧炭的，近看像个讨饭的，仔细一看原来是公路段的。”

他说着笑起来：“因为我们当时工作非常辛苦。”

一把扫把、一根锄头，一个畚箕，就是他们所有的工具了。

公路上扬尘多，风沙大，他们就埋首其中，以路为业，以站为家，仿佛一盏盏坚守的灯塔，默不作声地养护着公路，常常晴天一身灰，雨天一身泥。

即使如此，他们也没有怨言，反而回忆起点点滴滴的温情时光：“以前的老百姓真的非常质朴，他们看见我们，很热情的，常常给我们送水喝，让我们歇一歇。我们在扫马路，远远就能看见他们招手向我们表示感激。”

环境的艰苦、内容的枯燥，从未浇灭这些年轻人满身的热情。他们意气风发，展望着即将到来的新世纪。

2000年以后，随着05、06省道改造完成以及环湖公路的正式启用，毛竹源码头不再是淳安人的唯一出口，排岭码头也因为公路成网后失去联运功能，转入了快速升级的序列。2009年5月，绿皮列车停止了运营。

从此，往日熙熙攘攘的毛竹源渐渐空了下来。

修一条路，造一片景，富一方百姓。

以“环湖公路”为代表的乡乡通工程，为淳安的乡村经济发展打下良好基础。水果、茶叶等各种特色农产品在家门口就可以卖掉了；旅游业也借着这股东风蓬勃发展了起来。

一趟车，跑出脱贫幸福路；一座桥，带来致富新期盼。

路网纵横交错，桥梁跨越天堑。交通加速了要素资源的流通周转，畅通了经济发展主动脉，也让这座城市有了可依凭的发展条件。

——时针落在20世纪的尾声，沿湖绽放的烟花之下，一只雏鹰，振开了羽翼。

快速时代

迈入新世纪，淳安交通的目标转向了“快速”。

2003年，普惠全县45万百姓的“康庄工程”正式启动，成为最受关注和认可的政府实事工程，这也是淳安交通史上第二个重大的历史转折。

经调查，当时全县30个乡镇898个村，通等级公路的村却只有360个，占全部村庄的40%左右，每百平方千米地域面积拥有公路仅为1.85千米。

龙游乡村　摄影/胡红英

为全省最低。沿线公路已硬化的村只占全部行政村的27.3%，开通机耕路的村有491个，占全部村的54.6%，还有48个村只有能供人行走的小道。

从这一年开始，淳安人民终于要实现“村村通”的梦想了——让每一个村子都通上公路，让每一个人的出行都得到便利，让每一个人都能过上小康生活，这才是交通的初心。

而这些努力与心血很快就化作一个又一个激荡人心的数字，简短而有力地证明着淳安交通的日新月异。

2003年，按照康庄工程的总体安排，全县实施试点项目58个，实施里程351.18千米，基中2003年底完成60千米，完成投资1400万元。

此后的4年是农村公路建设史上投入最多、建设规模最大、成效最明显的一个时期。

2007年，农村联网公路建设应运而生，真正实现了“走廊式交通”向“开放式、网络化交通”的转变。12月26日，大家期盼已久的淳开公路淳安段全线通车，打通了南北交通大动脉，开辟了千岛湖景观新走廊。

2008年9月，历时近17个月的环湖公路左光段建成通车。

截至2010年，淳安共有村道公路599条，2258.543千米，425个行政村中有417个村已通达班车，行政村班车通车率为98.1%。

在深入农村实地考察、走访农户、召开座谈会、发放通车征求意见表的基础上，淳安县交通部门制订了通车计划，并逐村落实到位。对通行条件较好的通村公路，新增通村客运班线、调整或延伸现有客运班线；对通行条件不良的通村公路，开通康庄小巴士；对沿线村庄人口较多的线路，实行定时运行；对客流量较少的线路，实行隔日班、定期和节假日班等方式运行；对客流量很少且运输组织有困难的村庄，实行预约叫车服务。区域内客运车辆和康庄小巴士实行统一经营主体、统一标志、统一服务规范和统一的低票价标准，确保惠农“村村通”工程有序推进。

同年11月29日，又开通了千岛湖至杭州的城际公交，沿05省道运行，在文昌、百江、分水、瑶琳、新登、富阳、转塘等地都设有公交站点，投放7辆客运车，每天7个班次，每班时隔100分钟左右。

随着此次城际公交的开通，淳安主动接轨杭州市主城区公交网络，有利于构筑网络一体、市场规范、服务优质、出行方便的城际公共交通服务体系，淳安也将加快推进融入杭州的进程，为促进区域经济健康发展提供了更好的条件。

一步跨千年。

命运的改变，是一个时代巨变的缩影。

2014年，淳杨公路上江埠至汾口段改建工程提前建成通车，工程全长52.34千米，总投资约20亿元(含绿道建设5亿元)，采用二级公路标准设计建设。该项目的建成，进一步改善了淳安县的公路路网结构，形成环千岛湖“1小时”交通圈。

这个长达二十余年的句号终于落下，也标志着千岛湖环湖公路真正成环，圆了淳安半个多世纪的环湖交通梦！

——在一次次的尝试中，这只羽翼未丰的雏鹰终于褪去青涩，初绽光芒！

绿色时代

“淳安的交通用四个字形容，可以说是翻天覆地。”

提起交通的现状，姚春城满脸自豪。

杭黄高速和高铁的建成，不仅加快城市群和都市圈轨道交通网络化，提高农村和边境地区交通通达深度，还让淳安交通步入了光辉的黄金期，也就是人们常说的“两高时代”。淳安交通发展了四十多年，如今已不再满足于过去，而是要转向更高的目标——“绿色”！

车在路上行，人在画中游。

杭黄高铁串联起“杭州名城—千岛湖名湖—黄山名山”的山水长廊。这条世界级黄金旅游走廊，构筑起畅通的交通网络，轻而易举地将分散于各地的坐标点联结成一段段可量化的公路里程，将出行化为最简模式。

2017年是淳安交通开工重点项目数量最多、战线最长、投资规模最大的一年。完成投资45.4亿元，其中交通固定资产投资占全县固定资产投资总量的54%。

到了2018年，我们终于迎来了硕果累累的丰收时刻：杭黄高铁淳安段提前完成主体工程，进入绿化和机电工程施工阶段；千黄高速淳安段于9月27日全线动工，比原计划提前了2个月；昌文公路临岐至紫槽岭段改建工程、05省道文昌火车站至千岛湖镇快速路工程等均超额完成年度计划；淳开线与千威线连接线工程等提前建成通车。

12月25日上午9点41分，由杭州东开往黄山北的杭黄高铁首发“复兴号”D9551次列车抵达千岛湖站。

“千岛湖站到了！”

同一时刻，高铁站内外扩音器悉数响起，悦耳的声音回荡在广袤的青山绿水之间，也镌刻在一车又一车热泪盈眶的乘客心中。

市民张女士特意和同事一起赶到千岛湖站现场买票，她说：“杭黄高铁，是开在家门口的高铁，第一天的车就算不能坐，留下票来，也是很有纪念价值的。”还有许许多多像张女士一样的朋友自发来到高铁站，只为见证这神圣的一刻。而原先设在建德市境内，临近毛竹源码头，曾被称为“千岛湖站”的岭后火车站，相应改名为“千岛湖南站”。

首班列车的进站，标志着千岛湖正式进入高铁时代！最值得惊喜的是千岛湖站拥有始发功能，这对发展千岛湖旅游、振兴淳安经济是个无价之宝。

淳安的铁路梦最早萌生于20世纪70年代，但一直到2009年3月，高铁梦才终于追成了。

2014年6月30日，在县委、县政府和交通部门的努力下，杭黄高铁开工仪式在文昌举行，号召全县沿线乡镇和相关部门要全力以赴、集中精力、集中时间做好征地拆迁工作，确保施工队伍进场进行无障碍施工。

淳安段全长53.658千米，其中有47千米是隧道，包括12.3千米的天目山隧道，还有5千米是桥梁，是全线投资规模最大，施工难度最大的施工段。

担负长田里隧道施工的项目部经理杨全说：“我从事铁路建设20多年，到过好多地方，但从未见到过这么好的地方政府，思想觉悟这么高的老百姓。在其他地方，我们进场才开始征地拆迁，一般都要好几个月才能投入施工。没想到我们进场之前，你们征地拆迁就基本搞好了，连我们的生活区和机械设备停放处都给我们选好、平整好了，使得我们项目部创下了当日进场，当周施工、当月进洞的高铁建设史上新纪录。”

高铁沿线的堪头村每年开打山核桃前都要举行百家宴，由于路地关系和谐，村里的干部群众像请亲戚一样把在勘头溪特大桥施工的人员请来共进宴会。当村民开打山核桃时，施工单位又主动派车派人帮村民捡山核桃，运送山核桃。有来有往，为无障碍施工奠定了基础，创造了条件。原先最令人担心的天目山隧道比计划提前一个多月贯通，并创下了无伤亡的安全生产纪录。在长达四年之久的施工过程中，淳安和施工单位路地合力创下了全线征地拆迁最快、支持力度最大、环境保护最优和工程进度最快、工程质量最好的成绩。

在建设过程中，中铁二局和中铁隧道集团两个项目部曾先后投入了2300多万元资金，在每个隧道口建立了7级污水沉淀池，并安装了污水处理设施，隧道中排出来的污水、废水都要经过沉淀过滤和科学处理后才放心地让水流入小溪中；为了不让施工现场和运输道路尘土飞扬，他们购买了16台洒水车，配备了160余名保洁员每天进行洒水、冲水和清扫路面；在主体工程完工之后，又立即对桥隧两头的边坡进行复绿，做到四季常青，花果飘香。

也因此，高速和高铁的建设不但没有破坏环境，而且使沿线生态更好、景观更美，其中溧阳至宁德国家高速公路浙江省淳安段被授予“最美绿色高速”的称号，杭黄高铁荣获了“全国最美高铁线”称号。

公路段养护的工作环境也随之改善。老交通人姚春城感慨道：“现在基层一线工作人员的劳动强度大大降低，机械化程度也越来越高了。原先一条公路上要设五个养护站，每个站点需要五六个人，现如今已合并为一个站，所需要的人手也少了。”

“而且我们改路也不像以前了，都要因地制宜、与时俱进。比如我们去村子里修路，会尽量保证原有的道路高度，这样可以减少群众不必要的麻烦与矛盾，像原先道路破损后积攒的废石，我们就会二次利用，不重新开采，减少对沙体和生态的二次破坏；除尘和森林防火也成了我们工作的重心，毕竟绿水青山就是我们的金山银山。”说着，他又举了个例子，“从下姜到常山要修路，其中一个路段正好有一片柏树林，足有六七十棵，原先是要砍掉的，但考虑到生态保护，我们就想了一个折中的办法——让柏树立于中央，道路向两边开，这样反而形成了一个独特的生态景观，还吸引到了很多游客。”

随着绿色交通的不断发展，在游客和千岛湖旅游目的地之间架起一

杭黄高铁千岛湖站　摄影/鲁永筑

条安全、快捷、方便、舒适的快旅慢游的桥梁和纽带，有助于淳安融入大都市，共享改革开放发展成果。

这不仅意味着淳安人民出行方式和体验实现了划时代的变革，“交通+体育”“交通+旅游”为千岛湖旅游产业开发注入新的动能，并对淳安全域旅游发展产生深刻的影响；更将使淳安与大都市的往来互动迈入新时空，让西湖、千岛湖、黄山这条国际黄金旅游线更加耀眼夺目。

千岛湖这块生态净土、自然瑰宝、5A景区，成为全国人民朝夕可至、触手可及的诗和远方，让来自全中国、全世界的游客可以借着“两高”的东风，看尽西湖妩媚、千岛碧波、黄山奇境。

天堑变通途，歧路变坦道。

山河仍依旧，人间换新颜。

——在1078座岛屿之上，这只羽翼丰满的雄鹰终于昂起头颅，长鸣划破天际，向世界展示淳安英姿！

尾　声

交通很宏大，又很细微。

翻阅淳安交通的数据，可以发现两条走势完全相反的曲线。

一条向上的曲线：是建设的淳安公路里程越来越多。目前，全县公路总里程2862.271千米，高速公路65.618千米、国道89.777千米、省道29.264千米、县道721.913千米、乡道277.549千米、村道1678.15千米；有公路桥梁804座、59705.6米，公路隧道143座、87551.6米；建成环湖绿道共有150千米，串联起76个休闲农业点，7个旅游风情小镇，22个乡村旅游景点，11个登山露营基地。

一条向下的曲线：是每年剩余的贫困人口数越来越少。截至2021年，淳安已实现全面小康！全年城镇常住居民人均可支配收入48985元，增长4.1%；全年农村常住居民人均可支配收入22465元，增长6.6%。

向上走出了富裕，向下更走出了希望。

风正帆满，梦已启航。

征程万里，不忘初心。

路缘

口述｜朱田法　记录｜卢燕敏

朱田法(1931—2016)，淳安县唐村区方宅乡坪山村人。1951年5月参军，1957年6月复员；1958年4月至1960年4月，任淳安县公路段工程队支部书记；1963年8月至1966年10月任淳安县公路段书记；1978年4月，任淳安县交通局副局长；1988年12月，任淳安县交通局调研员；1993年退休；2016年10月26日因病逝世。

一

我叫朱田法，1931年出生，是淳安县唐村区方宅乡坪山村人。我的一生还算顺当，没什么大波折，唯一感到遗憾的就是好日子来了，我的身体却不行了。

我从小跟着父母干农活，田间地头摸爬滚打，别的没学会，种庄稼倒是一把好手。我家的地离村子远，每天起早贪黑，费时又费力，我就琢磨着是不是能开一条近道？家人笑话我吃饱了撑的，我初生牛犊不怕虎，天天在荒岭荆棘中劈柴挖路。嘿，一年多时间，一条便道就被我开出来了。那年我17岁，或许就这样跟路结缘了。

1951年5月，部队来乡里招兵，从小玩到大的同年来找我，问我愿不愿意去当兵？我想都没想，脱口道，去，干吗不去！两人跑到乡政府报名，名一报上再体检，欢送会紧随其后。开完欢送会，部队集合开拔。我连换洗衣服也没拿，就这么跟着部队走了。

走了一天，队伍夜宿在路边的祠堂里。大家席地而睡，我被挤在中间，左边打呼噜，右边磨牙齿，我睁眼到天亮。早餐每人两个馒头，边吃边走。连着几天的急行军，脚板底全是血泡，有些人吃不消了，半途跑回家。同村的也跑了两个，他们叫我一起跑，我拒绝了。心想，就这么跑回去，还不叫村里人笑话死。

总算到了金华，部队休整一天。从未出过远门，一下子来到金华府，就像掉进了五光十色的大卖场，眼睛都被晃花了。第一次上大马路，第一次看火车，我们一群乡巴佬手舞足蹈，个个像打了鸡血。

一天后，部队开拔去福建前线。在那里，我度过了八年的军旅生涯。

二

1957年6月，我的名字上了复员名单。部队领导问我愿意留在当地还是回原籍？当然回老家，叶落归根嘛。我回答得很干脆。

回到家乡，我先在方宅乡清溪社当了几个月的支部书记，1958年4月，调到淳安县养路工区工程队任支部书记。当时，为配合新安江水电站建设，输送库区移民和解决出县通道，上级要求突击赶修淳分公路（今05省道）。在“大跃进”的形势下，新安江水库建设加快，公路建设也力求加快速度。然而，条件实在有限，没有机器设备，没有汽车运输，更没有先进技术。好在那个年代，无论多么困难，人们都能想办法克服。锄头洋镐就是设备，肩挑背负就是运输，土办法就是技术，57.62千米的县境通道，就是在这种情况下提前了45天完成，并把通车作为国庆节的献礼。

1960年，水电站建成发电。大移民开始，我被抽到移民工作组，负责检查迁移情况。每到一个村庄，看到人走村空，心里很不是滋味。水位上升的速度，出人意料地快，淳建公路、淳徽公路、淳开公路全部被淹，最后只留下12千米的断头路，淳安就这样成了浙江交通基础设施最落后的一个县。据说，当时全省有11个不通公路的县，淳安就是其一。

三

1963年9月，组织任命我为淳安养路工区（今公路段）党支部书记。说是单位，但一无住房，二无办公室，二十几个职工挤在一个简易棚里，夏天热死，冬天冷死。记得，我到工区的当天夜里，下起了暴雨。棚顶漏水，大家手忙脚乱，翻出锅碗瓢盆接水，整个晚上滴滴答答的水滴声比我们的呼噜声还要大。衣服是湿的，被褥是湿的，第二天早上醒来，全身酸疼。幸亏，那时职工们都还年轻，身体扛得住，不然的话，早就病倒一大片了。这样下去不是办法，有人提议，何不自力更生建集体宿舍。又说，与其坐着等，不如自己先干起来。这个主意大胆，当即就得到大部分人的赞同。

但盖房毕竟是大事，即便是简易房，该有的材料照样不能缺。而我们的手上，无资金，缺材料，巧妇难为无米之炊啊。

这时，段长老曹想了个法子，说新安江水库里有的是砖头，可以去捞嘛。有的职工也提出，农村家家户户都有旧木料，可以上门去收。都说三个臭皮匠抵过一个诸葛亮，我们虽然算不上诸葛亮，但好歹强过臭皮匠吧。

谁的法子好，就用谁的。我把人员分成两批，一批照常养路，一批下水捞砖、收集木料。职工们配合得当，团结有序，半年时间，两排平房就封顶了。住进新宿舍的那天，工区热闹得像过年，脸盆当锣鼓，笑声作歌声，我又特地叫人买来一大盒百子鞭炮，“噼里啪啦”放了个痛快。那年春节，我发动职工们，说有老婆孩子的带老婆孩子，没老婆孩子的带父母，都到新宿舍过一个革命化的春节。

说起淳分公路，我对它的感情是最深的。尽管这条路因为当时条件的限制，建设基础相当差，要翻6座山岭，绕1440道山弯，路窄、坡陡、弯急不说，行车安全也令人担忧。可就是这样的路，还是我们县唯一一条与外界联系的公路。

每天上路巡路，从来不被风雨所阻。职工们自编的顺口溜，我到现在还会说。什么“晴天灰，雨天泥，晚上回来一身黑”，什么“太阳晒，冷风刮，手上老茧做锉刀”。他们甚至自嘲，是带薪的农民。的确，当年我们工区的小伙子愣是在县城找不到对象，一些居民户的姑娘听说是养路工区的，跑得比兔子还快。

老婆都找不到，谁愿意来养路呀？杭州总段得知情况后，只得把山西的运煤工分配过来。但北方人过不惯南方的生活，没多久，又陆陆续续地回去了。

总段就说到农村招工，养路工虽然算不上一份体面的工作，好歹是拿国家工资的，总比挣工分强吧？农村招工还算顺利，很快就招来了十几个青年。

四

1965年，中秋节前，省交通厅的一位副厅长来淳安视察。时间长了，我也忘了他姓什么。

只记得，他到工区视察的时候，我正和几位养路工在路上作业。听到通知，连忙往工区赶。等我到了工区的门口，见五六个人站在那儿，一个个瞪大眼睛，看着我。

我当时胡子拉碴、皮肤黝黑，还戴着一顶旧草帽，样子与老农民没两样。陪同来的人向副厅长介绍我时，这位副厅长一把握住我的手，连声说辛苦，没一点大领导的架子。我们在工区门前交谈，他问什么，我答什么。刚开始，我还拘束，话也不敢随便说，后来谈着谈着，也就放松了。他问困难时期有人跑走吗？我说有几个。他又问粮食不够吃怎么解决？我说自己开荒种地，番薯、玉米、南瓜、土豆都可以做粮食。他听了很高兴，不住地点头，说这个方法值得推广。当听我说种了很多菜，他还非要去看看。在菜地里，副厅长数起了颜色，说绿是青菜，白是萝卜，黄是南瓜，红是西红柿，五颜六色，抵得上一顿丰盛大餐。听说他们回杭州后，还经常提起淳安养路工区的菜地呢。

年底，全局评比先进，我们一下子拿来了七面优胜红旗。又是大会表扬，又是戴大红花，职工们说，没想到我们也有扬眉吐气的一天。

1971年5月，西阳87K＋550—88K＋450地段截弯取直改线工程开工，局里要求我们的工程队一起参与。我带上十多个职工，没日没夜地干。工程竣工的那一天，县领导称赞说，这项工程是一大壮举，因为它让淳分公路足足缩短了5千米。

1972年，千岛湖镇造第一条水泥马路，路基由养路工区负责。打路基需要大量的石子，我们组织人员加班加点敲，还是跟不上工程进度。局里指示，发动群众敲石子。通知一发出，整个城镇的男男女女、老老少少都来了。大家在工地排起长队，自愿敲石子。许多人白天没时间来，晚上照样来。工地上点起了大灯泡，叮叮当当的敲打声，彻夜都在响。

五

1978年4月，淳安养路工区改称为淳安公路段，也就在这个时候，组织上任命我为淳安县交通局的副局长，分管工程建设。此时，国家下达新政策，要求开发山区经济，加快山区交通建设。好消息来得太及时，我与路的缘分更深了。

为贯彻改革开放方针，淳安针对本县南北陆路交通阻隔、断头路多、公路等级低的实际，把建设重点放在接通断头路，改造等外路，沟通南北陆路交通，改善出县通道上。工程一个接一个，我也忙得脚跟撞到了后脑勺。天天跑工地不说，还常常吃住在工地。施工人员笑话我不会当官，说我的办公桌都发霉了。他们封了一个开路先锋的头衔给我，并说我当之无愧。我就跟他们说，我们都是开路先锋。

当先锋可是要付出代价的。1980年3月，威坪到唐村的县道公路拓宽改建，就有两个施工人员被哑炮炸死。那天，埋了十枚炮，只响了九枚，还有一枚等了十分钟也不见动静。于是，他俩上前看究竟。就在这个瞬间，炮突然爆炸。算起来，他们那时也不过是20出头，名字我是记不得了，但模样，我没忘。

资料显示，从1979年到1993年，淳安的公路建设几乎是从无到有，变化巨大。这个阶段，依旧是按照“民办公助”的方针，通过多渠道集资，新建和改建公路。统计数据，国家投资5335.87万元，里程达332.84千米，全部接养通车。与此同时，还发展专用简易公路32条，207千米，国家投资251.39万元。

1993年9月，我到了退休年龄，组织上留用我，说是还有重要工程需要协助。

1996年，在党中央国务院的直接关怀下，环湖公路开始建设。这条公路的开工建设，对淳安老百姓来说，就是梦想成真。当时，虽说交通的改观已经很有起色，但淳安仍然有12个乡镇不通公路，山区的行车状况也仍然是“行路难”和“路难行”。

我一直在建设的第一线，清楚地看到老百姓那种发自内心的喜悦。他们自发地到工地送水送饭，遇上占用土地，也不要求赔偿。路修到哪个村，哪个村就热闹，只要看到我们加班加点，村民们准会送来夜宵茶水，而且一送就要送到工程结束。现在，我只要看到电视上那些修路造桥的场面，总会想起当年自己参与修路的难忘岁月。

六

1997年12月，我因身体原因彻底离开了交通岗位。2000年的一天，一位老同事打来电话，告诉我05省道要改建为一级公路。听到这个消息，我兴奋不已。整个晚上，翻来覆去睡不着，脑子里像过电影似的，一遍遍，过去的人，过去的事，过去的日子，好像一下子全回来了。

几十年来，我目睹了淳安交通，是怎样一步步走来，一步步发展，一步步腾飞的。从12千米的断头路，到今天的四通八达，这样的变化是惊人的，想想都不可思议啊。

2002年，淳安第一条一级公路改造完成；2003年，康庄工程实施，开始村村通公路，交通大联网的打造；2006年，杭千高速公路通车，实现淳安高速公路零的突破；2011年，上江埠大桥及接线开通，结束了淳安南北山水相隔的局面；2014年，生态路淳杨公路通车；2015年，杭黄高铁动工，淳安迈入高铁时代……看看这些年的交通大事件，我由衷地感到庆幸，庆幸自己能在有生之年赶上好时代。

湖畔乡村道　摄影/吴海平

千岛湖上的“彩虹桥”

文｜卢燕敏

直到今天，提起南浦大桥，熟悉它的人们还习惯地称它为“彩虹桥”。从外观上看，南浦大桥无论是造型，还是结构，在当时的淳安县都独属一座。不要说没见过世面的老百姓，就是常年在外跑运输的驾驶员也没几个看到过这种新颖的桥。

有关“彩虹桥”的故事，至今还有一个笑话常被人提起。说是有位驾驶员，第一次看到刚搭起来的钢管混凝土拱形时，十分不解。愣了半天，问出一句：“这样的桥车子怎么开得上去？”据说，当场就让施工人员笑岔了气。笑话归笑话，其间的窘迫却道出一个山里人的有限认知。由此可见，当时的淳安有多么闭塞。所以“彩虹桥”的上马，也等于给淳安带来了雨后天晴的开阔明朗。

日光之下无新事，但往事里藏着金子。听听时任大桥总指挥徐建富的心声，就能知道20年前建造南浦大桥有多么不易。他说，只要想起建大桥时候的那段岁月，心里总会不由自主地涌起无限澎湃。因为那是他这辈子做的第一件大事，也是他这辈子最值得荣耀的一件大事。虽说此后也参与了许多重大工程的建设，但最令他刻骨铭心的唯有南浦大桥的建设。

一

谈起南浦大桥，徐建富如数家珍。他说这座桥的伟大之处至少可以用十个以上的理由来称赞：比如它是淳安县第一座大跨度的中承式钢管混凝土拱桥；比如它的跨度在同类桥型中排名“华东第一跨，全国第三大跨”；比如它的试验成果对今后钢管混凝土桁式拱桥的试验研究具有重要的指导意义；比如首创的“杆对杆”模拟方法和研究成果达到了国内领先水平；比如给当时在建的杭州复兴大桥、三门健跳大桥等留下了宝贵经验；比如结束了淳安自建水库以来南北两域长达40年因水阻隔的历史；比如它的建成不仅使淳安公路网络得到优化和提升，而且更大地推进了淳安的经济和社会发展，等等。事实的确如此，20年的风风雨雨，非但没有让这座桥的光彩褪色，相反越发明亮，就像它浓墨重彩的一笔，将永远留在淳安交通史上。

让我们把时间拉回到1999年12月。彼时被淳安人民视为“生命线”“脱贫道”“致富路”的环湖公路刚刚开通，人们还沉浸在一片欢欣中。天堑变通途，梦想成现实，因水阻隔的道路终于通向了远方。然而在梓桐、南赋等乡镇，老百姓却体味不到这样的欢欣，他们只能羡慕地看着听着。好在，没多久欢欣就来到了他们身边。2000年1月，为打通南北交通，县里决定在南赋和浦坑口之间建一座大桥，彻底结束靠船摆渡的历史。2月，工程指挥部完成组建，时任淳安县公路段工程队队长的徐建富受命为工程指挥。

二

当时造桥经验等于零的徐建富，一下子要接受如此重大的任务，不要说他自己不相信了，就连他身边的人也觉得不可思议，毕竟这是淳安县第一座大跨度的中承式钢管混凝土拱桥。

有些事情的发生，就是这么出乎寻常。它们在打破常规前，不见端倪，不露声色，一旦出现，常常会给人一个激灵。时至今日，徐建富还清楚地记得当时接受任务时的复杂心情：激动、忐忑、惊喜、惴惴不安，尤其是冷静后的巨大压力，更使他夜夜辗转难眠。

有位哲人说过，稀松平常的生活，改变和僭越多半是不由自主的，它需要一种勇气，需要一种去芜存菁的能耐。庆幸的是，20年前的徐建富，正具备这种能耐。年富力强，担当与责任并存，压力与勇气共承，或许正因为如此，他才有“明知山有虎，偏向虎山行”的胆量。

前期的准备工作紧张而忙碌，但最发愁的还是当时有限的通信条件，信息不能及时发出，与外界的联系不能及时送达，想找全国顶级的专家设计，只能通过报纸登载，或通过上级部门的牵线搭桥才能找到这些专家。整个过程是既耗时又耗力，还有那如坐针毡的漫长等待。那些与时间较真的日子，徐建富不仅要拼上智力、体力和耐力，还要拼上自信与决心。他与主管领导一起跑北京、跑武汉、跑杭州，咨询、联系、学习、观摩、寻找最佳建设方案。有时为了等人，一等就是几个小时；有时中饭时间过了，就干脆矿泉水就着面包对付一餐；有时为了讨论一个问题，凌晨了还在会议室，于是趁着离天亮还有两三个小时，赶紧在办公室眯上一会儿。谁说，这不是一个将梦想变为现实的征程；谁说，这不是一段从辛苦到甜蜜的过程。哪怕再艰难、再烦琐，但对“徐建富”们来说，其间所走的每一步，都是积极而坚定的。

2000年5月，由交通部北京公路科学研究所设计的南浦大桥建设方案一经批准，工程招标马上面向全国开始。虽说是面向全国招标，可有建设钢管混凝土拱桥经验的单位，却没有几家。直到中港第二航务工程局承接了工程建设，大家才算松了一口气。

三

2000年8月27日，在千岛湖西北湖区，在距离县城千岛湖镇23千米处，在南赋、浦坑口两岸，正式定名为“南浦大桥”的工程，破土动工了。

立秋刚过，日头火辣，而开工典礼的现场，丝毫不逊火辣的日头。彩旗飞舞，人声鼎沸，节日大典的气势扑面而来。南赋、浦坑口两岸民众的笑脸上，无不洋溢着欢欣。他们撑着“梦圆三源，德馨乡里”“南浦大桥，南赋人民好想你！”“彩虹照三源”等字幅标语，为大桥如期开工助兴助威。这个说“简直是太好了，我们终于有桥了！”那个说：“有了桥，我们进进出出可以省去多少时间和力气……”由衷的话语，表达了民众心存已久的向往。可见，为民修路，为民造桥，是多么地深得人心。

20年前在千岛湖上建桥，既要考虑到108余米的水位，又要考虑到工程的复杂性。且不说造桥技术的难度有多大，单单就交通运输这一块的曲折就完全超出了所有人的想象。当时决策者的困局，是如何在缺少资金、缺少技术的情况下，按期完成大桥建设。所以，他们给设计单位的要求自然苛刻。设计单位按照要求，不厌其烦地设计，再设计，推翻之前的设计，又重新进行新设计。在拿出了11种方案后，中承式钢管混凝土拱桥的设计方案被最后定夺。

钢管混凝土拱桥属于钢管混凝土组合结构中的一种，起始于20世纪90年代初，它是在钢管内填充混凝土，并因钢管的径向约束而限制受压混凝土的膨胀，使混凝土处于三向受压状态，从而提高混凝土的抗压强度。同时钢管兼有纵向主筋和横向套箍的作用，可作为施工模板，方便混凝土浇筑。在施工过程中，钢管又可作为劲性承重骨架，且焊接工作简单，吊装重量轻，能简化施工工艺，缩短施工工期。按照设计方案，大桥长330米，宽12米，行车道9米，单跨308米，概算投资3300万元。

工程的初期还算顺利，只是没多长时间，问题就一个个来了。有些问题，明明事先都做了准备，甚至提出了可行的方案，但一到实施时，问题的严重性远远超过预想。徐建富回忆，那时环湖公路已经开通了许多路段，但通往建大桥的路段，还得通过轮渡，况且从外地运来的设备和材料根本无法直接到工地。有些大型设备得经过多次运输、多次拆卸才能到达现场。运到现场后，又得组织人员重新组装，多出来的手脚不知浪费了多少时间和人力。不过，这种化整为零、化零为整的战术，还是起到了变通作用，也让施工的灵活性日益凸显出来。据说，曾一度在工地上成为“游击战术”的美谈。

运输成本的提高，势必影响到投资成本，显然增加了原本就紧张的预算。有时大型设备拆卸过后，体积依然过大，运输的困难势必也增加了。这个时候，徐建富就承担起全方位的协调工作。先稳定施工方，再求助轮渡站，然后跑港航所协商，请他们派船只协助运输。三年下来，如果没有多方的努力，不要说材料了，就是工程也不可能如期完成。“一桥四方”的说法，就是说的这个道理。

头疼的还有施工现场，除了陡坡和悬崖，竟然没有一块平地。人员无法同时作业，材料没地方堆，钢管焊接铺不开……没完没了的难题，几乎每天都追在徐建富的身后跑。他和大桥项目经理交通部专家苏永村，还有设计代表，就是天天泡在现场，还是忙得不可开交。有趣的是，他们自己给自己打气，自喻是“三个臭皮匠，抵得上一个诸葛亮”，任凭再棘手的事情，也能攻坚克难。

都说实践是土木工程的根本，现场经验是技术人员的“真枪实弹”，离开了这些，恐怕所有的理论只能算“纸上谈兵”了。但即便如此，过往的经验也只能作为一种参考，风险与挑战才是硬碰硬。说到底，“螺蛳壳里做道场”，没点本事和胆量的人还真就做不了。

南浦大桥　摄影/胡建明

工程建设，险情莫测，随时都可能出现意想不到的、人所不能把控的情况。何况南浦大桥又是在千岛湖的主航道上，施工时稍不注意就会危及到桥下来来往往的船只，因此安全管理，对工程建设来说尤为重要。在徐建富的记忆里，工地自开工之日起就有一条不成文的规定，每天开安全早会。以人为本，人的安全是第一位的。露天工程危险系数高，加上自然环境的影响，多多少少都存在着安全隐患。湖边作业风大，高峰期每天有200多人施工。在保证进度、保证人身安全的同时，严格规范操作，才是对工程负责，对每个施工人员负责。为此，工程队高度重视，全员参与，行动有力，及时消除各种隐患，监督到位的安全措施，是他们秉承安全的宗旨。“三年下来，大桥建设没有发生过一起安全事故。”说这话时，徐建富的神情里充满着骄傲。

一座大桥能够顺利完成，全靠业主、施工、监理、设计的共同努力。作为工程指挥，徐建富不仅要发挥上传下达、组织协调的作用，更要在投资控制、进度控制、质量控制和安全管理上担当责任。他说：“一个看似简单的施工，过程却是想不到的复杂。”数百万方黄沙、数百万根钢筋、数百万吨混凝土搅拌，每一道工序都得经历千辛万苦。而为了不延误工期，三年的节假日期间，工地照样赶工。深知工友们的辛苦，高温天气送清凉，春节假日送温暖，常常是一句关切的话，一个关怀的眼神，都能让工友们感动。

四

无法忘怀的，还是拱圈合龙的那一天——2003年7月26日。那一天，徐建富凌晨4点就赶到了工地。他爬上拱桥的顶端，手拿温度计等待合龙的最佳温度15度。凉风徐徐，万籁俱寂，一轮明月挂在头顶。放眼望去，山水清朗，黎明的曙光正一点点在天边发光发亮。这样的壮美，铺陈在徐建富的眼前，足以叫他记一辈子了。所以他才会说，那一天的景色，犹如神迹降临，宝相庄严，恢宏盛大，恐怕以后都不可能再看到了。

早晨6点，见证拱圈合龙的时刻到了。随着“成功合龙”的声音落下，在场的所有人都雀跃欢呼起来。工友们互相拥抱，互相击掌，激动的心情无以复加。三年来的奋战，挥洒出的汗水，全在这一刻凝结成珠。

康庄大道，四通八达

文|王 丰

2007年某个中午，我会了一个朋友回学校。路过广场时，被人叫住。看着他，有点面熟，年纪看起来跟我差不多，就是想不起是谁。他笑着问："你不是梅梅家里的外孙吗？"梅梅是我外婆，姓徐。威坪六都水碓山，是我外婆家。

他说他是水碓山的，小时候跟我一起嬉过。

小时候经常去做客，从虹桥头走路有四五十里，有十几里是山路，盘沟过坎爬山，山路被野草遮挡得看不见双脚。

看着他，我似乎有了印象。儿时的记忆一下子把我们拉近了许多，我说，晚上一起吃个饭。他摆摆手，不了，等下有车回村。

有车回村？

他告诉我，现在水碓的康庄工程已经修到家门口了，出行很方便了。看着他远去的背影，我才意识到，已经很久没回水碓山了。

这一次邂逅，康庄工程便留在了我脑海里。

2003年11月10日，淳安县人民政府颁发了淳政发〔2003〕95号文件，文件标题是《淳安县乡村康庄工程实施意见》。

文件规划出了实施乡村康庄工程的总体目标和任务：从2003年开始，经过3—5年努力，全面完成通村公路等级化改造和路面硬化，力争到2007年，全县等级公路通过率达到95%以上，通村公路硬化率达到85%以上。

95号文件，像一盏明灯，照亮了交通闭塞的淳安乡村。

“康庄工程”，那么何谓“康庄”呢？

秦汉·匿名《尔雅·释宫》说：“五达谓之康，六达谓之庄。”意思是，通达五方的大路叫作“康”，通达六方的大路叫作“庄”。

“康庄”就是：平坦，通达；“康庄”就是：宽阔平坦，四通八达的大路。

新中国成立后，各项建设突飞猛进，突飞猛进的建设需要大量电力。

1957年，国家在新安江铜官峡拦水筑坝，建设新安江水库。1959年9月，水库建成开始蓄水发电。水库合闸蓄水，水库上游的淳（安）遂（安）两县境内108米高程以下的城镇、村舍、良田、道路、桥梁等顷刻沦为汪洋。两座县城、3座古镇、7大集镇与鱼虾为伍。

境内108米高程以下5条干线公路137千米，302座大小桥梁淹没于水中，原来通往省城杭州的水路交通，也被建起的新安江大坝所阻隔，境内留下的残存公路、乡村的人行道路都成了断头路，全县公路交通只有区区12千米，“有脚无路走、出行靠划船、隔湖能对话、握手要半天”是淳安人出门难，行路难，路难行的真实写照。整个县的交通，像人体血管里的血栓一样堵塞了。从乡下到县城排岭开会、办事，走弯曲的山路，有的还必须翻山越岭，赶到轮船码头，再搭船走水路到县城。全县大部分乡村上县城办事、开会，到达县城基本上要一整天的时间。可谓“披星戴月”上县城。这样差的交通，严重捆绑住全县的经济发展，人民生活的提高，及整个社会的进步。

小时候，我梦里所到的地方，见到的总是一片康庄大道，马来车往，络绎不绝。可一醒，美梦又破啦，眼见村前通往县城的那条石板路，发着那青幽幽的光，蜿蜒曲折，向县城方向伸展而去……

十分清晰的记忆，原来，从我老家威坪到县城办事、开会、游玩只能是坐船通行，船是用柴油机推动前进的，发生特殊情况，轮船上的柴油机半道上坏了（俗称“抛锚”），船上工作人员只好划桨摇橹，一划一摇，咿咿呀呀，一路到县城，早已天黑如墨了。

那个时候，船有两班，一个是早班船，一个是中班船。

赶早班船必须天不亮就起床，洗一下脸，吃点苞芦糊啊，苞芦馃啊，蕃薯粥啊。好一点的，吃上一碗面，面里添点香头：葱、腌菜、酱。要是弄点豆腐干丝，那是不得了的农家。豆腐干好像只有县城才有得买。

从老家到轮船码头有30多里路。路是石板路，穿村过坊的。没有村坊的地方沿溪滩走。

从老家到轮船码头，五里或十里就有凉亭，可遮阳，可避雨。亭子两头开圆形门，亭内两边有石凳，供人歇息。两边墙上，开着圆圆的窗，窗子上边有字有画：字有“清风”呀，“明月”呀；画为“幽兰”，“牡丹”笔力不俗，很显文化。

威坪五六都赶船码头叫虹桥头，上也有一座凉亭，四面透风浸雨，荒草围困。

小凉亭到停靠轮船的码头有一段长泥丸路，路径狭小，黄泥晃眼。晴天飞尘，雨天沾鞋。路两边野草丛生：有金银花、金樱子、看麦娘，狗尾巴草。狗尾巴草长得猛，一丛一丛，低头弯腰地向大地叩首。

我第一次坐轮船大概六七岁，奶奶带我去汾口鲁村姑妈家里玩。

虹桥头登船的地方长着一人多高的杂草，还有好多野草莓，是那种生在柴条上的草莓，红里带黄，一颗一颗挂在枝条上，像小小的灯笼，摘下来放到嘴里——酸甜。

“呜——”一声喇叭响，草丛里一条船撞了进来。中班船到了：绿色的顶，嫩黄的体，好威武的船。

飘带公路　摄影/夏利新

爬上船，又“呜——”的一声，船开动起来。两边高高的青山突然急急忙忙向后退去，船呢，不动，好像是停着的。

从威坪虹桥头到县城排岭，船要停五个码头：鸠坑、南赋、宋村、金峰、小金山。

这就是当年交通一瞥。

从20世纪50年代后期开始，淳安的公路交通在几乎是零的家底白手起家，经过历届政府的艰苦奋斗，到20世纪90年代末，打通了淳安至杭州，淳安至建德，淳安至开化等公路通道。

1996年8月，开工建设环湖公路，结束了当时5个乡镇不通公路的历史，打破了县域内南北阻隔的局面，彻底改变了沿湖百姓出行主要靠“水”路的状况。

但是，全县境内的村道在1994年以前，除了县乡公路沿线村庄外，其余的大部分村庄只通机耕路。

何谓机耕路？

机耕路是指农机具（拖拉机等）出入田间地头进行农田操作的通道。这种路，比田间小路要宽些，平整些，但比等级公路要低。一条简易泥土路，没有水泥、沥青硬化，坑坑洼洼的，仅能驶过一辆手扶拖拉机。

坐落在半山腰、山头上等偏远的村庄，连一条机耕路也没有，出行走着先辈们开掘出来的山路，运送物资靠肩挑背驮。

当时全县境内公路交通状况是：全县30个乡镇898个村，通等级公路的村只有360个，占全部村的40%，每平方千米地域面积拥有公路仅1.85千米，是整个浙江省该比例最低的县份。沿线公路已硬化的村庄只占全部行政村的27.30%，开通机耕路的村491个，占全部村庄的54.60%，还有48个村只有能供人行走的山路小道。

为了彻底改变这些村庄的公路交通，实现乡乡通公路，村村通简易公

金龙探春　摄影/周双成

路的目标，1997年开始实施交通扶贫工程。

到2000年底，全县489个村开通了简易公路（机耕路），开通了县乡公路。基本上解决了从乡村到县城到当地集镇的交通出行困难，摸黑起床，摸黑才能到县城开会、办事的日子不再有了。

2003年开始，“康庄工程”这盏明灯，在我县放射出了耀眼的光芒，开始普照淳安的角角落落。

“康庄工程”普惠45万淳安百姓，是最受百姓关注，最受百姓认可的政府实事工程。

根据全县农村公路布局，要在全县实施“康庄工程”试点项目58个，实施里程351.18千米。

统一规划，合理布局，让“康庄工程”这一盏明灯，一步步照射到每个项目上。

2003年底要完成60千米，完成投资1400万元。

2004年，“康庄工程”在全县30个乡镇全面展开，通村公路全年实施开工项目234个810.70千米，当年完成路基项目141个477.83千米，路面项目64个172.29千米，完成投资1.57亿元，186个村庄通上了等级公路。

等级公路是什么意思呢？

公路等级有不同划分角度，功能型等级是主要按交通量划分的，根据公路的使用任务、功能和流量进行划分，中国大陆将公路划分为高速公路、一级公路、二级公路、三级公路、四级公路，共五个等级（数字分级是传统等级体系，高速公路是新来的）。其中，高速和一级为高等级公路，二级居中，三、四为低等级。等级公路标准，不是县里说了算数的，要经专门部门审定，是走不了过场的。

2005年，完成“康庄工程”601.04千米，投资3.29亿元，全县通上等级公路的村子达441个。

2006年，完成“康庄工程”路基152.27千米，投资1.04亿元，提前一年完成了康庄工程建设任务。

实施“康庄工程”以来，在县人民政府，县交通管理部门及广大施工人员艰难努力下，完成了通村公路路基工程1291.14千米，路面硬化1329.53千米，受益行政村526个，加上原有360个通等级公路村，全县886个行政村通上了等级公路。对淳安这种交通十分薄弱的县，是一件了不得的大事，是千秋伟业。

2007年，浙江省交通厅出台了《关于加强2007年农村公路建设工作的意见》，意见主旨是：农村公路联网。

农村联网公路是连接行政村之间、村与国、省干线及县、乡、村道路之间的连接道路。县政府本着“便捷”为重点，突出“打通断头路、减少回头路、沟通便捷路”的原则，开始在全县实施农村公路联网工程。

奋斗一年，完成距干线公路500米以内联网公路7条12.90千米，完成投资418万元。

2008年，原计划完成农村公路联网37条90.50千米，投资4640万元，到年终实际完成了农村联网公路工程41条79.70千米，500米以内康庄工程29条11.80千米，共计完成70条91.50千米，完成投资4851万元，超额完成了任务。

到2008年底，“康庄工程”通村公路达1384.95千米，总投资6.65亿元，引来了淳安农村陆路交通历史性的变化，“城乡一体化”，“三农”问题的解决，是“康庄工程”这盏明灯把它们照雪亮的。

“康庄，康庄”——五达谓之康，六达谓之庄。

五方：即东、西、南、北、中五个方位，

六方：指东、西、南、北、上、下六个方位。

今天，淳安县的乡村公路交通已五达，六达。

如今，淳安人民一出行就行走在康庄大道上，这是一条条金光大道。康庄大道，引领着淳安人民走向更加美好的明天。

路

——淳安交通发展史纪略

文 | 鲁永筑

路，是人走出来的。在莽荒时代，人类斩棘为径，践草为路，路是一种由此及彼的到达，仅限于个体或群体的通过而已。而在人类文明高度发达的现代，路的意义上升到政治经济文化的层面。路作为交通的重要载体，承担着社会发展的重任。道路交通的发达程度，从某种层面上来说，是衡量一个地区经济社会兴衰状况的标尺。

而淳安，对于路的遭遇，可谓百感交集，令人刻骨铭心。先是从无到有，后是从有到无，之后从有到多、从多到宽、从宽到美。其间的经历，伴随迷茫、阵痛、沉沦、徘徊、振作、奋起、决胜和欢欣。道路交通的建设史，是淳安人不甘落后、奋起直追的奋斗史。这种筚路蓝缕、迎难而上、艰苦卓绝、波澜壮阔的实践，是素朴勤勉、百折不挠、越战越勇、勇往直前的“淳安精神”的集中体现。

记住这一段可歌可泣的历史，犹如点亮一把持续不灭的薪火，可以照亮未来前行的路。

沧海难为水

如果不是东吴大帝一个果断的决策，也许歙东山越的存续时间会更久，而始新（淳安）的文明将会迟迟到来。

东汉建安年间，孙权为了巩固东吴政权，决定平定山越叛乱。为了便于行军打仗，先期发动了大量民工在歙南一带开凿陆路。自钱唐一路西进，途经富春、新城、桐庐、建德、淳安，直达歙县、宣州，继而北连京都建业（今南京）。自此，淳安开始有了原始意义上的陆路交通。

建安十三年（208），贺齐平定山越后，分歙之东乡置始新县于威坪。未几，迁县治于贺城，编独木以济，始有惠人桥，此桥乃淳安有文字记载最早的道路桥梁。至唐，开通睦州至歙州驿道，在贺城西郊设雉山驿馆，此乃淳安驿道之始。宋淳熙六年（1179），县治城南新安江上建百丈桥，横列小舟36艘，以木板500片连之，以济南北交通，此乃淳安最早的跨江桥梁之雏形。

明代，为了开辟与邻县的陆路交通，淳安民间曾在多处修建过山岭道路。明成化年间，严州知府朱暟令通判刘永宽主持，辟辽岭之荒境，开通淳安至寿昌山岭道路，此为淳邑官修古道之始。

清代，淳遂两县设铺舍（俗称急递铺），分“冲要”“识冲”“偏僻”三级，每铺间隔十里，设有铺司和铺卒，此乃旧时之邮路。

至清代晚期，道路建设有所发展。淳安以贺城为起点，东连建德，南通遂安，西至徽歙，北接分昌，总长536华里，此时的道路大多为土路，部分路段以卵石和石板铺筑，顺势而为，跌宕起伏。

民国时期，淳安采用民间捐资和征用劳役的方式，对旧有道路进行拓宽和延伸。道路设县道和乡道两个等级，称为“大路”，如“南乡大路”“江南大路”“狮界大路”“汾叶大路”等。淳遂两县共有道路32条，总长1562华里。

旧时的道路，一方面方便着客旅的来往，另一方面还承载着货物的运输。民国十六年(1927)，淳安县政府设建设科，道路维修资金被列入财政预算。民国二十八年(1939)至民国三十年(1941)，三年之间，修建了“淳分”“淳港”“淳昌”三条手推车道，总长202华里。同时制定养路费征收标准，对手推车路进行常规化保养，大大减轻了乡民肩挑背负的劳苦。

民国二十二年(1933)至民国二十六年(1937)，淳遂两县先后建成“淳屯”、“淳遂开”两条公路，总长133.2千米，实现了汽车运输。

民国三十一年(1942)，为了迟滞日军进攻，国民党军队督饬当地政府对交通设施进行人为破坏，淳安县境内公路、手车道、樵径要道共计284千米被破坏，陆路交通在一年内几乎全部瘫痪。自民国三十一年(1942)至三十七年(1948)的六年间，又先后对上述路段进行抢修恢复，交通状况才暂时达到之前的水平。

历东汉三国两晋南北朝，迄隋唐宋元明清至民国，淳安逐步打通了通往外界的陆路交通。这些古道，或民建或官修，或越县或跨州，近者数千米，远者数十千米，循塆过岗，翻山越岭，构成相对发达的交通网，肩负着淳安与外界联系的交通重任。

不过，对于旧时的淳安来说，除了陆路还有水路。水路是淳安本地物产销往外地的主要交通途径。

淳安有三大水系，分别为徽港、东源港、遂安港。这三条重要的水路通道，承载着淳安大宗物产的运输，如木材、茶园石、茶叶、油桐、生漆、乌柏、中药材等。那时的江面上，一派繁忙景象：大船逆流而行之时，结队的纤夫在岸上负纤躬行；木排顺流之际，掌舵的艄公在排头喊着号子；小舟穿梭于其间，渔船往来于江面，可谓：

人声鼎沸压江风，昼夜不息舟不停。

陆路不足水路凑，通州达府不过旬。

然而，这种“相对便捷”的交通由于新安江水库的建设在一夜之间被摧毁殆尽！

巫山不是云

号称“锦山秀水，文献名邦”的淳安，在特定的历史时期，无法回避“世纪之痒”。特别是新安江水库的建设，致使文物沉沦，山川易容，其命运的嬗变可谓“地覆天翻”！

新中国成立后，淳安县先后成立搬运工会、船筏业工会、木帆船联合运输社、船民协会。政府设立交通建设科，水路、陆路设施建设并驾齐驱，交通格局逐步趋于完善，经济社会发展一度呈现出一片欣欣向荣的新局面。

然而，襁褓中的新中国，急需工业电力的营养。而铜官峡以其得天独厚的自然雄关，成为华东地区水电站址的不二之选。淳安与遂安，两个千年古县，不经意间将被迫沦入水乡泽国。

1958年6月20日，国务院批复电力工业部，同意将新安江水电站正式列入第一个五年计划，并于当年启动实施，7月底，新安江水电站初步设计在上海完成。11月，遂安县并入淳安县，成立淳安县移民安置委员会，是年底，移民工作拉开序幕。

随着新安江水库工程建设项目的不断推进，淳安县大部分原有水路和陆路交通即将面临淹没。1959年6月，淳安县成立交通管理局（1969年撤销)，拟在108高程以上山麓另辟通往外界的新路。

1960年春，新安江水库建成蓄水。淳安县两个古县城、49个乡镇、1300多个村庄、30余万亩粮田悉数被淹。交通设施全面瘫痪，新安江水路淳安境内所有航道、码头全部被淹，公路被淹137千米，其中杭淳公路35千米；淳遂公路29千米；淳屯公路43千米；遂开公路30千米，仅留下12千米的断头路。一夜之间，淳安交通生生地被切断了与外县市的联系。

就地后靠在山坡的淳安移民，被困在库边，面对的境况不是水，就是云，一双渴望远方的脚，一时找不到出路。

天堑变通途

脚下没有路，穷途割天堑；最是无计处，舟楫替往来。

1961年，淳安县成立航运管理所，设立库边码头，逐步开通渡船运输。然而，没有飞轮的交通，只能是匍匐式的蜗速而行。淳安，一个曾经富庶一方的甲等县，从此放缓了发展的步伐。

淳安，因水库而困顿。困顿的淳安，并没有消沉，而是撸起袖子，甩开膀子，借鉴愚公移山的精神，开启了长达60年的向穷山僻壤要路的奋斗历程。

1963年，成立杭州公路总段淳安分区。1968年，成立淳安县交通运输服务站。1970年，重新成立淳安县交通管理局。1981年，成立淳安县公路运输管理所。

在这段时间里，淳安动用了数以百万计的劳动力，用锄头挖，以铁杆撬，肩挑手拉，劈山填沟，奇迹般地开通了368.33千米的县社公路，实现了县社以及与外县市的交通联络。虽然，这些低等级的公路大多依照山势而建，弯道众多，简陋而不平；但是，对于水库形成之后的淳安来说，是20世纪中叶交通史上的一大跨越。

有了路，淳安经济社会逐渐摆脱了迷茫和徘徊。有了基础道路作为支撑，淳安经济出现了复苏的现象。从此，淳安人民对于交通的追求，一下子上升到了更快、更好的层面。

1993年，新淳公路（05省道）淳安段改线工程全面竣工。淳安县通往省城杭州的主干道，终于抛弃了山路十八弯的寒酸历史，一条相对平缓和顺直的阳光大道华丽呈现。

然而，困扰淳安交通的致命问题是湖与山的阻隔。面积为580平方千米的千岛湖，形成了2500千米的湖岸线。20多个乡镇，400多个行政村，被广袤的湖面推挤到县域的边缘。要切实解决淳安的交通问题，“环湖公路”这一“环境复杂、投资巨大”的重要课题，摆在了淳安交通人的面前。

大事宜未雨绸缪，行动应紧锣密鼓。1995年4月，淳安县交管局会同计经委等有关部门，对环湖公路线型进行实地踏勘。5月，形成了可行性报告。6月，邀请省市领导前来考察调研。8月，邀请有关专家进行预评估。9月，省交通厅下文通过了评估意见。1996年6月，淳安县政府召开第二十五次常务会议，专题研究环湖公路建设问题。同年8月，投资3.17亿元，途经10个乡镇，总里程为308千米的环湖公路全线动工兴建。至此，这个可以让淳安老百姓彻底摆脱舟楫之苦的惠民项目终于落地开花，淳安交通迎来了一个明媚的春天。

逢山开路，遇水架桥。在接下来的十余年中，淳安交通就在美丽千岛湖的金色坡岸之上，创造一个又一个奇迹。石门大桥、里阳大桥、威坪大桥、南浦大桥、千岛湖大桥、小金山大桥、上江埠大桥，这些地质环境复杂、建设难度较高的现代化桥梁相继竣工，犹如一个个精致环扣，把环湖公路的东线、南线、西线、北线紧紧地联系在一起。与此同时，05省道（新淳线）淳安段一级公路、06省道（建淳线）淳安段二级公路、郑鸠线、淳杨线、白小线、淳开线、千威线、昌文线等，这些内连乡镇、外接其他市县的公路相继建成通车。从此，淳安交通“内成环、外联通”的大格局基本形成，困扰淳安交通长达半个多世纪的枷锁终于被打开，淳安经济也因此走上了较快发展的重要时期。

当惊世界殊

要致富，先开路。这句话是改善经济环境的金玉良言，更是治愈地方经济痼疾的灵丹妙药。淳安交通主干道的建成，更需要支路向末端予以延伸。乡村公路交通网的形成，更需要高速公路和高速铁路在速度上给予提升和加持。

淳安县有23个乡镇、425个行政村，自然村多达2111个。在1994年前，除了县乡公路沿线的村庄外，其余村庄仅有简陋的机耕路，较偏远的村庄连机耕路也没有。1997年交通扶贫项目启动，简易公路不断向乡村渗透。2003年，普惠全县45万人口的“康庄工程”开始实施，持续三年的推进，使886个村拥有了宽敞平坦的等级公路。紧接着，旨在“打通断头路、减少回头路、沟通便捷路”的农村联网公路项目启动，至2008年底，全县完成通村公路1385千米，给淳安农村陆路交通带来了历史性的变化，制约农村经济发展的瓶颈问题得以解决，为农民致富奔小康提供了有力的交通保障。

建设中的千黄高速湖坑大桥　摄影/洪善富

2004年，是淳安交通迈入“两高时代”的标志年。是年4月28日，投资8.5亿元的杭千高速公路淳安段开工建设。2008年10月28日，该项目竣工通车。这个仅有13.55千米的高速公路，它的意义在于极大地缩短了淳安与省城杭州的时间和距离，从而结束了淳安没有高速公路的尴尬历史。

2013年3月，杭黄铁路（浙江段）列入杭州市2013年重点建设项目名单。2014年杭黄铁路淳安段全线开工。2018年7月通过工程静态验收，2018年12月正式开通运营。

2018年，千（千岛湖）黄（黄山）高速动工兴建。2020年12月竣工投入使用，并被列入国家高速公路网。

至此，淳安交通插上了腾飞的翅膀，真正意义上跨入了“两高”时代。

近年来，淳安交通人又从开拓进取的建设者转化为兢兢业业的美容师。建好、管好、护好、运营好的“四好公路”工作持续推进，沿途植绿，伴路栽花，一条条通畅、整洁、美丽的乡村公路，如同一支支七彩炫丽的画笔，在淳安版图上画出一道道彩虹。

密集的现代交通网犹如流动的血脉，连通着城市与乡村。村道、乡道、县道、省道、国道、高速、高铁，各种路型的布置，好比主血管和毛细血管，为淳安这片古老的土地充满了新的活力。

一个因湖受困、因湖致贫的淳安，沉沦、徘徊、求索了半个多世纪，终于在“路”——这支“强心针”的作用下复苏过来。便捷的交通催化了淳安经济，乡村旅游蓬勃发展。如今，淳安交通已经超越了“原始交通”的层面和意义，休闲骑行绿道逐渐从县城向乡镇伸展，全域旅游的交通网已经为乡村振兴埋下了伏笔。

神女应无恙，当惊世界殊。淳安交通的变化，可以反映出淳安人可歌可泣的历史变迁。毫不夸张地说，淳安交通的奋斗史，也就是淳安人民脱贫致富的奋斗史。数十年淳安交通的建设成就，对于淳安老百姓来说，见证了奇迹，回想起来一定令人心潮澎湃；而对于外地人来说，也许是不可思议，甚至是刮目相看。要知道，我们淳安的地理环境与他地不同，除了山就是湖。我们一千米的路的成本，是他人的两倍甚至更多。

因为无路，我们曾经踟蹰不前；因为开路，我们一直斗志昂扬；因为有路，我们正在英姿勃发；路，永远是起点。因为我们明白：路永远没有终点。

在新时代的进程中，淳安人的共同富裕之路正在徐徐展开。

有些路不是走出来的

——淳安或者千岛湖的路

文 | 詹黎平

题记：你们走完又回来的痕迹/被称作路

——刘亮程《晒晒黄沙梁的太阳》

有关路的经典阐述

迄今为止，关于路的经典表述，应该还是鲁迅那句话：其实世上本没有路，走的人多了，也便成了路。它确实很著名，可我并不喜欢。虽然鲁迅把路上升为一个抽象的哲理，看起来特别警醒、深刻、经典。但被引用得太多了，难免就有一种倒胃口的感觉。我想，有些路并不是走出来的，比如公路、铁路等。你走的人再多，也不可能平白无故地在一无所有的荒野中走出一条公路或铁路出来。倒是新疆大散文家刘亮程有一句说路的话，我十分的赞同。他说：你们走完又回来的痕迹/被称作路。我以为，他说出了路的根本。关于路，还有一本书也很著名，是个西方人写的：《在路上》。很厉害的一本书呀，就像它的书名，简简单单三个字，却精辟地道出了我们活着的真实状态，活着的人，大家都在路上……

05省道——不可缺省的道

每个人的一生，都有几条重要的道路是不能忽视的。它们在我们的生命里占据着十分重要的位置，就像在一个地域里总有几条最重要的交通要道一样，纵横交错，铭记着我的人生。

在拥有4000多平方千米面积的淳安县，05省道毫无疑问占据着十分重要的位置，可以这么说吧，05省道是淳安众路之中的大哥大。

有一阵子，05省道几乎就是淳安唯一的出口。那是在20世纪60—80年代初，新安江水库淹没了淳安和遂安两个县的大部分田地和道路，整个淳安县已经找不到一条可以通往外县的道路了。淳安遂安两县合并后，县城搬到了今日的千岛湖镇，然后从杭州经富阳、新登、分水、百江、东辉进入淳安，爬山越岭，顺着山湾的自然地形，上万民工挥钎舞锤没日没夜地奋战着，终于在最短的时间里从无路处开辟出一条供车走马行的公路，这就是05省道，级别为等外三级。显然，这条路绝不是因为走的人多了，就走出了这条05省道。它可是由筑路工人一钎一锤辛辛苦苦开辟出来的。

初时的05省道，其实是一条简易公路，路面全是沙石泥土铺就。天晴的日子，有汽车驶过去，毫无例外地会扬起漫天的呛人灰尘，这时的过路人就不得不紧紧捂住鼻子嘴巴，但还是免不了会有些微尘钻进鼻孔。即使是坐在车里面的人，境况也好不到哪儿去。坐在车内，颠簸的车辆总是不断抖落着看不见的灰尘，如遇到两车交会时，迎面的车辆带来的尘土，一样会渗入密闭性很差的车厢，一趟车坐下来，鼻孔里总会沾上一层厚厚的尘粒，让人感觉呼吸粗重不畅。

那时，从淳安县城千岛湖镇（当时叫排岭）出发，到杭州，路上时间得花去6个多小时。那时是什么时候呢，也就是20世纪80年代初吧，大概是1983年，我第一次走完了05省道的全部路程。坐的是普通客车，速度应在每小时40千米左右。坐在车上人很是兴奋，一路看不完的风景，哪怕是一棵小树，一幢破房子，都是我从未见过的景，都不想漏看了。那时的我，从没有出过远门，到过的地方也很少，年纪轻轻就因厌学进入了一家地方国营工厂，成为一名普通工人，干的是很辛苦的车工。一天下来，常累得腰酸腿胀，一个月只挣不到30元的工资，日子过得挺紧巴的，可是有梦想。有梦想的日子常常令人激动。现在想来拥有梦想就是拥有人生巨大的财富。虽然那时可供挥霍的钱少之又少，到杭州去一次，至少得花去两个月的薪水，意味着去杭州一趟，至少得啃上两个月的咸菜霉豆腐。可想到省城杭州去看一看玩一玩的冲动抑制不住的强烈。有欲望就会成行。由此可知那一天生平第一次跑到省城杭州去，内心的激动和兴奋可想而知。

车是早晨5点55分开的，到分水吃中饭，按今天的行程，到分水也就一个小时左右，开快点，甚至一个小时都不需要，可那时，就得到分水吃中饭。到杭州，得花去大半天的时间，人的生命就这样很无奈地被这落后的交通状况瓜分了相当多的时间。

这是我当年走05省道时的一段难忘的记忆。这么些年过来，我也从一个小青年熬成了只剩下一点点青春的尾巴的准中年，感觉自己尚碌碌无为就已虚度了二十多个年华，而05省道则在多年持续的改建中，几乎完全变了模样，路途缩短了四分之一，尤其是弯道大大减少，坡度也越来越小，车速则越来越快，目下到杭州只需两个多小时，差不多是当年的三分之一时间，且路面已经全部铺上了沥青，不再有灰尘，坐车时吸进身体的是新鲜空气，真的挺好。多年来，从05省道我走出去又回来，回来又再走出去，来来回回，走过无数趟。它既是淳安的头号大路，同时也是我走出自我的一条必经之路。我想，这辈子我都不可能绕得过05省道了。

杭千高速公路——让人惦记过美的路

它的前身叫淳建公路，是指淳安到建德的一段通衢大道，标准的称谓是06省道。我习惯把它看作05省道的兄弟，因为，那也是一条走出闭塞淳安的重要通道。对于那时淳朴却贫穷的淳安来说，05、06省道就像是我们呼吸的两条气管，实在太重要了。沿06省道，可以到达金华、兰溪、衢州，也可以沿320国道抵杭州。就我个人的经历来说，我与06省道的关系更深一些，感情似乎也更强烈一些。因为，我曾经在这条路的途中工作过一段时间。工作的性质是做“拦路虎”，在世俗人的眼里，这是一种比较吃得开的职业。主要任务是在公路上盘查满载货物的运输车辆，一些习惯夹带些私货的司机和老板很有些怕我们的，私下里常塞上一包“阿诗玛”或“红塔山”牌香烟，求个方便，那时就这两种牌子的香烟最流行。价格比较适中，10元一包，老板也送得起。估计，这些跑运输的司机老板们如今都发了吧，至少原始积累资金应该攒下了，人说靠山吃山，靠水吃水嘛，靠路当然就会选择吃路饭。

这条被命名为“杭千高速公路”的道路，虽然只有短短几十千米，也就是从建德的洋溪到淳安的坪山这一段，但仍然令人神往。毕竟，这是淳安绝无仅有的一条高速公路，通了高速公路的淳安，现代化的味道就像熬透的中药一样，一下浓郁起来。

这条高速公路在2006年建成通车，过去的日子仍历历在目。

追溯06省道的历史，似乎并不悠久。只隐约记得20世纪80年代初那阵，06省道好像才通车似的，因为从淳安到杭州的班车这时忽然都喜欢从06省道走了。我坐过好几回，从06省道盘山越岭到建德境内的320国道上，就得跑上近三个小时，到杭州一般得五个半到六个小时左右。这样走路程要比从05省道走其实要远上几十千米，算起来所用的时间与从05省道走是差不多的。但为什么司机们还是喜欢从06省道走呢？或许是因为从双车道沥青路面的320国道走，感觉上要轻松一些吧。

1993年我在淡竹检查站工作时，淳建公路仍还是那条要翻越三座山岭的老路，我在那里工作了大半年时间，横亘在06省道的桃园、富文和青田三座山岭我走过多次。三座岭中又尤以富文岭为最高，估计能称得上是淳安境内海拔最高的公路了。有些外地进来的司机常被高耸入云的富文岭吓得开不动车，车走得比蜗牛还慢。有一次我搭下午5点钟的车回排岭，到富文岭顶上时，居然还赶上下午3点钟就从我们检查站经过的一辆红色桑塔纳，那辆车走得真比自行车还要慢，超车时一看原来开那车的是一名女司机，车牌号是省城的，也难怪。

那时我常常搭便车回家，跟许多货车司机混得较熟。一个秋日的下午，我搭乘一辆货车回排岭，到桃园岭顶上时已是黄昏，天高云淡，下面远处的千岛湖镇忽然跃入眼帘，数百幢白色的楼房高高低低地散落在青青的坡岗上，煞是美丽。开车的司机对我说，每次开到这里，就觉得特别赏心悦目，都要停下来，好好欣赏一下风景。我的心里好像被什么触动了，为这位司机发现的美。

现今，改建过的06省道，道路平直多了，再也不必爬那三座大山，到建德320国道只需五十多分钟，可我有时仍会惦记一下桃园岭顶那处可以见到美丽的千岛湖镇的地方，为再也没机会翻越那座山岭而感到稍稍有点

杭千高速　摄影/鲁永筑

遗憾，尽管06省道进入高速公路时代。我不知道那位爱美的司机是否也有同感？

环湖公路——方便或自由之路

淳安有条环湖公路，环的是著名的千岛湖。

此路是条新路，历史不长但现代意识十足。是近年专为淳安库区（千岛湖原本叫新安江水库）不通公路的乡镇脱贫致富而修建的，也算是个扶贫工程。2006年建成通车才一两年，不过因为还有几座在建的跨湖大桥未竣工，因此那时环湖公路尚未如其名的真正环起来。

作为一条县级公路，环湖公路的等次不高，可能连三级都算不上，但至少路面铺的是沥青，这就比当年的05省道要好多了。毕竟，我们的生活在向前走，体现在路上，就得有与时俱进的内容。

对我来说，环湖公路不是一条通向精彩的外面世界的道路，因为我已经处在它的外面。但对于库区内那些相对封闭的乡村，如金峰、汪宅、宋村、南赋、鸠坑等山乡，环湖公路的开通就有着里程碑式的重要意义。你可以设想，一个封闭多年的乡村终于通上公路了，那里的村民从此可以在任何时间不受任何限制地从陆路直接走到县城，做生意，办急事，方便自由，生活方式从此得到质的改变，显然，随着时间的推移，环湖公路对于这些乡村的意义将更加明显地凸显出来。

沿湖修建的环湖公路，迄今为止，我其实只走过一次。那是一段从县城到西北重镇威坪镇的旅程。早晨我乘上前往威坪的中巴从千岛湖阳光渡口过轮渡，首次走上这条环湖公路。那是春天，一个比较糟糕的日子，遭遇倒春寒，且细雨纷纷，我坐在疾驶着的中巴内，瘦弱的躯体竟冻得有些发抖。心中不由生出一丝悔意，真不该在这个日子出门。

车子几乎一直都是在千岛湖畔行驶着。一边是山，一边是湖。雨中的湖灰蒙蒙的，湖中的岛也是灰蒙蒙的，看不清楚，也看不实在。熟悉的千岛湖因为有了不同的观赏角度，不同的观看位置，便生出一分陌生的美感。那时，我已深入到了环湖公路的深处。而我从威坪镇返回时，却因搭乘了一艘高速快艇，选择从水路走而后悔。高速快艇发出的轰鸣声实在太吵，噪声充斥于耳，使心灵难以恬静。我为什么不从环湖公路原路返回?现在我已找不到当初这么做的确切原因了，也许仅仅是习惯使然。对我来说，环湖公路毕竟还是一条生路。

见一座桥而落泪

——遗落在千威线的记忆

文 | 千 岛

2006年的寒假，我从学校返乡。前天坐上北京开往杭州的火车，硬座，学生票，票价减半，车厢里人挤人。那时没有动车、高铁。穷学生更没钱坐飞机，一千余千米，坐火车回杭，将近一天一夜，然后在杭州转道，回千岛湖。

火车上，肃杀、灰白的北方在车窗外后退，鲜绿、湿润的南方一点点接近。这段归程，前后需要三天两夜。火车上待22小时，杭州过一夜，第二天从西站乘班车回千岛湖。进入杭城，体感的湿冷加上那种不可名状的情绪浸润着我，近乡情更怯，那趟归途有些矫情。车厢内，我一手扶着前边的座椅，一手拉着窗帘的一角，头歪向窗外的一侧，心中喊着，故乡啊，我回来了！

但流下眼泪，已经是进入千岛湖境内，确切地说是驶上千岛湖大桥之后的事了。

阔别家乡，在外求学，一朝回来，高兴才对。但人就是这样，有时候，高兴着，高兴着，就流泪了；泪流着，泪流着，就笑了。若有人问你，为什么哭？

回：不知道，许是激动的。但为什么激动呢？多半你可能回答不上来。我当初也回答不上来。

这是我唯一一次因为归途而流泪。多年来，我一直在思考当初流泪的原因，也和朋友聊起过，我说，居然哭了，矫情吧。朋友难以置信，说太矫情了，哪来的那么多感伤。我想，感伤说不上，当初那情绪的源头似乎和乡愁搭边，但是又很难令人信服。乡愁是什么东西呢？是只允许自己说她，指责她，却不允许别人诋毁半句的维护？是对逝去时光的无限挽留，是对成长的无奈拒绝，还是那些盛满了亲情、乡音的，回不去的空间和时间，一个不断拉你回到往昔的抓手？

记忆会骗人，筛掉冰冷的，留下温暖的。故土的精神指示不仅仅是逝去的祖先，故土的意义在于部分离去的自己。幼年、童年、少年或者青年时代，那个一去不复返的自己。一个从未离开故乡的人是不会有故乡的，一个回到故乡的人，才会第二次拥有故乡。当故乡如化蝶一般变化，这种感情将变得更为复杂。当你面对一条崭新的路，崭新的桥时，她往昔形象反而会在新事物中浮现出来，令人心生感慨。你离开时，那路，那桥还未曾出现，你回来，路和桥盛装迎接着你，你需要适应一段时间，用自己将她的过去和现在黏合。比如我，需要用离开又回来的自己黏合故乡的现在和过去，并打算继续探索她的未来。而连接我离开又归来的，在此之前可能是轮船、轮渡，也可能是千威线——从千岛湖到威坪的环湖公路，现在可以更加精确些。2006年，千岛湖大桥通车后，把故乡的昨日和今天连接的是千岛湖大桥。如今，故乡被分成了没有千岛湖大桥的过去，和有了千岛湖大桥的现在。千岛湖一头连着县城，一头连着千威线、千汾线、环左线。而我的方向，始终朝着千威线蜿蜒前行，直抵威坪镇虹桥头，直抵静山尖脚下——那里有我更加精确的故乡，威坪镇三坦村山脚自然村（彼时，还是叶家乡山脚村）。

2006年之前，我离家去县城上学，坐小巴士到虹桥头。可以在威坪码头选择坐轮船，也可以选择坐大巴。坐船的航程比陆路长，我晕船比晕车厉害，所以多数的时候，会选择坐车。在威坪镇虹桥头转大巴上千威线，过虹桥，进入一个又一个隧道，一共是13个隧道，过这些隧道，我认真数过。一个从来没有坐车去过县城的人，第一次见到那么多山洞，会有惊奇有联想。我想，当初工人在挖山洞的时候，有没有挖到什么宝贝，比如方腊或者朱元璋落下的宝刀，泥土里的金子，或者深藏在山里的巨兽，或者一个躲在山里的文明，被人类的钻机和挖土机所打扰。千威线的13个隧道一个连着一个，足见施工的困难，足见当初这里的山高水远。淳安人民要修环湖公路，不仅要和水较劲，更要和山较劲，遇水搭桥，见山挖洞，路在脚下前，路已经在人们的心中不知道开垦了多少年，没有什么能阻挡淳安人发展的决心。

当初建设环湖公路的时候，我的一个族人在镇上任职，是千威线一标段的工程管理者。他对我说，工程分成若干标段，他负责管理的是威坪到宋村那一段。每一段的施工队不一样，路两边种的树也不一样。连续五六年，工人们一直奋战在千岛湖畔，开山挖路，建大桥。特别是挖山洞，当初的条件比较艰苦，机器进不了的地方，都得人工冒着危险进入洞口勘探，随时有塌方的危险。从1996年开始到21世纪初，五六年间，我从乡下的小学跨入县城的高中，我的族人和他的同事，一直扑在这条公路上，没日没夜地赶工。

那个时候，威坪往西可以到安徽，往西北可以绕进省城，反而是进县城没有通路，百姓进县里办事，学生进县里上学都要花上大半天的时间，和去杭州差不多。千威线，寄托着威坪和沿线人民对未来的美好期待。我叔叔20世纪80年代末到杭州打工，在杭州兽王厂里学裁缝，一年只在过年的时候回家一次。有几年厂子里忙，大年前一天才放假。有一次，除夕那天，

千威线　摄影/方勇

叔叔早早地从杭州赶班车回排岭，到排岭的时候已是下午，没有赶上回威坪的最后一班轮船。没什么能阻挡中国人回家过年的决心，囊中羞涩不能，缺对象不能，拥挤的火车不能，风雪不能，崎岖的路也不能。叔叔一狠心花了300元包私人快艇到虹桥头，到了虹桥头之后，徒步走回家里，到家的时候刚刚赶上年夜饭。这急坏了一直在等待的奶奶，说起这件事，奶奶到现在还在唠叨。她说，三十年前三百块钱差不多是现在的一万吧，要是那个时候有路，有车，干吗还要花这个冤枉钱。婶婶是叔叔厂里的同事，她来自兰溪。叔叔谈起婶婶的时候，总是说，当年她是下嫁于我。结婚前，婶婶的母亲来我老家看看婶婶要嫁的地方究竟是哪里?那时候，兰溪到淳安要过建德，路并不好走，环湖公路还没动工。婶婶的母亲在路上折腾了两天，坐车、坐船，坐拖拉机，走路……如今两天时间，都从中国到阿尔巴尼亚了。婶婶的母亲坐船下虹桥头码头，换拖拉机，走沙子路，经过一个山湾又一个山湾，老人晕车晕得厉害，一个劲地问，快到没快到没，还没到村里的时候，就吐得不行了。进了村一看，四周都是高山，虽然奶奶爷爷和乡亲们一脸的热情，可是婶婶的母亲高兴不起来，晚饭没吃就睡下来。第二天醒来，哭着和我婶婶说："女儿你可想好，嫁到这个地方，我以后来看你一次都难哪，两天哪，我吃不消坐车坐船。"婶婶倒是很有先见之明，她说："妈，以后会方便的，说不定开个小车半天时间就到了。"婶婶说的话不假，进入21世纪后的2001年，千威线全线贯通，2006年10月杭千高速千岛湖支线开通，2020年12月，千黄高速淳安段开通，从威坪到兰溪开车只需要两个小时就到了。现如今，叔叔把家安在了县城，买了车子，各路坦途通四方，无论是回老家还是去丈母娘家，一个小时都能到。

父辈们年轻的时候，是踩着泥泞的羊肠小道走出大山的。他们出生时，新安江水库形成不久。千岛湖形成初期，整个淳安被山水阻隔，只留下断头路12千米，淳安到处是“有脚无路走、出行靠划船、隔湖能对话、握手要半天”的山高水远。到了1993年，这种情况得到了很大的改观，全县已有公路68条，总计831.12千米，此外另有319条1058千米的机耕路。20世纪90年代初，我就是踩着这样的机耕路到乡里上学的。相较于父辈，到了我条件已经好了不少。1996年，淳安县启动了环湖公路的建设，规划总里程308千米，概算总投资3.17亿元。该工程是浙江省重点工程，是淳安交通建设史上的大手笔。乡里的机耕路改成的柏油马路，我们小朋友上下学，趴在路上捉蚂蚱，也不嫌脏。

2001年6月30日，总投资800余万元的环湖公路威坪大桥工程竣工开通，标志着环湖公路北线暨千威线全线贯通。彼时的虹桥头可以称得上是真正的虹桥头了。威坪大桥是一座名副其实的彩虹桥，通身红色，如彩虹卧波。它于1998年动工开建，全长218.90米，单跨198米，设计上有一个专业的非常拗口的名字——劲性骨架钢砼承式无绞拱桥。至此，从县城出发，在阳光码头过轮渡，就可一路无阻，经汪宅、金峰、宋村，穿过13个长短不一的隧道，过威坪大桥，一个小时就可以抵达虹桥头。威坪镇结束了通往县城只能走水路的历史。进入了县城一小时经济圈。

那时，我还在乡里读初中，听说虹桥头的大桥修好了。整条桥像彩虹一样横跨在千岛湖之上，抬头都看不到它的顶，大客车从桥上驶过，桥身岿然不动，听不到一点响声。那年暑假，我来到虹桥头的舅舅家，每个傍晚，夜色四合，和大人一起，拿着蒲扇，沿着大桥走到对面的隧道口。凉风从隧道的那头吹来，洞的那头不再神秘，邈远，山的那头还是山，湖的那边还是湖，直到多年后，我离开家乡，到省城，到京城，这些绵延的山湖，才被我甩在了身后。

一条道路带给乡村的活力是不可估量的，她给了乡村以想象的翅膀，越来越多的年轻人沿着这条路走出大山，到县城，到省城，到上海北京去寻找自己的梦想。新的产业也被这条路带进来，民宿、乡村游、骑行、自驾……沿线乡镇的发展也走上了发展的快速道，传统农业改革创新，傍上了“旅游+”的新经济。千威线上陆陆续续地冒出许多民宿、农庄、果园。漂亮的民居也在沿线拔地而起，与此方山水，相得益彰。村庄更新的速度加快，传统与现代在千威线的接通下，彼此贯通、融合。

千威线全线贯通的第二年，暑期一过，我就进县城上了高中。这是我第一次正儿八经进县城。原先，在我的想法里，到了乡里就是去外地，到了威坪虹桥头是进城，到了排岭那就是进入大城市了。在此之前，除了陪父母到安徽歙县县城走亲戚，我还没去过大城市。唯一的一次路过是在1997年的暑假。那时，千威线还在修建中，我受同村小伙伴的邀请，陪他去赋溪林场，找他在那里做工的父母。那段旅程，光从时间上来看并不短，从家里出发，到威坪码头赶船，到千岛湖，转道西园码头换船，然后到赋溪，整整花了我们一天时间。他父亲用挂机船把我们接到林场。我那时想，淳安真大啊，我们都走了一天了，还没走出县内。同学说，就快了，开船到毛竹源，然后走一段路就到白沙了，白沙是建德新安江镇的旧称。2015年，我在建德工作的时候，沿着白小线过毛竹源往石林镇开，全程一个小时不到。联系了当年的小伙伴，那时候的赋溪已经改成了石林镇，小伙伴正在那里探亲，我顺便过去看看。他陪我走了石林景区，在当地的民宿吃了一顿饭，在民宿吃饭的时候，他问我：“我也搞一个民宿会不会有前途？”我当即就表示支持，说：现在我们老家那里的交通越来越好了，千威线沿线就有很多的民宿，春兰土菜、林语民宿等。就说林语民宿的周老板，是我的朋友，公司搞团建的时候，我们到他的民宿里一待就是一个星期，开会，培训，搞野外拓展。周老板还承包了一些土地，搞起了采摘，没出几年就给儿子在杭州买上了房子，也给自己换了一辆奥迪A6的车子。等千黄高速开通，乡村旅游会越来越好。”小伙伴听了我的一席话，不出一年，就把想法落了地，考察了一番，他在威坪镇附近承租了几间民房，装修一番，像模像样地做起了民宿，三年后，积累了第一桶金，又和人合伙在县城开了一家“船上面”的餐馆。他的父母也放下了林场的工作，回到家里给他做起了帮工。他的“船上面”开张后，邀请我去吃过一次，我说味道不错，越来越接近当年船上吃到的那碗面条了。小伙伴说，做面关键是找好对的东西。平时，他喜欢开着车，沿着淳安大大小小的路，尤其是千威线找食材，有时甚至会过威前线，找到安徽歙县去。谁家的豆腐干做得好，哪里的土猪肉香，哪家酱油有小时候的味道，谁家的青菜嫩，哪里的山泉水清透。他说，要最大限度地还原小时候的味道，首先要还原当年的食材，其次才是还原当年的手艺。没想到，做一碗面，还被他做出了学问。

我的小伙伴和我同在县城上学。大学便分开了，他当初没有做民宿的打算，去了北方学汽修。当年我就有了当作家的打算，学了中文，后来认清现实，才转学土木工程，干起了地产施工管理。2002年的秋天，淳中开学，我乘车去县城上学。45千米的千威线，弯弯绕绕，我的心情却好得很直接，有春风得意马蹄疾，半天看遍千岛湖的意思。相比之前，进城容易多了，不需要一天，估计半天我就能看遍县城。路上，我一个个数着经过的隧道，天空和湖水被13个隧道截成一段一段，一洞一景，一个洞打开一段天光，没一会就到阳光码头了，需要坐轮渡，那时还没有千岛湖大桥。三年后的秋天，我在同一个地方启程，离开千岛湖去北京上学，千岛湖大桥还在修建中。车子从阳光车站开出，走05省道经分水，富阳到杭州，那时候千岛湖也还没有高速。从故乡威坪镇往返县城，要不坐船，要不乘车，但要在阳光码头转轮渡。去北京上大学是我最后一次在千岛湖上坐轮渡。那是2005年9月初的一天。清晨，母亲早早起床，为我离乡求学做最后的准备。母亲要送我到县城，临行的时候，往包里塞了一袋昨晚刚煮好的茶叶蛋。

坐车到虹桥头，转大巴到县城，途中要过一班轮渡。我买了去杭州的汽车票。进站后，母亲与我告别，说，北方冷，下火车前添件衣服。母亲说得不无道理，但担心有些多余，那年的9月，北京干燥炎热，我口干舌燥，鼻黏膜发炎到流鼻血。

那是我第一次进省城，到京城。我完全没有在意车窗外千岛湖大桥正在修建，也没在意来往的轮渡有何特别之处，对未来的期待，盖过了离别的感伤。我全然没有注意到在出站口等着的母亲，等我注意到她的时候，母亲正在追着车子跑。她一只手提着包，另一只手从包里拿出一包用红色塑料袋装好的鸡蛋，嘴里喊着什么。我转头，朝母亲喊道，回家吧，我不饿，我到北京，再给家里打电话。没等我多说几句，司机大喝一声制止了我。

半年后的寒假，当我归来。轮渡不见了，曾经的湖面上，一座雄伟的大桥赫然在目。坐在车上，透过车窗，看着窗外的景色，仿若行驶在当初轮渡的上方。大桥将我抬升数十米，两边的景色更加开阔，我知道我离家更近了。一种基于乡愁，而催生的念想，一种希望回到熟悉之地，感受熟悉的气息的本能，在体内酝酿成难以抑制的情绪。一种故乡留给自己的确定，当她以不确定的变化，变得更好更美，更令你自豪的时候，那么这种情绪自然会让你在高兴之余，多一点深沉，好比让你想着，念着，担心着，期盼着，终于等到了从战场上载誉归来的亲人。这样的情绪，让我在多年后，写下一首诗：

大桥

没有我，依旧会有千岛从水中
探出。会有大坝，把千岛湖
预留给大桥

威坪大桥　摄影/方勇

让它跨过去，让它缓解故乡的自闭症
让城里的月光
成为心里的霜降
让轮渡，在往日搁浅
轮渡对迟到的人一视同仁
让他们迟到，退回岸上
在码头的遗址里，被大桥送走
大桥架起两岸，仿佛
我的乡愁和希望也缩短了
它们像两个邻居
住在我的附近

2006年之前，还没有千岛湖大桥。2006年的那个寒假，当我坐在车上，看见她的气贯长虹，她的雄伟，即便日后我走遍了祖国的大好河山，见过很多更长更大的桥，也难再有我第一次见千岛湖大桥时的惊奇与感叹了。她的一端连着千威线，连着我的更为精确的故乡，连着我的亲人。那是我唯一一次因为见一座桥而落泪。事到如今，我似乎了解了一些让我流泪的原因，这些原因被锁定在乡愁的范畴里——是在此处挥手送我等我的母亲，是我高中三年往返乘坐过的轮渡，是让家乡越来越近的千岛湖大桥，是乡音，是千威线，是千威线上的一家湖鲜店，是路边的樟树，是湖面的鱼鹰，是归船，是群山，是彩虹大桥，是湮灭在时光里的码头，是历时1800余年，再次被点亮后的千年古镇，是在雨中再次见到，身材臃肿，两鬓斑白的，翘首以盼的母亲……

当千黄高速淳安段开通的时候，我庆幸自己见证了那一天威坪人民的兴奋与荣光，有着二十余年历史的千威线也被修葺一新，为了让这条高速直抵威坪，威坪人民和千威线都付出了太多，经历了太多的坎坷、颠簸与隐忍。无数个坑坑洼洼都过去了，我们与世界越来越近，与精彩越来越近。

在千黄高速抵达威坪前，我义无反顾地沿着千威线回来了。沿着当初她送走我的路线，返程，回到家乡，回到小镇。现在，我终于明白，我心系的依旧是她的一端，在那路的尽头，山的尽头，我的亲人始终不会离开的地方，她终将成为我的归宿，成为我以及我的后代不断提及的地方——祖先所在的地方，令我心安的地方。

越接近，越安心。现在，我才深刻体会到“此心安处是吾家”的意思。哪怕这是我最后一次送回母亲的路，十年一轮回。2016年，我捧着母亲回来，她滚烫，只留下了一点重量，她再也不会沿着千威线走向别处了。但她仍旧在这条回家的路上等着我，为我圈出故乡具体的位置。于我而言，这条路连着外边的世界，那里深不可测，五彩缤纷。前路未必坎坷，前路未必歧途，但我已选择返程，回首来时路，沿着千威线，寻找那真正让我安心的、让我流泪的初心。

在秋天走过一条路

文｜楚 环

秋天，驾车沿江岸青山蜿蜒在山路上，一路顺江而下。

向东，新安江。

“新安江上孤帆远，应逐枫林万余转。”想到了唐代的刘长卿，几千年前他一袭长衫，立于船头，也追逐过这两岸枫林、悠悠白云，彼时与此时，山川有相近，道路却不同。一船一车，便是两个时空、两种人生。

路，于一个人而言如此，于两座山水相隔的城亦是如此。

一路上不时有大型工程车辆擦身而过，车上是一群群穿着橘红色鲜艳工作服的施工人员，满面尘土掩不住笑容灿烂，就像盛装赴一场盛会。说是盛会真的也不为过，因为在这人迹罕至的崇山峻岭，他们正在干一件很多人想了很久却没能干成的事——跨越山水之阻，修一条追逐时光的坦途，这就是杭黄高速公路。

杭黄高速公路起于安徽歙县呈村降村，与宣黄、杭瑞高速公路相接，终于浙江淳安，与杭新景高速公路千岛湖支线相接，全长约79千米。一路上有古韵徽州和黄山、有从唐诗里走来的新安江，还有千岛湖和西湖，这条路从一开始就被赋予了诗意。

而诗意其实很多时候就是每个普通人的期望。

出发前日，夜宿歙县。客栈主人兴德得知我们来自淳安，格外热情，兴德说自己算是半个淳安人。他的祖上是徽商，百年岁月里一直穿梭在新安江上，战乱频繁的年代，他的一位姑姑遗落在了新安江畔的一个小镇，从此杳无音信。后来日子好起来了，他和父亲三番五次到淳安、建德等地寻找，终于在淳安找到失散多年的姑姑。两个白发老人抱头痛哭，彼此约定到生命的最后时刻一定要相互守候对方。

从歙县到淳安，岭连着岭，一路的盘山公路，要么坐船需要一天的时间，行路艰难，两个老人已经四年没见面，兴德说，父亲总是担心，路太远了，万一老妹妹不好了，怕自己赶不上那个最后的时刻。2019年，听说修路了，修的还是高速公路，修好后到淳安只要四五十分钟，兴德的父亲高兴得敲着拐杖喊："路通了我要买鞭炮来放啊。"

兴德呢，也盼着这条路，不仅看姑姑方便了，而且他还期待这条路能给他的客栈带来更多像我们这样的客人。

多少年了，变天堑为通途，是一代代安徽人、淳安人的梦想。

梦想照进现实，则是需要时间和故事的。

杭黄高速公路从安徽进入淳安的第一个站口，就是威坪，我们的车从这里上了高速，漆黑的路面，雪白的标识线，车速拉升到100迈之后，在车里能清晰地听到湖风骤然吹响，耳边只剩"呼呼呼"的声音，两侧绿水青山风驰电掣一般往身后逝去，忽而凌空跨湖，突然又穿山而过，似乎正骑着一条腾云驾雾的龙。

当年在一次采访中，从现场展示的PPT上，第一次看到这条高速的建成效果全貌图——它真的若一条游龙，在千岛湖的青山碧水间翻腾跳跃。不想，外形俊美的这条路，却是最难"画"的一条"龙"。在中国高速公路版图上，淳安的位置有些尴尬，三条高速紧挨着淳安边境而过。之所以绕开

千黄高速金峰2号隧道施工　摄影/洪善富

千黄高速宋村大桥晨景　摄影/洪善富

这里，无外乎是地势的复杂，非山即水，修路成本太高；另外还有一个原因，这里是5A级风景名胜区、水源保护地，任何草率的破土动工，都可能造成不可挽回的损失。

这就注定了杭黄高速公路淳安段在道路设计、施工要求上必须有更高的标准。为了让这条路成为现实，历届县委县政府在省、市党委政府和相关部门的大力支持下，以“十年磨一剑”的韧劲，在项目施工可行性报告、设计方案、建筑环保标准等方面，大量考证国内外的项目经验，而且还联合各级环保、林业、国土等部门，多次反复实地勘探。所有的努力只有一个目的：实现生态施工作业，严格保护生态环境，让山、水、路、景有机融合，使这条路成为中国最美的生态景观路。

“为了这条路，我们这几年跑了二十多趟北京。”看着眼前不断向前延展的路，一位淳安交通部门负责人的感慨之语，又响起在耳畔。

梦想是奢侈的，迈出的第一步就是勇气。正是这样的勇气鼓舞着一代又一代的淳安交通人，为了这条路奔走、坚持、不放弃。

十年踪迹十年心，2017年9月27日，杭黄高速淳安段工程正式开工。那天欢快的锣鼓敲出了淳安人的喜悦和激动。此刻奔驰在高速路上，侧耳倾听似乎还能听到那穿透云霄的鼓声。

这条路一千一百多天的施工，与其说是在做一项工程，不如说是做一件镶嵌在自然山水中的艺术品。

在杭黄高速淳安段的施工过程中，为确保安全施工，全标段采取标件预制、钢筋加工、混凝土拌和三集中并进行严格检验检测；为确保生态施工，项目建管处投入4000多万元环保资金在各隧道施工点建立三级废水沉淀池，还购置废水净化设备配置在施工现场，严格做到不破坏周边环境、不让污水流入千岛湖。

不少经验丰富的筑路工程人在这条路的施工现场感受了职业新挑战。

在茶园山深处，04标段茶园山2号隧道属于特长隧道，为了减少施工对山体和景观的影响，开工之前，先建工地试验室，以多个方案的实验数据来确定最终的具体施工方案，这是前所未有的……

在湖面跨度最大的燕山大桥施工点，施工的桥体上布满一排排管道，这些管道将每一滴施工废水回收到指定设施，从开始施工至大桥合龙，桥下的湖面一直清澈见底，这是奇迹……

“这个项目的施工要求，说得形象一点，就是要求我们把这条路轻轻地放入绿水青山之间。”一位项目标段负责人曾这样说。轻轻地，在山水之间放入一条路，这不是做一件艺术品，又是什么？

眨眼间，轻车已过万重山，二三十分钟时间就从威坪镇来到了千岛湖互通出口。曾经的山路百转千回，如今竟这般轻快，不由得想起了威坪种菜的小美，前几天她还在朋友圈里晒图“吹牛”，她说一早运到杭州的蔬菜，叶子上露水珠子都还是圆的、未曾破。有了这路，是真的快啊，小美的菜怕是不够卖了。

千岛湖互通出口高悬于湖面之上，下车远眺，路的左边是湖水，天光已经西沉，如兽脊的群山逐渐暗淡下去，大片的青黛色暗影印在湖面上，随着一层层的水浪下沉，不知深处，就像那些过去的、沉重的光阴。路的右边也是湖水，在水的远处城市的灯火一点一滴明亮起来，如冉冉升起的群星，在微风中湖水一浪高过一浪，去追逐那星星灯火，就像奔赴每个明天的人们。

一条路，分出了两个时空，多么有趣。

白小线上的一些人和事

文｜余 露

白小线(建德白沙至淳安里商小坑坞)属于山岭重丘三级公路，起点位于毛竹源(白小线K11+753)，途经淳安县石林镇、里商乡，终点与淳杨线K12+570里商乡小坑坞处相交，全长38.168千米，路线85%以上沿湖。通过提升改造，白小线正在向“最美公路”迈进，它进一步带动沿线乡镇旅游经济的发展，不仅拉近了时空距离，提升了美丽效应，还汇聚了人气、财气。

消失的码头

“工作累了的时候，我也常会来码头放放风。从骑行桥的这头望过去，那边是我的老家。”参加工作第7年的徐静，正处在三十而立的门槛上，最是压力大的年纪。“上初中那会儿，我爸妈为了改善家里的生活条件，跟着同村的叔叔伯伯们一起来千岛湖镇上打工。每周五放学，我都要赶班车，坐轮渡，过这上江埠码头。那时的上江埠可真的是热闹！”

是的，那时的上江埠可真的是热闹！

在上江埠大桥未建成通车之前，上江埠轮渡码头是连接里商、许源片区和千岛湖镇的重要交通枢纽。每次赶轮渡的时候，都仿若过小年，大大小小的车子排起了长队，各色各样的小摊子挤满了两岸的渡口。一辆板车，或是几个木条箱子，再支棱几条长板凳，挂起各式的货物，一个简易的小摊就算是搭建好了。不论是南来的，还是北往的，都喜欢在等候轮渡的间隙去转转看看。尤其是那些上学的孩子，总会习惯性将每个星期的零花钱余点儿留到上江埠轮渡码头这儿。几个小伙伴，一会儿围着面摊流口水，一会儿又跑去买上一串茶园豆腐干，再抹上红红的辣椒酱解解馋。可那小眼珠子滴溜溜地转，这不又瞧上了隔壁摊子上刚出炉的烤粿了。

吆喝声、吵嚷声、汽车的喇叭声、轮渡的鸣笛声……热闹二字，是不足以完全形容码头的。无独有偶，过了轮渡，沿着淳杨线往建德方向走，坐落在白小线上的毛竹源码头也曾盛极一时。

毛竹源地理位置优越，交通便利。除了连接县域内所有的水路，它还紧挨着金千铁路的岭后火车站，是淳安对外沟通的唯一窗口，当之无愧的交通枢纽。无论是采办进货，还是求学旅游，南来北往的人们都会选择毛竹源。因而从20世纪60年代起，在近40年的时间里，无论你何时走到毛竹源的街上，永远都是一片车水马龙、人声鼎沸的热闹景象。因此，毛竹源还有了“小香港”和“中英街”的美誉。

街上有商铺近百家，做着打铁、卖菜、理发、糕点、茶馆、篾器、钟表、挂面、小百货、布草店等各色生意。码头水岸两边，排筏聚集，四季繁华，货物上下，生意兴隆。

20世纪90年代是毛竹源码头最鼎盛时期，边上的旅馆、饭店数不胜数，外地来千岛湖的游客大多从毛竹源码头下湖游览。徐静的本家姑奶奶是个极富商业头脑的女强人，在经营婚姻失败后，她看准了毛竹源的商业资源，在80年代末盘下了码头上的招待所，四处筹款对其进行了翻修改造。人美脑子活，再加上为人大方性格好，很快招待所的名声就打了出去，生意也跟着蒸蒸日上。90年代，徐静上小学的时候，还常常去招待所帮些小忙。

2000年以后，随着05、06省道改造完成以及直通码头环湖公路的正式启用，毛竹源码头不再是淳安人的唯一出口，来码头的人慢慢变少了。尤其是伴随2006年10月杭千高速公路的全线开通，金华开往岭后列车的客流量急剧萎缩，绿皮列车也于2009年5月停止了运营。从此，往日熙熙攘攘的毛竹源仿佛一夜间变成了“无人区”，毛竹源的繁华也与往日的喧闹一同戛然而止。只有那残破的候车室还立在街道的一侧，接受着湖水日复一日的拍打。

2011年6月29日13:30，上江埠最后一班汽车渡轮驶离上江埠汽渡码头。

2011年6月29日14:00，上江埠大桥正式通车。

上江埠大桥是环千岛湖交通最后一个关卡，具有跨时代的意义，它的建成通车将标志着淳安交通进入一个全新时代。也意味着，繁华一时的上江埠码头们，就此淡出了历史的舞台。

包租公——宝元老头子

驱车行驶在白小线上，一路平坦舒适。山湾很多，风景也很美。一里一景，一村一美，触目之间的山清水秀，令人心旷神怡。

为充分保护自然环境，展现白小公路沿湖景观优势，在建造之处，环

白小线　摄影/王建才

湖公路的设计团队和各批次的施工队就坚持尽量少挖山、不填湖，突出公路与景观的自然融合，营造“路在景中走，车在景中行”的优质公路通行体验。同时，在绿化修复的过程中注重突出淳安特色和乡土气息，多种容易养护的果树和本地的野花野草，争取与沿线农田、山林、乡村的风貌特色结合，达到“车移景异、一坡一景，四季有花、四季各景”的效果。对临湖路段，追求景观视线通透，将湖泊的视觉窗口打开，向大自然“借景”，实现路与湖的完美融合。

淳安多山，村与村之间的勾连，常是依着山势修建的各式羊肠小路，又或是打鱼人家的小木船和小挂机。如若出行时有大物件需要搬运，着实费力。

环湖公路修建期间，需要用到大量的中大型器械。诸如沥青摊铺机、压路机、平地机、大型旋耕机、小型旋耕机、铧犁、推土机、挖掘机、装载机、沥青搅拌站之类，这些器械得随着施工队走，队伍到哪儿，器械也得到哪儿。但器械可以露天摆放，工人们可不能露天睡。所以，当时好多施工队都会紧挨着村子，选个空旷地儿搭一些简易工棚安营扎寨；也有些施工队喜欢到村子里找村民租借一些闲置的空房间充作临时宿舍，既省时又省力，还能时常蹭到村民们自己种的新鲜果蔬。

宝元老头子的家里就曾接待过一支施工队。与其说是接待，其实更像是短租。

宝元老头子姓洪，是村里的大户。就在村子里绝大部分人都还是住黄泥土墙房的时候，他就在村子的最中心处盖起了三层楼的小洋房。宝元老头子有三个儿子，想着到时候会娶三房媳妇，至少生三个孙子，甚至更多孙子孙女的时候，他便有意将新房子往大了造，房间往多了装。新房子刚建成的时候，村子里不少人开玩笑说，宝元老头子造的不是房子，是皇宫。这不，环湖公路修到白小线这段的时候，好几个施工队都瞧上了他家的大房子，争着抢着要租借。

宝元老头子虽然是个生意人，但是却没有在这时候想着发横财。他知道，如果环湖公路能够成功修建通车，那么他大儿子想贩卖村里橘子的生意肯定能成，小儿子空心砖厂的生意肯定会翻倍。于是，他主动带头，发动左邻右舍，让村民将闲置的阁楼和房间都腾出来，租借给施工队。一来可以收取些租金，补贴家用，二来也是为了县域交通做一点微薄的贡献。

于是，“土皇帝”宝元老头子摇身成了“包租公”，带着村民开始服务起施工队来。

宝元老头子不仅领先村民一步造了大房子，就连村里第一台五十寸的彩色电视机也是他先买的。记忆中，每年的暑假，徐静至少有一半时间是泡在宝元老头子家里，和他的孙子孙女们一起陪宝元老头子看中央十一台戏曲频道的戏曲节目。小孩子其实对戏曲没有多大的兴趣，但似乎只要能看到彩色电视就已经很满足了。更何况，宝元老头子每天下午3点听完戏后，都习惯性回房间眯瞪一会儿。这个时候，这台彩色电视机就落入了一帮熊孩子的手中，大家可以选择电影频道看个电影，再等到5点多看个动画片，别提有多舒服了。但宝元老头子惜财，特别心疼电费，总是悄悄把遥控器带走，不让孩子们有机会得逞。

施工队来了之后，这台电视机更是成了“香饽饽”，不论老少，都想掌握遥控器，选一个自己喜欢的频道放松放松。尤其是干了一天活儿，累得不行的工人们，特别喜欢端着大碗饭菜，蹲坐在电视机前看看节目乐和乐和。一贯惜财的宝元老头子却总舍得在晚饭时分将电视机打开，还早早把家里的长条板凳摆放整齐，候着那些工友下工回来用饭。在徐静的记忆里，那个夏天的晚上，宝元老头子家里是最热闹最鲜亮的。

宝元老头子家大门口有两个花坛，再往下去是两块小菜地。常日里，他总爱在自己的花坛里摆弄。不是撒一些鸡冠花、凤仙花的种子，就是修剪修剪自己最爱的那两株月季。一年四季，花开茂盛，也常引得村子里的大媳妇儿小姑娘们的艳羡。下面的两块菜地是他们家老太婆打理的，常会种些应季的蔬菜，供一家老小吃用。

施工队住进家里后，突然多了十来号人，两块小菜地明显供给不上。宝元老头子心一横，便把那些个鸡冠花、凤仙花的都给拔了去，撒下了好些出苗快的菜种子，惹得家里的老太婆好一顿数落。但他却端了搪瓷缸，坐在院子里一边喝茶一边唱起了小曲儿。

或许，他当时已经看到了环湖公路通车的那一幕了吧。

洪善忠的养殖计划

洪善忠和宝元老头子是本家。和宝元老头子一样，洪善忠的脑子也十分灵光，他也喜欢经商。但当时施工队找上他们家的时候，他却没同意租借。一是他老婆有严重的洁癖，不喜欢家里有生人；二是他自己心里也有些小算盘。

洪善忠是村里最早一批下海经商的人，村子里的第一艘摆渡船和快艇都是他捣鼓的新鲜货，他自己也靠着摆渡船和快艇小赚了一笔。但有着商业嗅觉的他，已经灵敏地感知到，如果白小线修好，环湖公路开通，他的摆渡船和快艇肯定会被淘汰掉。于是，他有了新的商业计划。

前段时间，他跟几个朋友去金华玩，发现当地正流行一种美食——牛蛙。走在街上，每隔几步就能看到店门口打出爆炒牛蛙或者是鲜嫩牛蛙锅仔的招牌。作为村里最敢尝试的年轻人，他理所当然尝了尝这新鲜菜式，果不其然，很是美味。这也激发了他新的创业想法——养牛蛙。原本他还在担心养殖事业会因为交通的问题受阻，但如今白小线即将通车，环湖公路全线贯通指日可待，他又有什么可担心的呢？

施工队住进宝元老头子家里的第三天，他就赶早又去了趟金华取经，连着待了小半个月才回来。回来之后，他又是请设计，又是请工人，把自家的附房给推倒重建成了养殖棚。

那边白小线轰轰烈烈地推进，这边洪善忠的养殖计划也在热热闹闹地开展。连带着宝元老头子的小儿子，也开始扩建起厂房来。刚学艺回家，打算和师傅一样弹棉花谋生的徐健跃此时的内心也发生了摇摆。或许，他可以像洪善忠一样，做点其他生意会更赚钱。

事实也正如他们所预见的一样，白小线通车后，当年的养殖大户和种植大户们都赶上了福利，收获满满。

梦想一条国道穿过淳安县境

文｜詹黎平

一

很早以前，我们去杭州大多是沿05省道，途经文昌、分水、新登、富阳，由之江路，绕过六和塔，从钱塘江大桥桥头下，拐进虎跑路经动物园进入杭州城。整个行程约需7小时左右。中餐一般是在分水用，进省城一趟大不易，到杭州办事，出差，当日往返几乎不可能。好在，那时日脚头慢，大家最富有的是时间，多得花不完，在杭州住一晚两晚就住一晚两晚，这样还更好，巴不得。上司或组织上没有理由不让我们在杭州享受享受省城的灯火和月光。稍晚些时，去杭州又有了一种新的走法，叫水陆联运。这边起个大早从西园码头坐第一班客船到毛竹源，有接驳的大巴在毛竹源等我们。客车从岭后火车站翻过一个小山岭，穿过建德县城白沙镇后，再沿全程柏油路面的320国道到杭州。过程其实也蛮复杂，坐过几次，感觉到杭州所用时间与取道那边老省道走差不多，也要约六七个小时，但乘坐舒适感略有增强，省道盘山，沙子路面，七拐八弯，容易让人晕车。320国道路直，路平，来回两车道，会车方便，在那个还没有私家车当道的年头，行车速度比起在盘山公路肯定要快一些。对了，也正是在那时，第一次对国道产生了强烈印象。是啊，建德有国道，还是有编号的，叫320国道，听上去就有种神秘感，我们淳安呢，竟然没有一条国道，哪怕是一小段也没有。这是件颇让人遗憾的事情，甚至有低人一等之感。而交通不如人，也会被人欺。在高速公路开通之前，来千岛湖的游客常常被我们的邻县建德截和，没别的，就是因为他们有一条相对宽敞平坦的国道！而这又是一时半会儿改变不了的现实状况，作为一个淳安人，面对这交通条件的不平等，内心为此滋生的落伍与屈辱感很久都难以驱除。

由此，要求改善交通面貌的呼声一直很强烈。先是大力改造05省道淳安段，那时我们管它叫淳分公路，淳安至分水。印象中这段路的改造持续了好多年，以致让我们这些不明究竟的吃瓜群众总是吐槽抱怨，就这么区区几十千米的改造路段怎么老也完不成呢。那时，我们不当家不知柴米油盐贵，我们不当家不知县财政家底有多么窘迫，我们不当家不知施工条件设备有多么简陋。好在也终于改建成了，来回双向两车道，看上去有点像高速公路的样子了，车驶在路面上也爽得很。只是再怎么改造，再怎么折腾，这终究仍然是一条省道，不是国字号的，不管是辈分还是级别都明显比国道低了一层。这就没办法了，毕竟国道是由国家来规划界定的，不是靠我们自个儿改造就能改造出来的。再后来，又开通了高速公路，高速公路抵达淳安，算是让我们的交通彻底翻了个身。到杭州单趟最多也就2个小时，再加上私家车的大普及，真正方便了。总以为高速公路应该算国道了吧？问过内行的知情者，说这仍然不是国道。拥有一条国道梦就这么难以实现！

作为一个土生土长的淳安人，我们曾无数次做过这样的梦，梦想有一条国道穿过淳安县境，我们驾驶着大卡车，吹着口哨，得意扬扬地行驶在硬朗的国字号公路上。仿佛是电影，某个故事的桥段，在一条某某编号的县域国道上，奔驰着我们蒸蒸日上的美好生活。而这一天终将到来，也必将到来。

二

生活，世界，是个庞大的体系，作为一个个体的人，他的所知所晓必定有限。如果不是当事者，不是位于决策层的领导，那么他的信息来源必定是滞后的。正所谓“春江水暖鸭先知”，关于国道，关于交通我们肯定都是后知后觉者。

某天，或许是前年（2019年），也或者更早一些，我在县报《今日千岛湖》读到一则篇幅不长的新闻报道，大意是我县也将有一条国道了，编号是330国道，起于温州洞头，止于安徽合肥肥西。沿线经浙江省洞头、温州、青田、丽水、缙云、永康、金华、兰溪、建德、淳安、旌德、黄山区、青阳、庐江。县内的起点忘了在哪儿，估计应是在06省道淳建交界处的淡竹枢纽，但终点是知道的，就在昌文线，临岐与临安昌化交界处。这则报道似乎也并没有引起多大的反响，我想如果是放在十年二十年前，那肯定会有一个轰动效应。但在今天这样一个高铁、高速先后都已进驻淳安的“两高”时代，的确，一条国道落户淳安的消息已不算什么了不得的大新闻了，吸睛度不高。但对于我这样有着深深“国道”情结的人，意义还是不一样的。内心多多少少会有起伏、有波澜、有感慨。我总是这么认为，国道进入淳安，就意味着一种国家意志的抵达，意味着淳安不再生僻、不再旁门、不再边缘化，淳安的崇山峻岭、淳安的大地河流间从此将奔流着一条“国”字号的主干道。这干道的生存必有它内在的意义，这意义或许你现在还看不出来，但假以时日，意义必会彰显。

现在，我们可以愉悦并静静地期待330国道以一条越来越显明的姿态穿越淳安县境。从此，国家的交通干线版图上，将有浓重的一笔描画在淳安大地上。

三

有必要说说我们淳安地理日益凸显的重要性。

淳安位于浙江省杭州市西部山区，钱塘江上游，县境东接桐庐、建德，南临常山、衢江，西南连开化，西与安徽的歙县、休宁相接，北与临安市毗邻，千岛湖主体大部分位于淳安县境内，湖域总面积580平方千米，姿态各异的岛屿1078个，是“两江一湖”国家级风景名胜区的重要组成部分，也是“杭州—千岛湖—黄山”这条以“名山、名水、名城”著称的国际黄金旅游线上的一颗璀璨明珠，是长三角不可或缺的旅游休闲度假胜地之一。

根据《国家公路网规划》(2013—2030年)，G330国道洞头至合肥公路为连接浙江、安徽两省的东西向国道公路，起于浙江温州洞头，终于安徽合肥肥西，沿线经浙江省洞头、温州、青田、丽水、缙云、永康、金华、兰溪、建德、淳安、旌德、黄山区、青阳、庐江。根据国道线位规划，330国道淳安段线位布设以利用06省道、千岛湖大桥、环左线、昌文公路和18省道等现有公路走廊带为主，330国道临岐至临安湍口段已于2019年建成通车，进贤湾至临岐段除局部路段为二级公路外，其余路段均为四级公路，已成为国道瓶颈路段，急需加快建设。本项目建成后将提升G330国道技术等级，推动区域基本公共服务均等化，带动丰茂半岛区块开发和沿线旅游发展，加快“康美千岛湖”建设。同时，本项目是《国家公路网规划》(2013—2030年)中G330国道洞头至合肥公路的重要组成部分，也是浙江省、杭州市及淳安县“十三五”交通规划中的国道重点建设项目，该项目的建设符合浙江省加快“六个浙江”建设、“交通强省”建设和“5411”综合交通发展战略的要求，对提升330国道通畅水平，改善杭州西部山区尤其是淳安北部区域交通条件，完善区域国省道路网布局意义重大。

上面这段文字是交通设计院的徐院长发给我的，由此让我对330国道淳安段的路线走向大致有了个初步的了解。尽管这条国道的起止与走向是如此出乎我的意料。为什么是从洞头到合肥，为什么到昌文线要经过千岛湖大桥、环左线拐到昌文公路，而不是直接借用05省道千岛湖至文昌潭头这条路。国道的路线走向必有国家的战略考量在里边。总之，330国道的标志自此就开始现身于各相关路段。尽管有些路段路况还比较差，属于路基比较狭窄、路面坑洼也比较粗糙的四级公路，但不管怎么说，330国道总算在淳安正式登场。

四

关于330国道淳安段，从路线走向及历史现实形成我们大致可以分三大块三条线来叙说。

首先从06省道（后又称S303省道）摇身蜕变为330国道说起。有个疑问，330国道的登场是不是就意味着06省道的没落和消失了呢？从《国家公路网规划》看，06省道从建德洋溪至淳安经淡竹到千岛湖镇这段线与330国道几乎完全重合。之所以说是几乎而不说是完全，在于原06省道有两段废弃（也不知算不算废弃）的山道：黄智山青田山岭和富文岭路段。这路段肯定不在规划中的国道范围内，但是否仍作为06省道的残余我没把握。06省道升格为330国道的其中一段，对于沿线居住的百姓日常生活似乎也没多大影响和关系。只是感觉上，无形中确实有种不一样的显重。住在国道主干线边和住在省道或县乡公路边的感觉还是有所迥异的。这种迥异今后首先会体现在一张地图上，是浓墨的粗线条标志还是淡笔的细线条标记，别小看这标记，它能更快捷地方便你在地图上找出自己家的位置。其次落实在出行上，作为国道线，仅能通过一辆车交会都很困难的窄路段肯定将就此消失。既是国道对路面宽度必有一定的要求。我在五年前驾车去建德，为省几块过路费，特地从06省道跑过数次，感觉那路面还是比较局促的，迎面来个车，彼此得小心翼翼通过。今年再从这06省道过（此时应该叫330国道了），路基明显有所拓宽，路面与早先建德至杭州的320国道差不多宽了。当时不知何意，现下想来，这就是由省道升格为国道带来的福利。

再来说第二段，我们相对比较陌生一点的光左线。具体涉及环左公路、左光公路、临奎公路，这也是330国道淳安段改建的关键路段。把这条好像开通没几年的包括四级和等外级县乡公路规划到330国道里边确实出人意料又让人惊喜。原本那里是多么偏僻的一条乡野小道啊，为此笔者特地驱车前往全程考察了一下，平日里不常见的村落湖汉山湾景致鳞次栉比，沿途过路车辆比较稀少，这是一条看上去十分安静的线路。据我目前观察并掌握的状况是，环左公路，第一段从千威线至进贤湾段，长约2.7千米，设计为二级公路，路基宽度为23.25米（本段于2013年就建成，并且含有骑行绿道）。就是我们通常所说的，千岛湖至汪宅路段，路面宽得有些阔绰和奢侈。第二段是进贤湾至左口段，长约8.190千米，为四级公路，路基宽度为6.5米，路面宽度5.0米（本段早于2003年就建成）。这条路是我们从千岛湖镇进入左口乡的必由之路，平日里出入的也比较多，感觉近20年来没怎么变过，路面相对比较窄，但对于小车也谈不上难开，遇上转弯或交会时稍稍小心些就是。第三段为左光公路，为左口至奎星桥段，长约9.310千米，设计为二级公路，其路基宽度为8.5米，路面宽度7.0米（本段于2008年建成）。由于路上来往车少，这样的路况驱车简直就是种享受了。第四段为临奎公路，即奎星桥至临岐镇，其中奎星桥至浪境坞段，长约9.570千米为等外级公路，路基宽度为5.5—6.5米不等，路面宽度4.5—5.5米不等。从笔者全程驱车实地考察看，这个第四段就是330国道淳安段的卡脖子瓶颈路段了，不仅路面很窄，窄处仅4.5米，且路面也很差，破损严重，目前正进行拓宽施工中。第五段是浪境坞至佑口段，长约8.95千米为二级公路，路基宽为8.5米，路面宽7.0米。这段路其实也是昌文线文昌至临岐镇的一部分，目前路况总体良好。从临岐镇佑口到接淳开公路、千威公路路口，总里程约30千米出头。大部分为二级公路，除了长约8.19千米的进贤湾至左口段是四级公路和长约9.57千米的奎星桥至浪境坞段为等外级公路，需进行重点拓宽改造外，330国道的雏形已成。

这段路现已是我县330国道改造的重点项目，因为原路基础较差，需进行较大的改造。其改造建设里程总长为30.051千米，占用公路用地为1075亩，拆迁房屋按一层折算为12076平方米，要挖方1901201立方，填方1252521立方米；需建造大桥12座，总长3505.5米，建造中桥2座，总长119米，建造小桥2座，总长53米；构建涵洞85道，总长2172.4米，隧道5座，总长2036米。全线(指本项目全线)共新建(拼宽)桥梁16座，合计总长度为3677.5米(含左右幅)。全线设置涵洞(包括线外涵)85道共计2172.4米。其中圆管涵71道，1778.5米，盖板涵10道，263.9米，箱涵4道，130米。

据本项目施工设计资料显示，本路段改造要经过的主要城镇、河流、公路及铁路主要有：主线沿线经过千岛湖镇、左口乡、文昌镇、临岐镇。项目区域各河流统属钱塘江水系。工程区域内溪河纵横、流向复杂、水系呈羽状。主要有新安江水库及其支流。包括进贤溪、十八都溪、下龙源、雄龙源、雌龙源等。其中新安江水库是区内最大地表水体，汇水面积为10442平方千米，库区面积575平方千米，水库常年枯水位高程约97米左右，水库正常高水位108米。进贤溪，又名东源港，源于淳安大岭塔，它由富强溪(瑶山溪)和梅川(秋源溪)在临岐大桥以上地段汇合，后注入新安江水库。临岐大桥以上的流域面积397平方千米，其中富强溪流域面积203平方千米，主

330国道　摄影/王建才

流长49千米；梅川流域面积194平方千米，主流长36.6千米。十八都溪，又名左口溪，发源于王阜、屏门、左口三乡交界处的桐木岭，于凹岭流入千岛湖，主流长度21.25千米，集雨面积66.68平方千米。下龙源：发源于龙源村朝阳水库上游的老山，流经横堂、金竹坞口等，在下龙源汇入千岛湖，流域面积约18.48平方千米，主线长9.55千米，河道宽度约7—18米，河床坡降为5.85%，河道蜿蜒曲折，洪水宣泄较快，为山区性河道。雄龙源，发源于百尖头，流经田湾脚、杨岸庄等，在塘边村汇入千岛湖，流域面积约17.93平方千米，主线长9.7千米，河道宽度约8—25米，河床坡降为1.73%，河道蜿蜒曲折，洪水宣泄较快，为山区性河道。雌龙源，发源于雌龙源村的朱墓塔，流经里岭脚、童家后等，在石岭后村汇入千岛湖，流域面积约20.95平方千米，主线长11.1千米，河道宽度约7—25米，河床坡降较大，河道蜿蜒曲折，洪水宣泄较快，为山区性河道。

项目影响区域内现有主要相关道路则包括千黄高速公路、杭黄铁路、杭千公路淳安段、S302省道(05省道)、S303省道(06省道)等。其中千黄高速公路淳安段工程是国家高速公路网G4012江苏溧阳至福建宁德的组成部分。项目起自淳安威坪镇塔岭(皖浙界)，接拟建溧阳至宁德国家高速公路安徽省黄山至皖浙界段，经威坪、宋村、汪宅，止于坪山青溪新城，接已建成的杭千高速公路千岛湖支线，全长51.47千米。全线在威坪、宋村、汪宅、千岛湖北和千岛湖东设置互通式立交，并在金峰设停车休息区。采用《公路工程技术标准》双向四车道80千米/小时的高速公路技术标准，并按运行速度100千米/小时的标准控制相关指标。路基宽度25.5米，路面设计荷载采用BZZ−100，桥涵设计汽车荷载等级采用公路−Ⅰ级，于2017年开工建设。杭黄铁路则是由杭州至黄山铁路起于浙江省杭州市，经富阳，沿富春江南岸至桐庐后跨越富春江，经建德、淳安，向西北经安徽绩溪县至黄山北站，正线全长265千米，其中浙江省境内185千米，安徽省境内80千米，铁路等级为客运专线；设计速度250千米/小时。全线共设杭州东、杭州南、富阳、桐庐、建德东、淳安、三阳、绩溪北、歙县北、黄山北10个车站。杭黄铁路是沪浙与中部地区联系的便捷通路，同时兼顾沿线城际客运，其建设对于开发浙江和安徽省旅游资源，增强长三角地区经济带动作用，促进皖江经济带发展，进一步完善铁路网布局，提高铁路运输服务质量意义重大。目前，杭黄铁路业已建成通车。杭千高速公路淳安段于2004年4月28日开工，建成于2006年10月28日，淳安段全长13.55千米。可以说，改建330国道牵一发而动全身，影响是全面的也是巨大的。但我们不在其中，则不知其利。

最后说第三段，之前的官方名目叫昌文线。从临岐镇佑口至临安湍口镇这段路。据相关资料显示现已建成的330国道淳安临岐至临安湍口段改建工程，起点位于淳安临岐镇佑口村，终点位于临安湍口。项目为二级公路，设计速度60千米/小时(其中困难路段为40千米/小时)，路基宽10米，桥梁与路基同宽。该项目于2016年开工，并于2019年8月建成通车。昌文线走过多次，在紫槽岭隧道开通之前，公路到山脚就无路可走了必须爬山，之字形盘绕上去，包括上山下山，约需半个多小时。山不低，如逢下雪天气，为安全着想，停摆是常有的事。作为330国道的昌文线，公路面貌已大为改观，原先从千岛湖出发走昌文线到昌化约需两个半小时，现下两小时不到就能到了。不仅距离缩短，且行车速度也明显提高，道路十分宽畅平坦，无愧于国道名号。

五

趁着国庆长假，自己开车，特地把330国道淳安段全程跑了一遍，借以体验体验在淳安的新国道上奔驰的感觉。对我来说，这有补课的味道。

我们从县城出发，首个目标是直抵临安湍口，计划从那里作为起始沿330国道全路段返回。为节省时间，去时我们借道05省道，经高铁千岛湖站，拐进昌文线，开到溪口，就看到了红色的G330黄山方向标牌，由此开始到湍口这一段路必然是重复的，等会儿我们仍将沿此路返回。尽管这条路也曾走过多次，到临岐或去昌化，但以前只有一种单纯的目的，就是抵达这些地方，从最经济便捷的取道，而并没有管走的是什么性质的道路。而这次不同，心里揣着一个国道概念在里边，且并不为抵达临安的湍口和淳安的临岐镇，而纯粹是为走国道而走国道。胸腔里明显有一股崇高感、踏实感和实现感、获得感洋溢在心间。梦想了多少年的国道，忽然就这么来到了我们的日常生活，穿过了淳安县境。尽管这还是一条未完全改造好的国道，某些路段只有四级或等外级公路现状，但是在权威的《国家公路网规划》中330国道早已赫然规划在册。淳安已不再是国道空白县。那起止于浙江温州洞头安徽合肥肥西的330国道自建德市洋溪枢纽处进入淳安，把原06省道升格为国道，穿过淳安县城后，跨越1.28千米长的千岛湖大桥，在淳开公路千岛湖至威坪的路口右拐入环左线、左光线、奎临线，并在溪口段接入昌文线，经过菖蒲、审岭脚，穿出紫槽岭隧道，奔临安昌化、安徽黄山扬长而去。

仅仅通过这些文字想象一下就足以让人热血沸腾！

虽然我们车子只开到临安湍口就原路返回，但未走的330国道延伸出去的路段，所谓的“诗与远方”也着实让人期待，如果有机会，终有一日，我计划要将此330全线跑一趟。在湍口掉头返回时，我们就按照标识的G330国道走，驶过了宽阔的二级公路昌文路段，到溪口浪境坞拐入狭窄的老光左公路。这段路我是第一次走，几乎全部都是沿湖路段，风景优美，山野宁静，对于我这个本土生长的老淳安人也颇有陌生感和新奇感。尽管未改造好的路况确实不是很好，路窄，路面破损严重，但行驶在这样一条国道上，仍令人兴奋不已。未走之前，对这段路内心既有期许也有些小小的担忧，怕走不通。上了路，走通后没想到并没有想象中那么糟糕。而且到了奎星桥后，路就一下宽敞起来了，所谓的最艰难的一段就这么快这么顺利地走过来了。按照里程看，其实还不到10千米。之后的路就顺了，从光左公路驶出，到淳开、千威路口左拐通过千岛湖大桥，穿过县城，沿06省道直抵洋溪枢纽，再原路返回。从而结束了此番330国道的体验行程，也满足了笔者多年来企望在本县国道上自驾车出行的愿望。确实，交通便利通达四方的感觉说有多么美妙就有多么美妙。淳安已不再是那个旁落于国家主干线之外的偏僻之地了。

高铁梦成真

文｜郑林虎

老家在两山夹一水的源头，偶有做生意的外地人光顾后感慨地说：真是个夹皮沟！能有条通往山外的公路就不错了。至于铁路和火车，那是仅在电视里看看，梦都做不到的。

2010年秋，据刚从乡里开会回来的村干部说：杭黄高铁要从村后通过。这消息对于交通、信息闭塞的村里人来说，无异于天大的好消息！要通铁路了，还是高铁！村里人兴奋得个个脸上含笑，奔走相告：要通高铁了！连空气中都飘荡着喜悦。

当夜，村人聚集在小店门口，谈论的话题只有一个，高铁哪时开始动工，哪时通车……就连腿脚不方便的，年岁快九十的老人都拄着拐杖一步一顿凑过来，急切探问："真个要造火车路了？"

当得到肯定的答复后，满身的筋骨似乎活泛了许多："哇嚓！那阿拉这个山坞里要变成好位置了！帮我打个电话给我孙子，叫他通知女朋友说：阿拉家乡要通高铁了！叫她早点定下心，把婚结掉，我也要见上个重孙子了。"

"听说以后高铁通车了到杭州一个钟头！"

“那是好快好方便啊！”

“到黄山还不消得一个钟头呢！”

“到上海也才两个钟头！高铁早上一脚上去到北京，在火车上吃个午饭，也到了！”

以前在村人眼中遥远的大都市一下子被拉近，有村人憧憬：“等高铁通车，约几个伴一起到上海、北京去玩一圈，也不白来世上一趟。”

村书记村主任走过来，笑着说：“高铁开通后的好处说不尽想不到，接下来的土地征用还需要大家理解支持。”

“那是，那是，瞎闹那就不是老子娘姆养的！”

“对，对，需要理解支持！”众人在心里定了理念。

第二日，杭黄高铁项目勘探取岩样组的炮声在村后半山腰响起时，村人吃下了定心丸：动工了！良善的本性也显露出来，那些在半山腰打洞取岩样的工人肯定肚饥口干了，村主任安排几人把茶和午饭送上去。

看到热热的饭菜和葫芦里的清茶，还有村人的热情，取岩样的工人大为感动：“走过天下九州，热情首推浙江杭州。”

但没几日，取岩样全线停工，这一停便到了2013年秋，取岩样的风钻声和炮声又响了起来，这次还雇了村民给他们帮忙，300元一天的工资现付！

村人重又喜悦起来：这下笃定是不会停了！几个被雇的村人一日做下来拿到三张百块头时，笑容满面：家门口就赚到高工资了。享到了开铁路的好处！

第一阶段的取岩样到2013年底结束，到了2014年7月初，村里召开户主大会，村干部宣布：村脚公路后为杭黄高铁的出渣口和搅拌工场，那些种下去2014年刚到盛果期的山核桃树要全部砍掉，补偿标准按县里的统一标准，村外一千米多溪对面的十几亩水田作为堆渣征用。村人一下惊住了：山核桃是村人的主要经济支柱，砍掉一棵如割块身上的肉；而那十几亩田乃是祖祖辈辈耕作下来，水路好交通便，田土肥沃的上等水田，是村人的心头肉！

有村人小声嘀咕：搅拌站和堆渣场叫他们换个地方吧，开铁路不能砸了我们子孙后代的饭碗。

“那是，那是，那点钱吃完了，子孙后代吃什么？阿拉不签字！”多位村民态度坚决。

笔者也有好几棵山核桃树在被砍之列；也有块水田被堆渣征用，除带头签字同意外，又劝解村民，杭黄高铁是政府的大项目，你抗了今天抗不过明天！给你算个细账：一棵山核桃树补偿1600元，你用这钱另外开块荒山今冬马上种大点的山核桃树苗下去，只要管理得当，八年挂果，十一二年进入盛果期，再说开出来的荒地近几年还可以种前胡、覆盆子等中药材，也有短期收入，这样算下来也亏不到哪里去。你们说是不？十来个村民点头赞同，笔者趁热打铁地说：“水田虽说成了堆渣场，以后会被加工成碎石运出去用于建公路铁路，顶多十来年，石头运完了，那水田还是我们的。眼前每亩还有四万多元的补偿，细算，也是没亏到哪里去，既然没亏，那就赶快签字，现在签字就是支持杭黄高铁建设，我写篇报道表扬你们一下，好吧！”

村人沉思一下后，一个个争着在协议书上签字。

过了土地征用这关，接下来还有一关更为棘手，以至于乡村两级干部整日在现场愁眉不展。目睹我劝解村民场面的村支书特地叫我全天跟在他身边，对接下来的迁坟之事做个热心人。

搅拌场工地因地处村脚公路后，地势平坦，左右有山峰环护，后面的靠山也形似围椅，是传说中葬坟的风水宝地，从宋、元、明至近代，有坟一百多座，而挖祖坟在村人眼里可是大忌！尽管广播里喊了好几遍，坟主们却没来几个。而等着开工的挖掘机机手们焦急等待着。乡、村干部们也眉头紧锁。

笔者对村干部说了几句后，村干部脸上的肌肉一下松弛下来，连连点头。并吩咐村会计马上去准备。

午饭后，村干部打电话给我说准备好了后，我即对一位关系很好的邻居说："午后有1800块现金去领一下，还能得到乡村干部的尊重和表扬。"

向来对我言听计从的邻居听我说完事由后，略作沉思一下后说："你陪我一起去吧！"

"好啊！"我爽快答应后，拉着他一起来到高铁工地上，邻居爷爷奶奶墓地边，邻居对等在边上的村干部说："我签字，同意迁坟。"

乡、村干部一听，喜笑颜开："好，好，等下到广播里表扬一下！"

邻居签完字，从村会计手里领到18张百元大钞后，心满意足。

高铁工地负责人也马上指挥挖掘机动工。

村干部受到启发，马上广播里通知：全村党员干部的坟马上签字迁走！

不到三日，迁坟手续全部办好。

因征地迁坟等工作很顺利，屏门乡屏前、堪头、金陵三个村的高铁工地被评为模范工地，受到总公司通令嘉奖！

接下来，因盖活动板房的速度赶不上一下子拥来的三四百工人，一部分工人须住在屏前村里，广播里刚一通知，有空房间的各家各户马上开始打扫房间，整理床铺，也不需任何手续和押金，也不用预付房费，就把那些操着南腔北调的高铁工人热情地领到家里住下来，还为初来乍到的高铁工人准备好热乎乎的饭菜，免费吃。吃完后再给工人准备好煤气灶和一切厨房用具，还把时新蔬菜、油盐酱醋、葱姜蒜等配料都准备好了，也免费，另外，煤气灶、柴火灶和电都是免费使用，每间房住满一个月才收300元钱，细算，没赚什么钱，租客们高兴地说："比住家里还舒服！"

村里其他没屋出租的农户把自家菜地里吃不完的蔬菜成篮成篮送给那些租客。"出门在外省一点是一点！放心拿去炒，不收钱！"

租客们深深感动，9月初白露日打山核桃时，男的趁休息日主动帮主家上山上树挥竿，女的捡拾，归家帮挑一担归家。喜得主家笑容满面，一个劲劝：树上慢些，打不下来的不打；捡的人慢慢捡，不要紧的，挑担时更劝，少挑点，防闪腰！

一幅感人的温馨的互帮互助场景，羡煞人。

村里那个九十岁的老头听说高铁动工了，拄根拐杖，一步一顿到工地边上，从不出门从不看电视的他看到大挖掘机时惊叹：这牲口格大的力气，吃什么饲料的？当看到柴油倒进去时感慨：吃污水怎格大力气！

笑翻一众人。

屏前村每年农历二月十九举办庙会做戏三天，也有抢仙桃和跳广场舞的，方圆几十里的人都会赶来。2017年的庙会因高铁隧道打通还没铺轨，高铁方面特允许山那边的堪头以里七八个村的人从隧道内通行到屏前赶庙会，既可走车，也可步行。原本开车绕个大弯需开一个多小时的路程经隧道走仅二十来分钟！那些年纪大点走路从隧道到屏前赶庙会的则喜悦，活动活动腿脚，不到一个钟头就到了，以前爬荷岭来要两个多钟头，还累得上气不接下气。

那年庙会的人数破了历史纪录。

更有意思的是，有对租住在村人家里的年轻两夫妻，结婚三年没怀孕，在庙会上抢到送子观音的仙桃后，不久便怀孕了，喜得买好几斤喜糖发给村人。高铁建好了，工人们撤走时还加村人微信手机号长久联系。

2018年冬，高铁通车了！在杭州打工的年轻人特意坐高铁归家，到家头一句话便是告诉家人:坐高铁好快,五十五分钟到千岛湖站,再开车归家总共两个钟头。小时候听爷爷说从家里到杭州走路要三日,叫不慌不忙三日到杭州,如今连三个钟头都不用。

一条通向外婆家的路

文｜洪美娟

我的老家与我的外婆家相隔了十五华里，那是我离开老家前走的最勤，也是最想走的一条路。如果将我在这条路上走过的全部路程加在一起，足可绕地球一圈，甚至还不止。

从豸山脚到谢家，这条既长又短的十五华里，见证了我的成长，同时，我也目睹了它的变化。

一

在出门靠双脚走的年代，十五华里，对一个孩子来说，很远。远到七岁之前，我从来没有单独走过，远到思念外公外婆时，只能眼巴巴地等，等他们来，或等大人带我去。十五华里，对大人来说，又是极近的，近到傍晚歇工后，外公或外婆还能赶到我家吃夜饭，近到爸爸在外婆家吃完夜饭回家，我们仍在村头玩老虎吃羊。

马路没开通前，到外婆家有两条路。一条是经村前的田畈，过霞社村中间那条长长的石板路（霞社移到对面前的老村），经长烈村对岸的巨大岩石，绕甘坞，再到谢家。这么多年过去了，之所以对这条路还有印象，主要是跟着大人走的次数多了。到姜家走的也是这条路，只不过到后来的造纸厂那里分开。另一条是经康塘、玉泉、灵岩前再到谢家，是一条老路，有千百年来先人留下的足迹，宋代朱熹往来于康塘和瀛山书院，走的也是这条路。后来因为有了更多更便捷的路，这条盘山路走的人少了，路也让两边的柴草给吃了，只留下中间窄窄细细的一条，不太好走。只有涨洪水，或顺带到玉泉走亲戚时，外婆才会走这条路。我跟着外婆只走过两回，已经没有什么记忆了。虽然，外婆将这条路上可能存在的危险，比如蛇啊，高塝啊，亭子里的人不要乱问啊之类的告诫我，但我转身就忘了。因为我明白，哪怕借我十个胆，我也不敢一个人冒险走这条山路。村村通马路后，那条路就荒了，连老家后面那段长长的石板台阶上都是厚厚的枯枝败叶，每块石板的周围，全长出了长长的杂草。

马路开通后。马路从老家的村前过，一直到甘坞。甘坞到谢家，还有五华里的小道，有田间地头的田埂路，有羊肠山路，还有小溪。我最怕的还是那段山路。山路深深地躲进又高又密，比大拇指还粗的棍子柴和松树间。阳光也被树枝扯拽的扑朔迷离，支离破碎，落在路上是浅浅的，弱弱的。要是阴雨天，山路变得阴森森的，仿佛每棵树的后面都躲着面目可憎的、没有双脚的鬼魂。

每次只要走到甘坞村后的那条小道上，不管是晴天还是阴雨天，也不管有多累，根本不用大人催促，我要么走到前面，要么走在中间，绝不敢落在后面。

二

原谢家部分移民开化，部分后靠，现在的谢家只有十几户人家。走路到姜家，经甘坞是最近。可以往钢铁厂那边绕，也可以往后来的造纸厂方向绕。而首岭后等几个村庄，往往会选择更近的双溪口，而不是姜家，所以这五华里的小路就显不出它的重要。因此，它像一段盲肠，真实地存在着，却常被人舍弃。

我每次到外婆家，只要赖皮不想走，都能得逞，总有人轮流背着或抱着。也有两次例外。两次都是跟着外婆，两次都在未到甘坞前那段狭长的，像是总也走不到头的马路上。看着无限长的路，我突然就不想走，非要外婆背。不知为什么，就那两次，在同一个地方，外婆似乎很恼火，她不背我，只管她自己走了，边走边说：你一个人在这里待着，等下钢铁厂放出烧红的铁水来，把你的脚烫出泡来，你不要哭叫。我没见过红铁水，可我见过被火煨红的拔火钳，能把木头烤焦。我吓得从地上一骨碌爬起来，像是被大鹅撵着似的，哭着跺着脚，快走慢跑，像尾巴一样，跟着外婆，还不时紧张地擦去眼泪，以便看清前面的路上有没有滚烫的红铁水漫过来。一心巴望快点到甘坞，等铁水放出来，就可以躲进大姨外婆家。大姨外婆同外婆是曲里拐弯的表亲，只因娘家都在衢州，俩人又说得上话，才更像亲姐妹。大姨外婆总能拿出我没吃过的糕饼，热腾腾的面条上还撒上白胡椒粉（听外婆说）。每次从大姨外婆家出来，我的脚就有劲了，话也多了。一走上那条弯曲山路，看着瘦高到我要仰脸才能看清顶梢的柴火，总是重复着说，等我长大了，把这些柴都砍回家，给妈妈烧火。外婆笑着应承，好，好。隔了十五华里，外婆家烧的是硬柴棍，我们家烧的是茅柴，还要跑很远的路才有。

下了山，远远能看见外婆家的大门了。但是，还要过一条小溪和很长一段弯弯曲曲的田埂路。有时，小溪凭空将几步远的距离拉成好几华里。小溪的溪水有两股，一股是从双溪口村经上玉泉、下玉泉到灵岩前，一股是灵岩瀑布，两股水在灵岩前汇成一股，流入千岛湖。枯水期，两股水加到一起，也漫不过大人的脚踝。所以选择了最原始的踩着搭石过河的方式。就是在溪中放几块平整些的稍大些的石头，就算不小心掉进水里，也没事。水浅，水流也不急，大不了湿了鞋袜。由此往上一丈多远处有个深水潭，过去有水碓。据说，某年的某一天早上，婆媳闹矛盾，媳妇跳了水，丈夫和公公去拉，结果三个人手牵手，站着淹死了，是个吓人的脏地方。大人不敢让孩子单独走这里，就怕孩子贪玩，不知深浅。再往上直线距离约一华里左右是一座石板桥，由两块一尺多宽的石板拼成，距灵岩瀑布很近。

要是新安江的水淹没了那些过河的大石头，又不到摆渡的程度，或者涨洪水时，就只能绕道灵岩前，过石板桥，走山脚下的那条老路，那样一绕，至少多走一二华里。要是洪水漫过灵岩前的那条路，就只能从下玉泉翻山到油瓶坞，再绕出来。那其实是一条兽道，不好走不说，到底远多少，我也不知道。估计除了外婆，很少有人走过。我倒是“走”过一次。外婆用我爸爸当兵捆棉被的带子，将我牢牢捆在她的背上，然后是右手柴刀，左手长棍。我眨着一双亮晶晶的黑眼睛，看外婆挥舞着刀棍，对付那些绊脚的柴草树枝。外婆的背如同摇篮，很快我就睡着了，到家才被唤醒。

当新安江的水淹掉村前那条唯一出行的小路时，就只有摆渡了。

等渡船是极不方便的。有时渡船掉头已到水中间，就只有等；有时摆渡的人不在船上，赶船的只能扯着嗓门喊。因为过渡的人少，摆渡的人不必整天守在渡船上。船回村，如果两岸都没人，是可以回家做事的。若天气晴朗没风的日子，只要朝对岸或村里喊几嗓子，总会有人听到；若是风雨交加的日子，人们都躲在家里，那是扯破嗓门也没用，只能等有人走出家门。好在村子小，一家的事就是大家的事，不管轮到谁家摆渡，大家都习惯朝两岸看看，只要有人等船，摆渡的人没听到，或干别的事去了，看见的人就扯开嗓门喊，或放下手头的活儿，将人渡过岸，或将对岸的人渡过来。

有一次，我跟外婆回去，摆渡的人去菜地了，村支书刚毕业在家的独生儿子听到了，一下没找到船桨上的绳套，着急忙慌的，随手将一条新毛巾当了绳套，一个来回，一条崭新的毛巾生生给绞烂了。外婆要赔他，他死活不肯要。

说遇了你，你也会这么做。

外婆点点头。这是实情。

没想到，外婆的心里一直装着这事，多少年过去了，仍常常念及。

三

我七岁那年，第一次一个人到外婆家。

那天凌晨，爸爸从姜家建设兵团带回几条翘嘴巴和红尾巴鱼，另外还有两条一斤左右的乌鱼。我们叫它乌贼，贼头贼脑很机灵，不容易捕捉。因为难得，又因为肉里没有细小的鱼刺，所以两条都是送给外公外婆吃的。爸爸立马要赶回兵团，妈妈又走不开，姐姐读书，弟弟才五岁，唯一能指派的人，只有我。可是，让一个七岁的孩子单独走十五华里路，爸妈怎么也不放心。鱼又不能久放，很为难。

我一听去外婆家，高兴得就差没有蹦起来。得知我一个人去，又有些犹豫，但还是想去。爸妈也犹豫。他们实在想不出更好的办法，本想让弟弟一起的，又怕俩人在路上玩，最后还是让我一个人去。

离家的喜悦，到甘坞村，便告结束。拐上村后的那条小路，我的心就“咚咚”跳个不停，待见到山坞里有人在拔草，一颗紧张的心，才放松下来。然而，田间的路太短，山间的小道太长。等我沿着田埂，拐了个弯，转向那条被阳光扯的支离破碎的山路时，胸口像揣了只兔子，“怦怦”乱跳。因为害怕，我不敢抬眼朝四下里看，只顾低着头快走，只差没有跑起来。真是越怕越出“鬼”，不知什么时候起身后传来“沙沙”声，偷偷往后看，又没发现

骑行千岛湖　摄影/王俊

什么，可是，那声音如影相随，我快，它也快，我慢，它也慢，一想到不远处还有两座坟，山间偶然还有或轻或重的窸窣声，害怕、紧张得差点绷断我的神经。要是哭能壮胆，我早就坐在地上放声大哭了。可是，山路很长，难得碰到人，我不知道还要多长时间才能走出去。为了给自己壮胆，我只得扯开了喉咙唱，尽量让我的声音盖过其他的声音，不过，眼角仍胆怯地偷偷往两边瞄一眼。我不知道自己到底唱了些什么，大概只有天知道。

等我赤白着脸冲进外婆家时，他俩刚端起饭碗。外婆见我的手里提着的两条鱼，又走出门外，朝着来路看看，便明白了。

后来再去外婆家，就有弟弟给我做伴了。

四

然而，那段盲肠一样真实合理存在的山路，突然不见了。仿佛一夜之间，那条让我恐惧的山路一下变成宽宽的马路，坟不见了，连那些让我又羡又怕的，能把阳光扯得没有固定形状的柴火，也不知了去向，山上光秃秃的，再也躲不住妖魔鬼怪了。

马路仍从甘坞村后走，在山脊处一分为二，一条折往玉泉、梓桐，一条顺着斜坡往下，到山脚边戛然而止，活像做事虎头蛇尾的愣小子，事情没做好，便扔下忙别的活儿去了。那段无人保养的泥巴路，坑坑洼洼的，雨天，鞋子会凭空增加一些重量，但我还是高兴，毕竟山路变成马路，今后再也不必担惊受怕了。唯一的不足，还是那条小溪。涨洪水或水库的水位上升后，还得绕道或摆渡。

终于有一天，小溪的对面也修起了马路，一直到谢翁坑，马路刚好从我的外婆家门前经过。

路修好了，接着开始架桥。还没等大家跑到新建成的钢筋混凝土结构的桥去走一走，半夜就轰然倒塌了。如此再三。溪两头的马路，就像隔着银河的牛郎织女，只能遥望。

最后，还是用涵洞解决了这个难题。

五

随着这段路的节节变化，我也慢慢长大了，并离开了老家。

但我从来没有想过，外公外婆会老，会老到需要人照顾，会不得不离开生活了一辈子的村庄。自从外公外婆随了妈妈后，我再也没有到过曾给我无数欢乐的外婆家——谢家。但是，关于那个村庄，关于那个村庄的人，关于那个村庄的点点滴滴，早已融入我的血液。之后，每次经过姜家，都会想起灵岩，想起外婆家，想起那条通往外婆家的路。

多年后，当我再次踏上姜家的土地，却意外发现，谢家——我曾经的外婆家，原本很不方便的村落，居然一跃落在了最美环湖公路边，而我的老家门前的马路却因道路改建，由必经之路沦为村道。

真是沧海桑田。要是外公外婆还活着，那该多好啊！

千汾线上的絮语

文｜江百里

坐落在千岛湖大桥东岸的阳光车站，车进车出，人来人往，一派繁忙景象。

这是县城里的一座以县内公交线路为主的客车站，来这儿乘车的绝大多数是本地人。有时候，看他们的衣着和行李，可以八九不离十地猜出他们的身份，也就是说，凭着直觉和印象，可以猜出拎皮包的、挎行囊的、肩挑背驮的，都是些做什么行当、干什么活计的人。

今年清明节头一天，天气晴好。我买了一张上午9点去汾口的车票，挤在嘈杂的候车大厅等候班车。大厅里鼎沸的人声在耳边轰响，那是候车人相互之间在招呼、问候、聊天……我听得出大都是一些用本土方言发出的各种不同腔调的咿哩哇啦。

人们依序通过检票处，上了开往汾口方向的客车。车内很敞亮，座椅也很舒适。如今客车的班次多，又特别重视交通安全，因此上车都是对号入座。

我的座位在走廊边，邻座靠窗的是一位中年女子，像是职业女性，她身后同样靠窗的座位上有一位家庭妇女打扮、和她差不多大的女人。我注意到，她俩一落座就一前一后开始攀谈，从“伊哪里来，嘎哪里去”的对话中，听得出她俩就是千岛湖至汾口公交线沿途几个乡镇的“遂安人”，是儿时的同学加伙伴，都是回娘家的。两人婚嫁在外已二十多年未曾碰面，今日在车上相逢，凑巧一前一后坐着，因此显得特别兴奋。

车子驶出车站，穿过阳光路，上了千岛湖大桥。这座近三华里长的横跨东西的大桥，犹如一条俊美的彩虹升腾在湖面上空，桥下湖水清澈、碧波荡漾。只听邻座女子说：“这桥好长，好清秀的！我从离开淳安在外上大学就很少回家了，后来在外面工作、做生意，又是嫁在远方，因此，已经有好多年没回家了。千岛湖变化真大呀，记得上一回来还是乘快轮去的姜家。”

“是啊，”后座女人说，“我嫁在左口，没这大桥的时候，从家里来县城，要坐农用车到码头，再坐挂机船，有时在县城里办事晚了赶不上船当天就回不去了。还有我去走娘家，换船转车的，至少要花大半天时间，有时赶不上快轮早班船，下了船又一时接不上车，要到傍晚才进家门呢！这桥一通，不仅去县城方便，走娘家也省了不少时间。后来，千汾公路开通了，班车又多，我去娘家更方便了。”

她俩谈话的声音无所顾忌地震动着我的耳膜，于是，我静静地坐在她们身旁，饶有兴趣地“偷”听她俩忆往事说今朝的轻轻絮语。她们的伶牙俐齿咂吧出的细柔柔、软绵绵的山里土话，听起来很是温婉悦耳。刚才听到的话题便是我熟悉的事儿，对于淳安水陆交通的变迁和发展来说，我也算是一个体验了三四十年的亲历者。

过了大桥不久，车行至岔路口左拐时，邻座女子问：“另外那条路是去哪里的？”

“那是去汪宅、左口、金峰、威坪、唐村的，是早就通车了的，但以前车子是过轮渡的。”后座女人回答着。

她说得没错，这千岛湖大桥一开通，结束了县城与西北湖区乡村陆路交通不畅的历史，也从此为开通县城至汾口的千汾线设下了伏笔，更为后来姜家、界首的乡村旧貌变新颜带来了历史性的机遇。

千汾线公路在绿水青山间穿梭，可说是目前县境内最亮丽舒展的二级公路运输线。我们的车行驶在这条路上，宛若置身在色彩斑斓的大幅山水风景画中：才遇隧洞接踵，又见虹桥飞渡；路边庄稼地里黄灿灿的油菜花开得耀眼而张扬；山坡上的映山红、紫藤花，还有不知名的野山花在水洗样的翠色新叶中显现出娇艳的身姿，笑得灿烂而诱人；湖湾的碧水幽静得像明镜似的照出了翠山绿岛的倒影……美不胜收的湖光山色在乘客的视线上游移图展。

“这里的风景好好哎！稻秸花、鲤鱼花都开了，好客气（漂亮）。我们好像是在画廊中赏画哟！”邻座女子惊喜不已。

“你看山上树养得多好，这些年村里人烧菜做饭都用煤饼、煤气，没多少人砍柴烧炭了。”后座女人自豪地说，“我们山里人常年身在其中，也没什么特别的感觉，外地来的人都说在千汾线上坐车就是赏景观光，着实味道呢！”

“哎，你现在做什么事，日子过得好吗？”邻座女子侧转身向后问道。

后座女人回话：“我和老公在县城里打工多年了，租了一间小屋住着，平时很少去娘家，也是逢年过节才去走走。自家的田地还是要种的，所以农忙时回家一段时间。我们不在家时，田地里的事就靠公公和婆婆两个老人照料。老公在一家生意还不错的企业做工，我在一家单位做临时清洁工，因为我手脚勤快、不计较干多干少，而且卫生搞得清爽，单位领导很满意，开始给我月工资八百元，现在提到一千元了。搞卫生也是力气活、细致活，一遍下来，要出一身汗的，好在时间不长，每天就是上午三四个钟头，节假日单位的人不上班，我们也不用去搞卫生。我还另外打了一份工，可以多

千汾绿道　摄影/程海波

挣点钱。”

邻座女子又问：“你的孩子呢，多大了？”

“我两个孩子，女儿大学毕业在台州一家医院工作，儿子去年从淳安中学高中毕业，平时成绩都不错的，可到了关键时候没考好，刚够一本的分数线，现在在杭州一所大学读书。”听得出，后座女人说话时心里泛着喜悦，“我和老公这么多年打工挣钱，就是为了培养这两个孩子，再艰苦几年，等儿子大学出来找到工作了，我和老公还是要回左口的。”

“你不打算在县城买套房子啊？”邻座女子关切地问道。

“就凭我和老公两个人加起来一个月两三千元钱，哪里能买得起城里的房子呢！我们出来打工挣钱就是为了供两个孩子读书开销，原本就没想过离开村子去县城安家的。”后座女人轻拍前面的座椅背，说，“你不知道的，左口现在不再是那个只靠蜜枣换点钱的山沟沟了，这几年变化好快，一天一个样，路越修越好，越修越近。人家说，过不了几年也就并到县城一块了。”

“那倒是的，左口离县城近，交通又方便，想去县城随时都可以坐车去。说实在的，过日子还是农村好，自己种粮种菜、养猪养鸡，多自在。你两个孩子都有出息了，还愁什么，你不要忒味道哩！我和老公尽管下海做了生意，但钱并没有赚多少，前些年买了套大房子也贷了不少款，到今天都还在还债。儿子很快要结婚又得花大钱，生活过得还不如你舒坦呢！”邻座女子有些羡慕儿时伙伴了，“等过几年我干不动了，再回到千岛湖，在小时候生活过的土地上好好养老！”

“是啊，我打工的单位上的人都说：走遍天南海北，还是家乡最美。他们有人经常跑外面，说是跑了全国的无数县城，像千岛湖这么整洁、这么清新、这么精致的还不曾见过。你这么多年在哪里，怎么回家来的趟数这么少啊？”

“咳，我大学毕业后，跟着男朋友去了温州，开始几年在一所中学教书，后来跟着老公去意大利、法国做皮鞋生意，很辛苦，赚到手的钱也不多。其实，我和老公都不是做生意的料，早知道这样，还是安安耽耽当老师教书的好。我们在国外，家里的儿子没人管，读书成绩很差，初中毕业就跟着他叔叔开店做生意了。我儿子倒是来过千岛湖好几次，我在国外他都打电话给我，说妈妈小时候好幸福，生活在那么美的千岛湖，山好水好空气好。可他哪里知道，我小时候是生活在深山里，不要说去杭州，就是上县城也是等到考上大学后才第一次坐船去的。现在家乡确实变了，不仅县城繁荣，乡村也建设得很漂亮。听说千岛湖旅游很闹猛，农村的土特产也很旺销。”

……

车子按站点停靠，陆续有人在桐子坞站、严家站下车。后座女人对邻座女子说：“喏，这里一路过去就是以前我们所叫的严家、姚家一带，现在是界首乡。”

“哦，我知道，这里原来条件很差的，打开家门不是见山就是见水，桐子坞严家、东亭姚家一带的很多人靠抓鱼卖鱼为生，出门要么划船，要么爬山。现在真是好了，这条公路两边的村庄都是新房子，看来这里的人生活比以前不晓得好多少倍了。还有这里的风景多好看啊，油菜花、桃花、山上野花都开了。我听说过这里的橘子很多而且很甜的，今天看到了路两边山地里成片的橘树林，真是这样啊！到时候你帮我买点上好的橘子，我让儿子过来拿。”邻座女子用甜甜的语气说着，让我这“偷”听者也禁不住在心里面为这一带土地上的人们傍着千汾线走上发家致富路而高兴，还仿佛看到了不远将来的兴旺繁荣。

眺望车窗外，青山绿水间的界首山乡处处焕发生机：村庄上新建的楼房展示着农村人的新生活，在城里人眼里，这儿的农民住的都是景观房；湖边的农家庄园生意红火，外地人特别是城里人都喜欢来这品尝农家土菜，感受山风野味；公路两侧绿意无限，景色诱人，给人一种回归自然、亲近自然并使情绪舒缓、心空清明的感受。

在这条景色诱人的千汾线上，千岛湖西南湖区的旅游热正在升温，除了姜家龙川湾景区、芹川古民居等景点外，还有度假区大项目已经或即将开发，生活在沿线的农民靠着柑橘、茶叶、蚕桑等农业特色产业的发展而致富，他们对未来的好光景充满信心。

坐在我身边的两个女人为千汾线沿途日新月异的变化而感慨。她们的对话聊天，表露出对家乡的赞美和对生活的热爱。别看后座女人是在外打工的村姑乡妇，可她知道的事情还真不少，她对家乡时事的关心关注让我也自叹弗如。她像导游解说似的向邻座女子介绍道："这千汾线现在又叫淳开线，前不久开化至黄山高速公路已通车，听人家说，从千岛湖坐车去黄山，两个小时就到了。现在从黄山经开化、汾口来千岛湖旅游的车子也越来越多。将来姜家镇上肯定不晓得有多热闹！"

"是吗？那严家、姚家、姜家都是好地方了。真想不到原来的山坞角落里会有这样的好事啊！"邻座女子感叹道。

"那你们家那里也要富起来了！"邻座女子说，"今后，我要经常来千岛湖看看，条件允许的话，我真想回老家养老的。"

"好啊，你是要经常来自己家乡看看。那就今年下半年来，我抽时间陪你，带你去左口我家里转转。"后座女人深情地说。

"今年下半年来不了的，我明年安排好时间过来一次，还要多住上些日子，那些还想得起来的同学，我都想打听她们嫁在哪里，可能的话聚在一起聊聊天。还有我家那些亲戚都多年没走动了，很想去串串门，看看他们，叙叙亲情。"邻座女子笑吟吟说。

……

两个中年妇女把车子当成自家屋了，一路上都在说事聊天，毫不在乎车上的其他人是否在“偷”听。当然，她们之间聊的话题没什么私密，更像是普通的拉家常。至少我在车上听她们聊天，没觉出有什么不适，反倒感觉十分亲切。

车子吱的一声，停靠在路边。车上服务员告诉乘客双溪停靠点到了。后座女人赶紧对邻座女子说：“到了，到了，我们在这里下车了。”于是两人拿上行李，移出座位下了车去。我无意识地透过车窗，望见她俩走向站牌下的一条通向田野和远处村庄的路口，猜想她俩是不是接着车上的话茬边走边聊，一直聊到各自进了娘家的门……

车子启动了，继续朝着汾口方向驶去。千汾线上的山、水、田野、村庄再次不断地向车窗扑来，映入我的眼帘，然后又快速地向车后隐去……

千汾公路:我们的幸福路

文｜潘政军

前有风景秀丽的千岛湖，后有美如画屏的梅峰山，山下是梅峰水库，滋润着一畈良田，千汾公路从村前田畈上如游龙穿过。俗话说“一方水土养一方人”，周家村人就世代生活在这风景如画的梅峰山下。

现在有人问我哪里人，我说是界首周家的，对方都会说“好地方”，还要附加几句赞美之词。但千汾公路修通以前可没有这样的美誉，周家人自己都觉得在山窝窝里憋屈。

自新安江水库形成，周家村同其他很多村落一样，陆路被断绝了，成了一个普通的封闭的村落。据县交通志记载，当时全县137千米公路干线被淹没，仅剩下12千米的“断头路”。我们这里连1千米都轮不到，后来开出一条到码头的泥马路，称为机耕路。这个称谓还真是形象，下雨天，拖拉机一开，泥浆四溅，如耕田一般。

要到县城，只有到严家码头坐船，一天两班，错过时间就去不了。在这样的情况下，周家村的发展是很缓慢的。在相当长的时间，周家人过的是自给自足的小农生活，一年两季水稻，一季冬作物(油菜或小麦等)，农忙时节早晨4点多就下田，晚上见星星月亮才收工。一起劳作和戏耍的都是同村人，极少与外人接触。现在想来，有点接近原始部落。

不过那个时候民风淳朴。比如谁家起屋了，全村的劳力都来帮忙，各家各户还送来大豆、蔬菜、米面等，使户主能顺利而体面地完成安居工程。农忙时节，各家互换劳力，填补时差，使农忙时节大家都能赶上季节，因为大家都知道，水稻插秧关键时期相差一天，产量就相差很多。左邻右舍对孤寡老幼的照顾都自觉自愿，悉心周到。逢年过节有新鲜好吃的，如米羹、花粿、粽子等，邻里互赠，特别是老幼会优先送到。哪户人家青壮年外出，邻居必定帮忙照看老人和孩子，让出门在外的人免却后顾之忧。村民就是这样在相互帮助中度过那些艰难的岁月。让物质贫乏的时光平添厚重的温馨。

20世纪80年代，政府引导农民发展经济，一下子点燃了村民的创业激情。因地制宜，我们这里的土地非常适合种植西瓜和柑橘。西瓜种植周期短，当年成熟，来钱快，村民很快尝到了甜头。开始是利用荒山种，后来地里田里都种。不仅周家村，界首乡这一带村庄都种起了西瓜。由于土质好，西瓜的品质很好，运到县城很受欢迎，价格就高，两担西瓜的钱就够一亩水稻的利润。因此，村民的生活明显得到改善。

种西瓜能发财，全县都大量种植，后来，大量的外地西瓜也流入本地市场。物以稀为贵，一旦总量过剩，带来的就是伤害。20世纪80年代后期，光严家码头一天就有几万斤西瓜在等船，码头上乌泱泱一片全是西瓜，简直在开西瓜展览会，有时超过了运力，轮船都不敢靠岸，另外选择一个点将客人放下就走了，有点像仓皇逃窜的样子。西瓜多，价钱就差，价格越差，越没人要，如此形成恶性循环。卖不掉，又不能挑回来，只能在大街上蹲守。有时是两晚三晚地在街边伴西瓜过夜。村民把这种情况称作“卖烂狗污”。交通不便信息不灵真的让人吃尽苦头。西瓜要生地才长得好，同一块地连种三年就会发瘟，农作物本来就有轮作法，西瓜很典型。后来西瓜的种植面积就大大减少了。

让轮船“仓皇逃窜”的还有20世纪90年代的打工潮。平时人来人往倒还好，从正月初五到初八，是外出打工者春节后返城的日子。几千人在这么短的时间挤轮船，行李又特别多。更要命的是严家码头并非始发站，船到这里座位本就所剩无几，面对如此黑压压的人群，不仓皇逃窜还能怎样。航运公司只能不停加班，有时专为严家码头开一趟。虽然人是运完了，但耽误行程，上班迟到，领不到开年红包的事就是经常现象了。那时要有统筹安排，错时上班就好了，经验往往是在长期痛苦教训以后才有的。

短线投资的西瓜衰落后，长线投资的柑橘全面上市了。周家村现在主打水果是柑橘，界首乡是橘乡，最早是周家村发源的，嫁接水果最好的师傅在周家。在运输方面，柑橘比西瓜情况要好得多。柑橘个小，易分装，成熟期长，有充分的采摘期，还能长期储存，到第二年卖都没问题。因此柑橘出产后，西瓜自然退居次要地位。但毕竟还是要一担担挑着到县城去卖的，从轮船上下尤为费力费钱，提升运力已经是迫切的要求。

以2007年为准，柑橘当时的价格每斤0.5—1元，农村雇工工资每天30元，船票4元，一担柑橘的行李费2元，还要在县城吃一餐饭。也就是说，如果价格一般，刨除船费和劳力的机会成本，连生产成本都挣不出来，只有价格好橘农才有盈余。实际情况是信息不通，全凭运气，遇到橘子打堆，卖“烂狗污”的日子也是常有的。随着千汾公路的开通，运输成本直线下降，这些钱就节约在口袋里了。

听说要开公路，村民翘首以盼，欣喜之情溢于言表，心里盘算着各种美好的计划。测量征地过程村民十分配合，没有一点为难，还为工程队尽量行方便。因为大家都清楚这是一件利在当代，功在千秋的大事。

2007年元旦千汾公路通车，属省一级公路，路面宽阔舒适。周家村到县城只有30千米，半小时车程，大清早到县城打个来回时间都不紧张，不影响一天的农活。周家人确实享受到了陆路交通的快捷，自家买了车的更不受时间限制，西瓜橘子等物产就再也不愁卖。

后来由于柑橘品质好，很快声名在外，各地老板争相上门收购，自己完全省去了运输的麻烦。公路开通以前也有上门收购的，是安徽老板，只有他们有大船。因为是独家收购，所以价格往往被压得很低。老板的理由也简单，安徽是穷地方，价格高了卖不出去。现在完全不同了，老板来自四面八方，竞价收购，村民自然不会吃亏。

有的人在路边支个凉棚或推个小车，零卖，这样比收购价高，工夫钱是能挣出来的。凉棚下不仅卖柑橘，还有桃子经、枇杷等时新水果。不出门就能挣更多的票票，周家人成了坐地仙。这样不仅节流，还开源。节约出的时间和劳力又可以发展其他产业，比如烘制鱼干，拔笋、捡地衣等。还有些物产，总量不多，比如板栗、蘑菇、螺蛳等，交通不便时只能自己吃或邻里互赠，交通方便了，就能变成钱，积少成多，也是开源的一种方式。

劳动力富余，外出打工或做手艺的人也多起来。形成了多种经济的互补。

机遇总是偏爱有准备的人，这句至理名言也应验在周家人身上。

要想富，先修路。一点都没有说错，千汾公路就这样让村民快速地富裕了起来。现在的周家村，20世纪90年代前的老旧房子已经全部拆光重建，家家都起了新房，庭院也装扮得很漂亮，公共场所是花园。周家村歌唱出了美丽周家的新气象：

梅峰山下是我家，一片好风光。
桃李杜鹃争春色，油菜花儿香。
天高云淡气清爽，潭影可梳妆。
梅峰山下是我家，一片新气象。

勤劳人家有余粮，家家美酒酿。

邻里和睦乐相帮，歌声在飞扬。

啊！美丽周家村，锦绣似天堂。

啊！美丽新农村，幸福生活长。

这歌词中还真可以加一句“千汾公路穿村过，新房亮堂堂”。周家村这样好的发展机遇确实是千汾公路开通带来的，道路无言，功不可没。

如今更大的机遇呈现在周家人面前，亚运会开到了我们的家门口，周家人成为亚运村的人。千汾公路帮我们周家人连通了世界。我们必须要用新的思维来应对新的机遇。发展旅游经济当然是首选，橘园对外开放，游人自己采摘橘子，进一步降低人力成本，还增强了趣味性。受游人欢迎的烘制鱼干也上了规模。很显然，产业在悄悄地升级。相比于邻村，民宿还没有办起来，只有两个小吃部红火。当然，不一定要村村办民宿，找到适合自己发展的方法就是好的。随着亚运会的临近，周家村人必将展现更新的面貌。

任何一个村落都是国家的一个细胞，村落的发展与国家的发展是息息相关的。周家村人从原来的辛苦劳作而收益甚微到现在家家富足，与国家贫穷落后到繁荣富强几乎是同步进行的，可以说是国富民强的一个微小缩影。大基建，把大大小小，远远近近的路修通，道路四通八达，快速便捷，正是我们国家经济繁荣的先决保障。千汾公路只是一个缩影。

蜿蜒宽敞的千汾公路啊，是我们看得见的财富之路，幸福之路。

绿道传骑　摄影/胡长胜

从水路到最美公路

——变迁时光里的故事

文｜范小英

作为一名淳安人，你是否和我一样清楚地记得曾经的交通不便，曾经的水路、轮渡给生活留下的爱恨悲喜之经历？

1959年，新安江水库蓄水。当水波浩渺的湖面呈现在淳安人眼前后，新的生活也随着波浪滚滚而来。其中，变化最大的是出行。陆路成了水路，船儿取代了车马。

孩提时，我是孙辈里最受祖母喜爱的孙女。依稀记得，祖母每天都梳着整齐的发髻，经常穿的是一身水洗蓝的衣裤，在许多个将暮未暮的黄昏，她踩着细碎的步子，提着围裙卷成的布兜，穿过弄堂、穿过小伙伴羡慕的目光，拉开布兜，里面滚出的往往是一个烤好的番薯或是一个煮熟的鸡蛋。在20世纪70年代末80年代初，这些吃食对于当年的孩童们来说，是非常难得的奢侈品。

童年的我，文静、不多话，衣着整洁。当时父亲还在部队服役，母亲白天基本在田间劳作，因此在我学龄之前的大部分时光是和祖母一起度过的。陪她一起在溪边洗衣服，和她一起到菜园地摘菜，当她在灶台忙碌的时候，我就往灶膛里填柴火，听她漫无边际地唠叨……

虽然物质贫乏，但祖母的关爱始终如一道和煦的阳光照亮并温暖着我幼小的心房，日子简单而美好。

时光如梭。在我刚上初中的那年，在可以回家的那个周末，我走了将近20里的山路回到家中时，母亲告诉我祖母病了。我冲到祖母的跟前，只见躺在床上的她神情痛苦，虽然看到我的那一刻她痛苦而暗淡的眼神稍微闪烁了几秒，但是很快就痛苦地咬紧了牙关。我带着哭腔喊了她一声，再也不知说什么好。这个下午，在县城排岭上班的父亲也赶来了，说无论如何得让祖母到县城就医。第二天，黎明时分，父亲和伯父用自制的担架抬着祖母疾走在蜿蜒的小路，奔赴在去往县城的就医路，我和母亲提着日用品紧随其后。已是晚秋时节，清晨的风携着寒意，一行人踩着希望的光芒负重前行。

紧赶慢赶，终于在上午8点之前抵达安阳轮船码头。随着由远及近的汽笛声，一艘客船渐渐呈现于视野。听父亲说，周末进城和回乡的人们要比平常多，所以客船的后面还会拖带着一艘大篷船，如此一来，船行的速度就更慢了。从排岭到安阳码头，至少三个半小时，进城也一样。因为我们有担架、有病人，被随船工作人员安排在大篷船，也就是"带船"上。船舱里光线昏暗，祖母的脸庞显得浮肿，她的嘴唇不断往外吐泡沫，让我感到非常害怕。而缓慢的船速，渐渐让第一次乘船的我脑袋越来越昏沉。也不知过了多久，突然听到母亲的抽泣声，睁开眼睛的我看到正在起身避开我们的邻座。在母亲抽泣着与父亲的对话中，捕捉到的信息是祖母不行了。有工作人员很快走过来，表情凝重地把父亲叫到一边，我断断续续地听到了"严家""姚家"的字眼。在一个谓之"严家"还是"姚家"的岸口，我们被迫下船了，和已经没有生命迹象的祖母。

水茫茫，雾茫茫。我的大脑呈现着一片恐怖的空白。在那个白茫茫的岸口，我第一次看到父亲和伯父的眼泪。从晌午到黄昏，终于找到了好心的渔民，愿意用他家的渔船把我们一行载到可以回家的岸口。

如果不是湖水相隔的交通困难，我的祖母是否还能健康地活上很多年？那时她还未到古稀之年。而除了交通的不便，农村的基本医疗更是落后，乡村医生全凭传承的技术，得不到规范培训和提升。

在祖母去世多年后，也就是在我上了护士学校后，我才惊觉到祖母当年患的很可能是破伤风。她平素体健，没有任何慢性疾病，只是在去世之前半个月时摔了一跤，前额摔破了皮，当时到乡村医生那里进行了包扎，配药（有没有注射破伤风疫苗已不得而知）。而在去世的前两天，她表现出对噪声、光线刺激的惊恐，不能进食，还不断流口水。凭这些症状，基本可以推断是感染破伤风病毒。

每当念及这些，让我唏嘘不已。想来，父亲让我选择学医是正确的，虽然护士这个职业很辛苦，但对整个大家庭以及乡邻们是非常有帮助的。

时光到了1990年，这一年，我考上了护士学校。淳安的水陆交通稍有改善，已经有了上江埠轮渡，虽然受自然因素制约，轮渡只能白天运行，但比起一天一趟的轮船，出行已方便很多。在等候的时光里，看着那一艘渡船缓缓地向你行驶过来，远山如黛，清风徐来。“呜呜——”的汽笛声在湖水上空响起，渡船缓缓靠向岸边。穿深蓝色制服的工作人员把粗壮的绳索扔向水边的桩基，当船与车所在的路面拼成最佳衔接后，汽车和行人有序地登上渡船。但有时，如果车子迟了两三分钟没赶上这趟渡船，就得再等上一小时。所以，虽然有了轮渡，其实来来往往的生活还是极为不便的。

终于，在某一天盼来了好消息：上江埠要造大桥了。这让为了帮我照看孩子而在县城居住的父母喜出望外。父亲立马去买了些果苗、菜秧，修剪、种植果树，翻锄菜地，播种蔬菜瓜果，打扫堂前屋后，就像要迎接一个重要的节日。而母亲则一个劲在我耳边念叨着那几畦菜地，她说，大桥一通，交通就很方便了，终于可以随时回家料理菜地，采摘瓜果了。

骑行　摄影/吴决争

2011年6月29日下午1:30，随着一声汽笛长鸣，千岛湖上最后一班汽车渡轮缓缓驶离上江埠渡口码头，完成了自己的历史使命。半个小时后，横架于千岛湖上的上江埠大桥及接线工程，举行了隆重的通车典礼仪式。

这一天，老家小山村的很多村民大清早就骑上摩托车、电瓶车第一时间赶去观望。他们的喜悦与激动，无法用文字形容。我也在那个周末，急切地驶向那座在脑海中描绘过千百次的大桥。夏日的阳光里，新建的大桥如长虹卧波般壮观美丽。迎风站在桥面，我看到昔日的渡船正静静停泊在不远的港湾。

此岸与彼岸，来来往往，熙熙攘攘，曾经的轮渡又承载了多少淳安人的人间烟火、悲喜聚散呢？

随着交通的便利，近年来，全县各级各类医疗机构也越来越完善并规范，至2020年，共有大大小小医疗机构333家，其中县级医院4家、中心卫生院4家，乡镇卫生院17家，社区卫生服务中心2家，村卫生室171家，民营医院9家，民营门诊部8家。15分钟就医圈，已然形成，也就是即便骑自行车，也能在15分钟内找到基层医疗机构就诊。

如今，在2021年初夏的时光里，每当我自驾驶向老家的方向，行驶在最美农村公路上，我的心情是轻松、愉悦的。随着交通的便捷，生活的改善，我朴实可爱的乡亲们已基本实现了幼有所育，学有所教，劳有所得，病有所医。

“幸福都是奋斗出来的。”我们的生活在党的光辉引领下，经过一代代人的艰苦奋斗、辛勤付出，老百姓的日子已经越来越美好。这让我忍不住想套用王蒙先生《青春万岁》里的诗句作一表达：所有的日子，所有的日子都来吧，让我编织你们，用我们的信任编织美好，用我们的希望编织未来。

争先　摄影/缪君平

一桥飞架南北

文｜潘政军

车行在美丽的淳杨线，碧波荡漾的千岛湖，四季花开的绿道，让人心旷神怡，最惬意的还是穿行上江埠大桥，江面开阔，微风轻拂，真有“疑似梦中入画屏”的感觉。

淳杨线和千汾线构成了千岛湖的环湖公路，是淳安县内的交通枢纽。淳安多山，新安江人工蓄水，千岛湖形成，淳安人就生活在山腰以上，原来发达的水陆交通全部中断，甚至一个小乡村之内陆路都不能全部贯通，走个邻村都要翻山越岭。据县交通志记载，当时全县137千米公路干线被淹没，仅剩下12千米的“断头路”。交通不便一直制约着经济发展，发展交通一直都是全县的头等大事。

上江埠这里是中心湖区和东南湖区的分界点，江面开阔。四十年前，从汾口、白马等地就有简易公路陆续修到这里，但这里江面实在太大，两陆地之间的最短距离有1.2千米以上，以当时的技术条件，要修桥简直是痴人说梦。可行的办法是过轮渡。渡船从这一头开到那一头需要足足半小时，再加上上下轮渡的时间，一个小时就耗在这里了。如果车到渡口轮渡刚开出，只好眼巴巴地再等半小时。如果是末班轮渡，那就真悲催了，要在渡口过夜。路上为了赶轮渡的时间，司机往往超速行驶，大大增加了事故的发生率。由于交通不便，运力受限，春运就更紧张了，走亲访友的，打工来去的，往往把各种车辆挤得满满的，赶不上车船的等待就成了常态。在上江埠渡口，等待过渡的车总是排着长龙。即便赶上渡船的时间，也只能乖乖地排队候着，有急事也只能干着急，气得跳脚也得耐着性子。没办法，那就只好下车闲逛，趁这个时间吃个饭或喝杯茶，大人买包烟，孩子买点饮料等。因此渡口的餐饮和店铺倒繁荣得像个小镇。还有更让人无语的乌龙事件，有几回早晨大雾，渡船迷失方向，往威坪方向去了，待发现再折回来，渡口这里的人都叹够了气，摇断了头。

2007年之前，千汾公路没有修建好，相对来说，从汾口到县城有轮渡，车子能通，还是有交通优势的，毕竟有车到达比单纯走水路要快好多。但2007年元旦千汾公路开通，汾口到县城班车一个半小时就到达了，这边的轮渡效率就明显被比下去了，造桥成了迫切的需要。

千汾线开通也面临遇水搭桥的问题，修建千岛湖大桥工程量巨大，既然千岛湖大桥能够建成，那么技术上修建上江埠大桥也成为可能。其实淳安县交通局很早就有打算建造上江埠大桥了，前期工作默默进行了很长的一段时间，最主要的工作是批资金和出方案。

淳安县委将上江埠大桥建设纳入政府工作的重心，以交通局为中心组织成立了上江埠建桥项目前期工作小组，县委书记、县长专门到实地查看，确定线路，召集专家进行论证。同时，利用省市领导来淳指导工作和参加省党代会的机会，及时汇报，主动与省市发改、交通、建设等部门联系沟通，积极争取支持。淳安人要建上江埠大桥的迫切愿望终于得到省市领导的重视与支持，省政府将上江埠大桥工程列为浙江省2008年重点建设项目。环湖公路的建设省市领导也很重视，但跟地方的磨合还是费了一番功夫，最终淳杨线得到14亿元的投资，其中5.18亿元用于建造上江埠大桥，包含3座总长2136米的大桥、3个总长1045米的隧道和公路连接线。2008年9月9日上江埠大桥正式开工建造，由中铁大桥局承建，淳安县交通局负责协同管理。

虽说在基建方面我国技术日臻成熟，建造大桥的方案也几易其稿，对桥址区的地质、水文、通航、生态等建设条件尽量充分考虑，再进行设计构思。根据湖面宽，选择了桥面建筑高度低的桥型，主桥为跨越性能好，造型简洁的九跨钢构组合桥。设计中尽量考虑施工安全，快捷便利。

虽然对各种建设条件尽量充分考虑，但在具体施工中意外情况的出现还是造成了难以想象的困难。工程师何仁给我们介绍情况，他说的直白叙事，我们却听出了一身冷汗。

建造上江埠大桥第一个难度就是水深，最深处有72.4米，是当时中铁大桥局遇到的最大水深，一桩相当于二十多层楼高，为国内建桥史所罕(之前中铁大桥局遇到的最大水深为40米)。水下作业，深度每增加一个等级，难度就呈几何级数增长。什么是几何级数?以水流为例，水流的冲击力与流速就是三次方的几何级数。当水流增到2倍，冲击力就达到8倍；当水流增到3倍，冲击力就达到27倍；水流增到4倍，冲击力就达到64倍。这就是几何倍数。要在水下作业，非常考验人的智商和能力。

建桥的基本步骤为打基，立桩和做桥面，实际操作每一步里面还有很多讲究，不同的桥，不同的地形地质还有不同的动作。在上江埠如此深的水中打基立桩，工程师们很是费了一番脑筋。后来的实践证明，工程师设计的在斜坡上打桩的方法十分有效，后来建高速公路遇到斜坡栽桩，就采用这里摸索出的办法。可以说通过建造上江埠大桥，基建的整体水平上升了一个台阶。立桩采用浮式平台法，先用护桶圈定，再往护桶中灌入水泥砂浆。由于水太深，下部水的压强相当大，就不能像陆地上一样直接往空桶里灌，也就是说护桶中是有水的，那怎样才能把水泥砂浆灌进去让它硬化呢？又怎么样在陆地上知道水泥砂浆已经到位了呢？工程师想出漏斗排水法，一根很长的漏斗伸到底，在漏斗底放几个浮球做标记，水泥砂浆灌下，浮球快速浮起，说明水泥到底，灌浆有效。原理说来简单，实际操作的难度是很大的。除了水深72.4米，水底地面下还要打下去30多米，也就是嵌岩深30多米，这样才能保证桥桩稳固。想想，一根一百米以上的漏斗也怪吓人的。怎样灌浆迅速，怎样均匀插入钢筋，怎样判断水下的水泥硬化，都要非常专业的知识，发生一点偏差都要出问题的。

如果说对水深等确定的困难因素还能事先充分考虑，准确计划，偶然因素的出现却更让人头疼。在建桥过程中比较大的偶然事件就有三次，每一次都活生生折腾人。

第一次是打桩接地时遇到了复杂情况。原来上江埠水域下是港口镇，这个古镇“上连安徽东通杭”，是原杭州府与徽州府之间最重要的水路交通枢纽，船来车往，熙熙攘攘，当年的繁华盛况人称“小香港”。新安江水电站蓄水，居民迁出比较仓促，水下的民居房屋基本没有破坏。蓄水后，地处深水区的民居由于高压缺氧，木板都没有腐烂。有一个桥桩打下去正好打在一栋民居上，黏滑柔韧的木板差不多是钻头的克星，只好想办法把民居破除。水下作业可比不得陆上三下五除二，水太深，又不能派潜水员下去操作，因此只能人在水上，机械在水底，把障碍一点点清理，难度大，费工费时，着实把工作人员折腾得够呛。后来还是工程师想办法，用高压气泵把杂物先吸上来，再用冲击钻打烂木板，所有障碍清理干净才能继续往下作业。

第二次是对天气变化预计不足。一般年份，千岛湖的水位都不会超过103米高程，那么立桩的护桶就按103米来定位，哪晓得当年汛期雨特别大特别多，水位一下子涨到106米高程以上，整个浮式平台都浸到水下去了，在水面上根本看不到护桶，护桶不可能想当然地加高。这个局面麻烦大了，无法施工。工期是限定的，不能等水位下降再慢慢做。因此，淳安县交通局都做不了主，情况通报给杭州市交通局。后来是省市县的领导和工程师紧急召开总工会议，群策群力，最后敲定一个解决方案。极端天气的出现真让人措手不及。

第三次问题的出现可以说是前面两个问题的延续。由于出现了前两次意外，耽误了不少时间，后面的工期就显得异常紧张。这几年又赶上基建高峰，市面上的建材如水泥钢筋沙子等都十分紧俏，经常出现断货。工期不紧，等等可以，工期一催，就很头疼。真是中招了多米诺骨牌效应，前面出了问题，后面的问题跟着来。这边是赶工期，没日没夜地干，夜晚工地经常是灯火通明，人可以换班，机器不能停。那边采办原材料的班子更是跑断了腿。交通局把可以使唤的人全撒出去，跟每一个建材市场的供货老板去联系，多数时候电话根本不管用，必须人去当面磨嘴皮，甚至低声下气地央求。还要与别的客户打心理战，争夺有限的资源。往往是工地上水泥砂浆即将告罄的时候才看到水泥滚筒车过来，大家拍拍胸脯，庆幸欢呼，终于不用停工等待，可以接着干了！那种极度焦躁望眼欲穿的感觉，那种如同干渴难耐的时候喝到甘甜泉水，只有在现场的人才能真正感受。

虽然困难重重，但在众多交通人的共同努力下，各部门没有掉过一次链子。日子一天一天过去，桥面一段一段合龙，终于如期完工。2011年6月29日，举行上江埠大桥建成通车典礼，宽阔的桥面，两边还有专为自行车通行的绿道，剪彩后，车子缓缓通过，汇聚在这一刻的是喜悦，迎来的将是一个崭新的开端。这是新安江水库淹没库区后，各乡镇50年来实现全线贯通。上江埠大桥通车，标志着千岛湖环湖公路真正成环，并实现了全天候通车。淳安交通发展从此翻开了崭新的一页。全体工程人员那种成就感真是无以言表。

上江埠大桥及接线工程建成通车后，不仅彻底打破了淳安南北交通的瓶颈问题，也促进了千岛湖南部三镇两乡10多万人口融入环湖公路交通圈，对打造县域1小时交通圈，推动千岛湖旅游业发展，特别对东南湖区和石林景区的发展、建设社会主义新农村、实现城乡统筹与协调发展提供了基础保证。

好事往往多磨，上江埠大桥建造的过程就是十分磨人的过程，只有亲历者才能体会个中艰辛。可谓：

波平桥平事不平，
营建常如履薄冰。
好事多磨终成事，
笑看通衢悦景明。

看，这就是上江埠大桥，在蓝天白云之下，在青山绿水之间，像小美女一样文静，像大动脉一样鲜活。

武强溪上的桥

文 | 余书旗

新安江水库形成以后，淳安遂安两县合并成一县，建县排岭。原遂安县的部分部门和机构也相继移至姜家和汾口的杨旗坦，譬如说医院、学校和商店等，从那时起，杨旗坦便逐渐发展成了汾口的政治、经济和文化中心，这原本一片荒凉的土地，也因被注入了新的活力而逐渐地热闹了起来。

一条武强溪把汾口这片大地一分为二，武强溪是汾口的母亲河，她的乳汁哺乳着这一方土地。但奔流不息的河水，也给人们的出行带来了不少的困扰，这便有了武强溪上的桥。

武强溪上到底有多少座桥，不知是否有人做过统计，反正我是不知道。小时候，就知道家乡附近的几座木桥，从十都横沿到十三都源头，沿武强溪边几个稍大点的村庄都在溪上架有木桥。到娘舅家去的路上，要经过横沿木桥，横沿木桥的位置离现在横沿大桥下方不远。新中国成立初期，横沿是遂安县政府第三区区公所所在地，这里商铺林立，集市繁华，通衢越巷，十分热闹。因此，这里武强溪上的木桥便比其他地方宽阔了许多，也平整了许多，行走桥上，妇孺咸宜，老少无忧。依次而上是仙里桥，记忆中我没见过这里有木桥，只见过溪两边各有一座不小的水泥桥墩。其实，这里原本是有木桥的，1936年1月，遂（安）开（化）公路遂安段开工，次年3月完成。这桥的施工方法是“土洋结合”，百十米跨度的溪流，两头是用钢筋水泥浇筑的桥墩，中间则是用刷了柏油的方形松木做了若干个支撑架，桥面用“枕木料”铺就。这样的结构，其坚固性可想而知，一场洪水过后，便被“乱了阵脚”的木排撞毁了，后屡修屡毁，最终便只剩下到现在仍孤零零地立在水中那一南一北两个桥墩了。再往上便是宋祁村边的木桥了，旧时，这座不起眼的普通木桥，紧连着徽龙（徽州—龙山街）古道，是十二都水南畈一带人去徽州的捷径。依次而上的还有杨旗坦木桥、三底木桥、下山头木桥、余家木桥……

杨旗坦木桥虽然与有遂安第一桥之称的横沿桥比较起来还略显逊色，但却比一般的木桥都宽阔得多，也结实得多。20世纪60年代以后，杨旗坦形成了一个新的集镇，木桥成了交通的瓶颈，便在桥下方约50米处的河床上建了一座简易的钢筋混凝土桥，桥贴水面而过，枯水期还行，一到汛期，便三天两头被浸在了水下，遇到特大洪水时，桥面还被冲翻了几次。20世纪60年代末，国家在汾口镇林深源村附近的山里建了一座三线厂，名为先锋机械厂。建厂初期，因为受武强溪的阻隔，物资不能及时送达工地，为了解决这一交通瓶颈所带来的困扰，先锋机械厂在原木桥旧址上建了一座现代化的钢筋水泥桥，这便是现在的汾口一桥，但这座桥具体是哪一年建成的呢？一时无从考证，一个偶然的机会，给了我一个正确的答案。

名叫郑家桥的酒店老板是汾口镇杨旗坦村村民，20多年前，他在靠街边自家的宅基地上新建了一栋占地面积110多平方米的五层楼房，在第二层开了一家名为“家外家酒楼”的餐馆。餐馆有4个包间，说大不大，说小也不小，以前也雇过临时工，但这个行业竞争力很大，经营不易，既要开源，也要节流。凭着夫妻俩都年轻，一切都自己顶着吧，也能节约一份开支。就这样，20多年过去了，他们的店也从新店变成了老店，但不变的是，仍是夫妻两人一个主厨，一个打下手。其实，女店主程燕我是早就认识的，只是她家先生的名字我没记住，当那天我为了写《汾口街上》一文向程燕打听她先生名字的时候，她的一句话让我非常意外，真有“踏破铁鞋无觅处，得来全不费功夫”之感觉。原来郑家桥的父母之所以给他取这个名字，是因为他出生的那年，正好是汾口一桥建成通车的那一年，为了纪念家门口这一破天荒的大事，便给他取了这个带“桥”字的名字，今年，郑家桥已经虚50岁了，汾口一桥建成通车当然也已经50年了，不过，现在的这个规模是十几年前改造后加宽的，1972年建成通车时桥面可没有这么宽阔。

改革开放以后，汾口和全国各地一样，经济得到了快速的发展，人民的生活水平越来越好，市场也越来越繁荣，杨旗坦作为汾口政治、经济和文化的中心，只一座大桥已适应不了日益拥挤的交通。至20世纪90年代末，每到逢年过节时，大桥便经常被堵得水泄不通，有一次我从镇里开完会回家，竟连摩托车也不能通过，只得绕上一个大圈子，过横沿桥回家，多走了差不多十里路。这样的情景持续了几年，便有了汾口二桥。

汾口二桥的基础原是一片溪滩，武强溪从十三都源头始出后，迂回曲折，一路奔波，流经汾口二桥附近时，河床骤然开阔，由于此处河床暗礁成群，容易囤积沙石，时间长了，便积成了一片有几百亩面积的沙洲，沙洲像一艘停泊的巨型轮船，船头在二桥，船尾直到久久花海的尽头，水路便也因此而改变，呈八字形而分道扬镳，一条向南，一条向北，这分水之处，便在汾口二桥桥下。由于水势呈八字状，故此沙洲被古人称为“八字滩”。汾口二桥建成后，二水合一水，这“八字滩”便也成了历史，但一条崭新的街道也因为有了二桥而诞生。

风华街和杨旗路是杨旗坦最早的两条街道。近几年，街道在不断地延伸，便有了湖塘路，有了杨翠路，有了武强路，后来，有了汾口一桥，街道随之也过了桥，一桥的延伸段便成了桥南路，成了一条街。而一桥和二桥之间的那一片溪滩因为有了便利的交通，摇身一变，有了自己的名字——水南路。十几年前，水南路这里还是一片几近荒芜的溪滩，由于靠近简门村，所以人们都习惯称其为简门溪滩里。每到枯水期季节，附近村便有人在这一片乱石滩上或种点玉米，或种点萝卜、芝麻什么的，有就收点，被水冲了也没什么心疼的。有了汾口二桥以后，武强溪两岸的交通就更加方便了，这简门溪滩里也成了一块风水宝地，有了公园，有了商住区，有了商业街。自从这溪滩变成一条街以后，又在一桥和二桥之间架设了一座步行桥，供人休闲观景，夏日的夜晚，在习习的凉风中欣赏着武强溪两岸色彩斑斓的灯光秀，既是一种休闲，也是一种美好的享受。

前几年，武强溪上又多了一座桥——汾口三桥。三桥的前身是三底村木桥，木桥的位置在现三桥往下约两百米处，由于这里的河床太宽，当年的木桥并不能做到物以致用，只是到了枯水期，大部分河床成了溪滩，只留下很小一部分水域，才架上木桥。而一年中的大部分时间这里是没有桥的，居住在溪南十四都的人如要到汾口街上购物，则要绕道走杨旗坦桥，如想走近道，那就只有涉水过河了。

时过境迁，汾口镇境内的横沿桥、中洲镇境内的下山头桥、余家桥等都早已被大气、美观、坚固的现代化大桥所取代。而杨旗坦桥却是分身有术，变身成了汾口的一桥、二桥、三桥、步行桥。家门口的那座木桥更是由丑小鸭摇身一变成了白天鹅，每天天刚擦黑，通往湿地公园的斜拉景观大桥便被七色的灯光所照亮，璀璨夺目，流光溢彩。

美丽的武强溪是汾口大地的母亲河，她流淌的乳汁哺育了家乡大地，滋润了家乡大地，武强溪上的一座座大桥装点了家乡大地，扮靓了家乡大地，承载着所有爱她的人通向美好的彼岸，通向美好的明天。

那条弯弯曲曲的路

文｜洪爱英

孩提时候，那条弯弯曲曲的路是石板路。一尺来宽，绿色的青苔附在石头缝里，路依着山势蜿蜒，一边是高高的山坡，树木葱茏，一边是深深浅浅的溪水，喧闹奔腾。走在这条石板路上，见得最多的小动物是蛇。有时在你前面一条细细长长的灰色的蛇倏忽而过，许是你的脚步惊扰了路边正在歇息的它。有时一抬头，发现路边纵横交错的树枝上盘着一条蛇，绿绿的身子和树叶融为一体，乍一看还真不容易发现，那是竹叶青。也许是小时候见多了，就变得不怕蛇了，特别是竹叶青，那碧绿盈盈，玲珑剔透的样子，明明是小家碧玉嘛。

踩着石板路，和奶奶到二十里外的舅公家去走亲戚，走啊走，不知走了多少级石板，终于看到有村庄了，兴奋得指给奶奶看，奶奶说：看得见屋，要走到哭。意思是提醒我别高兴得太早，看起来很近了，其实还远得很，要走很久。

这就是好像永远也走不到头的石板路。从我记事起，我就走在这样的石板路上，叮叮当当地走过童年。爷爷奶奶和我们分家后，他们住到了村中央的老房子里，我们住村头。每当在妈妈这里觉得受了委屈，我就踩着这条石板路跑到奶奶家，一到奶奶身边，整个世界就温暖了，奶奶总是慈祥地笑眯眯地把我揽在怀里。

在我读小学一年级的时候，石板路变成了机耕路，可以容许一辆拖拉机通过。闭塞的山村响起拖拉机的声音，都是一件稀奇的事，弟弟一听到拖拉机的响声，就不知从哪个角落钻出来，噔噔噔地跑到门口来看拖拉机吐着黑烟，昂着头突突突地往前跑，有时候跑到门口来不及了，就吊在堂屋里的窗户上过把眼瘾，透过窗户看到拖拉机没影了才意犹未尽地走开。

这样的路虽然只容许一辆车子通过，而且车子驶过的时候还会扬起漫天尘土，却也只修到我家门口，因为我家在村子的尽头，再过去就是安徽的村庄了，人家安徽还没通车呢。因为交通还是浙江这边方便，隔壁安徽的日常用品都愿意到浙江来购买。开小卖部的也是到汾口镇进货，从汾口装了满满一拖拉机的货物到我们村，把东西放到村子的某个人家里，再用担子一担一担地雇人挑回家。

那个时候也有养路工，因为受雨水冲刷、车子碾轧等因素影响，路会变得坑坑洼洼，小石子集中到路中间形成长长的一条线，线两边是车轮驶过的痕迹。经常看到养路工挥着大扫帚在路边打扫、补坑。

现在回老家，那条弯弯曲曲的路变成了干净平坦的柏油路，车子驶过，再也不会扬起劈头盖脸的灰尘了，原来要过轮渡的现在架起了跨湖大桥，原来需要五六个小时的行程现在只需要1个多小时，交通越来越方便。

05省道(淳安段)诞生记

文｜章建胜

淳安历史悠久、人杰地灵，素以“锦山秀水、文献名邦”著称。1959年为建设新安江水电站，淳安人民做出了巨大的牺牲和贡献，淳、遂两座县城淹没水底，淹没良田30万亩，移民29万人，8万人就地后靠安置，255家企业外迁，城市基础设施、文化教育设施，特别是纵横交错的公路交通设施基本损失殆尽，境内只剩下12千米的断头路，淳安由甲等富裕县变成贫困县，交通面临着一穷二白的状况，承受着沧海桑田的巨变，山高路远、山水阻隔，“要想富，先修路”成了广大群众的共同呼声和强烈愿望。

05省道淳安段一级公路改建工程是杭州市交通西进的大型项目，也是实现杭州至辖区县(市)1.5小时交通圈的一大交通基础设施建设项目。该工程由省人民政府浙政发〔1998〕225号文批复立项的“四自”工程，是淳安第一条高等级公路，同时又是淳安第一条完全采用市场运作成功融资兴建的“四自”工程项目。设计施工中，为了满足一级公路的技术标准，在K14至K18处，对路基做分离式处理，半幅路基走老线，另半幅建新线，整体式路基宽22.50米，中有隔离带，分离式路基宽11.25米，桥涵与路基同宽。隧道净宽9.25米，限界净高5米，桥涵设计荷载标准为汽－20，挂－100，路面设计轴载标准BZZ－100，最小平曲线半径为200米，最大纵坡4.30%，整个工程共有全幅桥梁14座长386米，半幅桥梁3座长41米，桥梁总长427米。全线共新建单洞隧道4座，连体隧道2座，新建隧道总长2188米，该工程概算投资3.09亿元。

一条希望之路

千峰盘桓，山高路远，曾经的淳安，在新安江水库形成后，留下3条通往县境外的公路成了断头路，对外交通成了制约地方发展和人民生活的最大因素。然而，无论是资金、人力，还是地理条件，一只只拦路虎都不断考验着淳安人民修路的决心。为此，淳安人以“愚公移山”的精神，从1958年始，自力更生，艰苦创业，全县动员民工和技术工人5000余人，花150余万工，按一米路基安排一个劳动力挖土方筑路，硬是靠肩挑背负，锄头洋镐，在标高110米以上因山就势，打通了57千米的淳分公路(05省道前身)，在高山之上、云雾之中，为淳安对外交通打出了一条“云中之路”。一位当年跑运输的老司机余北京讲述了这条“云中路”艰难前行的“苦中苦”。“以前的路跑起来，那真是好像唐僧前往西天取经一样，迎来日出、送走晚霞，翻山越岭啊。”68岁的余北京，在回忆起当年退伍返乡后跑运输的日子时，不禁感慨道。“那时跑运输，都得一大早起来，先加满油，然后出发到分水吃中饭，等到了杭州，基本是傍晚了，一趟下来得8个小时，像现在这样当天来回是不可能的！”余北京回忆道。然而对于当年跑运输的司机而言，最大的困难却并不是路途遥远，而是路途上发生的种种意外：道路狭窄造成的会车困难，洪水泛滥导致桥梁中断，沙石路面对车辆的性能损坏……而这其中，最让余北京印象深刻的，莫过于在山腰之上遇到车辆故障："那个时候也没有手机什么的，路上车辆又少，人也不敢离开车辆去找人帮忙，只能干等，往往一等就是一个通宵。"

可以说，相比现在的交通，在经历过"老路"的人看来，当年的淳安对外交通，满满的都是"苦中苦"。也正是在这种痛苦之中，淳安迎来了05省道淳安段的建设。

众志成城，坦途山中来，1986年，抱着"勒紧裤腰带也要办交通"的决心，淳分公路淳安段这条淳安经济大动脉开始了彻底改线。为解决资金困难，争取早日打开对外交通新局面，淳安人更是发扬了全民办交通的热情，社会各界和民间团体捐款、集资达190万元，贷款716万元，历时8年，削平6座高山，打穿4座隧道，将原来的48.93千米山路"拉直"到36.2千米，弯道由原来的1440道，减少为88道，淳安至杭州的行车时间由6小时缩短为4小时。2001年，借杭州市"旅游西进、交通西进"的东风，05省道淳安段一级公路又再次启动改建工程，工程起点为05省道桐庐与淳安交界处，终点为千岛湖镇新安东路，建设总里程为32.16千米。按《公路工程技术标准》(JTJ001—97)中的山岭重丘一级公路标准测设，设计行车速度为60千米／小时，双向四车道，线型有分有合，有高有低，路线走向基本为原05省道淳安段老路线。通过市场运作，成功融资筹资建设并完工，全线总长32.16千米，新建单洞隧道4座、连体隧道2座，新建全幅桥梁14座，单幅桥梁3座，彻底将淳安对外交通的格局从"翻山越岭"变为了跨水而至、穿山而来。

一条奉献之路

1959年前，原淳、遂有5条公路干线，302座大小桥梁，因建新安江水电站，全部被淹，境内只剩下12千米的"断头路"。"有脚无路走、出行靠划船、隔湖能对话、握手要半天”成为淳安人民“行路难、路难行”的真实写照,尤其是建起新安江大坝后,环万山以为邑。将淳安“外出”的口子阻断了,文昌成了“外疏口”的“东大门”。县城至文昌的那条盘山公路,成了通向外界的主干道,那是一条既窄又陡的土路,坑坑洼洼、颠颠簸簸、弯多路险。去杭州出差的人,好多人都摇晃得晕头转向,吐得死去活来,6个小时的行程到杭州,累得骨头散了架。出过远门的淳安人,谁没体会过这其中的“酸甜苦辣咸涩腥冲”八味人生?

回首三十年前的那场车祸,留给人以切肤之痛:1991年5月4日,天空飘着绵绵细雨,上海宝钢开来一辆大客车来千岛湖旅游,客车上有37位宝钢科技人员,加上医务人员和司机共43人。客车驶进文昌镇翁家路段时,因避让车辆,后轮撞上路边高出路面20厘米的石头,大客车翻入23米深的谷底,造成了死亡8人,重伤11人的特大交通事故。

文昌的养路工和村民闻知后,迅速赶到现场实施救援,之后,县领导得知消息后迅速组织医务人员赶到现场救援。这次救援长达89个小时。在整个抢救过程,淳安的民工、个体户、农民、工人和医护人员及医院、船队、交警,没有一个提到“钱”字。宝钢来现场处理抢救的负责人眼里噙着泪花感叹道:“车祸无情,人有情”。

这次的特大交通事故,震惊了华东地区,惊动了中南海,国务院出台了各项倾斜政策并拨付专项扶持资金,投资3100万元改建淳分公路,淳安人挥动着最简陋的工具,一铁镐、一铁锨,千军万马修公路,以淳安人的憨厚与执着,让脚下的路一寸一寸地向前伸展。一条路,凝聚了多少修路人的渴望,倾注了多少淳安人的炽烈情怀,承载着多少人的期盼,饱含着多少人的辛勤血汗。1993年淳安人千辛万苦才修成了一条淳安通往桐庐分水至富阳新登的简易公路。可由于道路等级低,路况差,加之没有防护设施,交通事故频发。1993年3月15日,县汽车客运旅游出租有限公司的一辆中巴，驶出新淳线88K +400翁家地段，方向失控，制动不及，驶出路面，翻入落差22米、水深10米的千岛湖水库中，造成12人死亡、1人失踪、1人重伤、3人轻伤的惨重车祸。那场景真叫人触目惊心、心有余悸。

修路，成了淳安人魂牵梦萦、挥之不去的梦。

改革开放，带来了淳安交通巨变。淳安山水依旧，唯感至深的是路的嬗变，淳安交通的变化让人抑制不住狂喜。2014年6月30日，全长262千米的杭黄高铁举行了奠基仪式，高铁在淳安的土地上“开花吐蕊”；2017年7月全线动工的千黄高速相继“含苞待放”，高铁、高速在千岛湖“并蒂花开”。随着“两高时代”的到来，淳安迈进了一个崭新时代。

杭黄高铁通车之际，当地农民高兴地说：“共产党为我们山区百姓修了条天路。”一位在外打工的青年感慨地说：“高铁让我们‘回家’不再遥远。”正是这些淳朴的当地百姓对高铁建设的理解和支持，在高铁建设征迁中，表现出了“舍小家、顾大家”的情怀，杭黄高铁千岛湖站征迁涉及五个村，107户、600余人，征地2000余亩，征迁工作按照时间节点有序、顺利推进，农户签约、腾空、拆迁有条不紊，这个“天下第一难”的工作，竟能做到“零投诉、零上访”，这在淳安征迁史上创下了记录。文昌村村民何春来，第一个站出来签约，他妻子是1993年“3.15”中巴翻车12位罹难者之一，他对着妻子的遗像说：“妻子，为修高铁，也为了你的遗愿，我第一个签约，你九泉有知，相信你也会支持我。”文屏村有一名党员，名叫王忠全，也带头签了合约，他说：“我为修路，已经是第三次征迁了，淳分公路拓宽改造是征迁户，05省道建设也是征迁户，这次高铁建设又是征迁户，我一生为让路，做了三次房子了，因为我是党员，就应该带头。”正是这些识大体、顾大局的朴实农民的舍得，才使淳安公路、铁路施工建设如期顺利展开，淳安人民为“修路”做出了巨大牺牲和奉献。

穿过高铁大桥的05省道　摄影/郑进奇

一条精品之路

05省道淳安段线型整体以沿湖峡谷布设，穿越湖边和林地，地形错落起伏，地质地形条件较为复杂，有滑坡、岩堆、坍塌体、潜在不稳定斜坡等不良地质和软土等特殊性岩土，地质灾害频发。沿线复杂的地质地形条件决定了05省道淳安段以桥隧兼具。桥隧和复杂的地质地形条件，全面加大了质量安全控制的难度。在项目建设中，参建各方以强烈的质量意识，有力的质量举措，严格的质量把关，把05省道淳安段打造成了一条精品之路。

“05省道淳安段从建设伊始就经历着各种困难和风险的考验。”县交通局总工程师何仁如是说。

施工难、气候气象条件差、电力使用困难……然而，困难虽多，把05省道淳安段建成生态路、精品路、形象路的目标却不能改变。

咬定青山不放松。面对极其险峻的地势、极其复杂的地质、极其恶劣的环境、极其艰巨的任务，两年来，一群来自四面八方的筑路人，会聚于千岛湖畔，战斗在高山峡谷间，聚焦节点、攻克难点、打造亮点，用拼搏和坚守诠释了“一天也不耽误，一天也不懈怠”的筑路铁军精神。

05省道淳安段自2000年11月26日开工建设以来，在淳安县委、县政府的坚强领导下，在交通主管部门的悉心指导下，在沿线地方政府的大力支持下，项目建设指挥部与各参建单位紧紧围绕通车目标，倒排工期，加强管理，层层落实安全生产责任制，在全线持续掀起大干、快干的热潮。

05省道淳安段整个工程共有全幅桥梁14座长386米，半幅桥梁3座长41米，桥梁总长427米。全线共新建单洞隧道4座，连体隧道2座，新建隧道总长2188米。主要控制重难点工程，是05省道淳安段的破题之要。为啃下这一个个硬骨头，指挥部科学调度，参建单位周密组织，细化分解生产任务，做到层层传导、环环紧扣。同时，在设计、管理、监理、施工各个环节细化质量管控，建立全流程、全覆盖的质量管理机构体系、原材料管控体系、质量跟踪检查体系、施工质量标准体系、安全生产管理体系，全面推行首件工程认可制度。

2002年12月18日，05省道淳安段全面竣工，12月25日正式通车，从而结束了淳安无高等公路的历史。2008年11月26日，省交通厅委托省公路管理局组织竣工验收，项目工程质量等级和建设项目等级为优良。

在青山绿水之间，桥与山相连，路与景相间，这是05省道淳安段呈现在世人面前的美景。如果说，05省道淳安段沿线村镇是散落在大地上的珍珠，那么，这条省级公路就是穿起这些珍珠的玉带。05省道的建成通车，撩开了美丽千岛湖的神秘面纱。它打通了淳安走向沪杭的便捷通道，托起了淳安展翅腾飞的梦想和淳安人民奔向幸福的希望。

那些坐船的时光

文｜潘政军

新安江水库蓄水，淳安县各乡镇之间的陆路交通几乎断绝。原先那种沿江村镇雾列、水路交通繁忙的景象顷刻消失，很多村落成了荒岛孤村，要出行，唯一的交通方式就是船。航运就成了全县最大的交通枢纽。

我们周家村就是典型交通闭塞的农村，从我们村赶船到严家码头，说起来不远，约两千米，但步行两千米坑坑洼洼的泥路去赶船也不是那么容易的，特别是背上较重的行李。难得去一次县城，出一次远门，谁还不是尽量多带些行李。坐上船，慢腾腾地过两个半小时才能到达目的地。办个事，想当天返回是很难的。因此，那时去一次县城是生活中的一件大事。

后来跟浪川人谈起那段往事，他们口中说出的状况还是着实吓到了我。有些人为了去一次县城，凌晨4点必须起床，打着火把走两小时的山路，再坐两小时的车（有时是客车，有时是拖拉机），才能到达姜家船码头。然后再坐四小时的船到县城排岭（现在的千岛湖镇）。也就是说，从家里到县城，顺利的话也要十二小时。他们上一趟县城才是一件大事。比起他们，我们村人原先觉得的那点困难，不过是小巫见大巫，是身在福中不知福。

航运公司的船每天跑两趟，上下午各有一班。20世纪80年代，船票是

6角。即便是6角，村民也要精打细算，没有要紧的事，尽量不出门。我在考上淳安中学前，一共才到过县城三次。当然，路远的人更惨，二十几岁都没到过县城的人很多。村里偶有从县城回来的人，大家都去听他的见闻。而那人一般都会滔滔不绝，好像发现新大陆的哥伦布。虽然那时候的县城只有两条街，街上的店铺也多是平房和板棚。我也听过一些巧舌如簧的演讲，非常惊叹他们的记忆能力和发挥能力。也许越是物质简单，想象力越丰富。物质生活不丰富，精神生活来弥补。

进入20世纪90年代，农村的经济空前活跃起来。一是农村经济作物特别是水果大量出产，二是出现了外出打工潮。因此在这两个时段航运出现了压力。外出打工的人，一般大年初四至初八都要动身。每到这个时候，船码头上黑压压的全是人。有时船都不敢靠岸，航运公司只好加班，私人航班也在这个时期出现。但等船的人还是一次又一次地哀叹上不了船。水果出产的季节也是这样，码头上经常出现一溜排几百米的西瓜担子，着实把船员惊出一身冷汗。松源村有个村民在这时候申请了一个私人航班。坐私人航班相对自由方便，村民更喜欢。饶是如此，西瓜、柑橘等水果出产的季节航运的压力还是很大。看着黑压压的人，满当当的货，我是深刻理解了《政治经济学》中“现阶段的矛盾是人民日益增长的物质文化需求与落后的社会生产力之间的矛盾”。航运的生产力确实是落后了，陆路交通呼之欲出。时间到2017年，千汾公路开通，我们周家村到县城千岛湖镇（其时排岭已改名为千岛湖镇）只需半小时，航运，再也没有半点竞争力。再后来，上江埠大桥建成，环湖公路就通了，县内23个乡镇的交通脉络完全畅通。航运公司当然得解散了。现在想坐船也可以，只能坐旅游船去各岛观光一下。

对于逝去的事物，人们本能地会产生怀念。怀念什么呢？曾经那么被强烈舍弃的东西到底还有什么好？

坐船的目的是到县城，过程很漫长，在这漫长等待的过程中就会发生很多事。熟人趁这机会拉一拉家长里短。码头上有各个村庄会集过来的人，信息也就汇集过来，通过闲聊，各村的情况都为大家熟知，码头自然成了全乡信息的集散中心，婚丧嫁娶，耕读渔猎，甚至种植经验等林林总总的信息都可以在码头上免费得到，熟人社会的圈子就扩大到全乡。虽然现在有群，信息传播很快，但群里聊天的方式和内容与人与人当面聊大为不同。最大的问题是群里聊天聊不出感情。坐在船上的几个小时，就是交流感情的良好机会，老朋友可以叙叙旧，新朋友可以聊些新见闻。记得自己在淳中读书的那几年，由于学习紧张，平时跟同学的交流有限，但到放假，坐到船上，同学相见分外热情，特别是同届不同班的同学，平时也就打个照面，到船上遇见那就是故知，总有谈不完的话。同学情谊很多都是这样奠定下来的。沾亲带故的人之间，你给我买张船票，我给你买碗光面，甚至给人抢一个座位，亲疏冷热就在这一举一动间表现出来。现在想来，也的确是这么回事，没有接触，哪来的感情加深。以前的慢生活比现代的快节奏富有人情味，秘密就在这里。船啊，还是慢慢地开吧。

说到抢座位，是件很有意思的事情。人多的时候，座位是不够的，有的人就得站着，而且一站就得两三个小时。那时的船票上只有金额没有座位号，这样座位当然就成了争抢的对象。亲朋几个人在一起赶船，就会派一个人轻装先上船抢占座位。占座位的方法是在空座位上放一样东西，可以是盒子、手提包或帽子，东西放上去就代表名花有主。没有制度规定，也没有人质疑这样做的合理性。在我们的社会中，这样不成文的规矩到处可见。熟人间往往就会有人请托占座。最后当然是担着行李，行动迟缓的人没有座位。没有座位的人在走廊里站着也没有怨言，照样跟人谈笑风生。座位挤，上下船更挤，几百号人都要通过那片板桥，虽然人挨人，但从来没有人被挤下去过。看似纷乱，实则有序，现在想来也是一个有趣的现象。能做到这样，我觉得是当时的道德人心在起作用。

有时在船里待得久了，就想到甲板上吹吹风，青山绿水在眼前，微风拂面看蓝天。到千岛湖旅游不就是这样吗？现在千岛湖是国家5A级风景区，大门票要一百二十元，乘船时间也不过两三小时。想想当时6角游湖，真是相当奢侈。对的，我们当年就是这么奢侈过。

在别人写的文章中也看到过写航班的纪念文字，船上的一碗光面也成了美好的怀念。我现在慢慢明晰起来，我们真正怀念的是自己走过的时光。任何自己走过的时光，都是真正属于自己的财富。

家门口的那条路

文｜余书旗

家门口的那条路从远处蜿蜒而来，路边花团锦簇，万紫千红。一边倚山，山上植被茂盛，常年翠绿，鸟语花香；一边临湖，湖中绿波如茵，千岛耸立，鱼跃鹭飞。这如诗如画的景致，让行人如痴如醉。这条从远方飘向家门口的彩练，便是闻名遐迩的淳杨线。

淳杨线到了我的家乡，欲小憩片刻，正好遇上悠悠而来的千汾线，相对凝眸而视，双双示好，遂莞尔牵手。美丽的千岛湖从此便像一位貌美如花的女子佩戴了一串熠熠生辉的珍珠项链，顿觉更加妩媚多姿，楚楚动人。由此，便有多少心仪她的人从各地慕名而来，欲一睹这位佳人的风采。这条路上，便有了看风景的车流和游人，便有了各路体育健儿在这里角逐，我的家乡也因此而热闹起来。

这两线衔接的地方，便是自古繁华的浙西小盆地的中心地带，这里三省通衢，土地肥沃，物产丰富，素有鱼米之乡之称。这里是汾口政治、经济、文化的中心，汾口镇人民政府就坐落在这里。登高俯瞰，新近建成的久久花海湿地公园，百花争奇斗艳，群鹭自由翱翔，恰似镶嵌在淳杨和千汾两线交汇处的一颗翡翠，耀眼、夺目。

家门口的那条路　摄影/鲁永筑

土生土长的我，从小在这里长大，淳杨线这条路的前世今生也略知一二。听老辈人说，淳杨线到了家门口的这一段，是原来遂(安)开(化)公路的一部分，这段始于20世纪30年代中期的公路，当初施工至村边这一段时，正值玉米长苞，所经公路规划界内，所有的玉米棵茎被施工队民工挥刀一路斩除，农户心痛如刀割。

以前，村边的这条路也曾经热闹过一番，1959年新安江水库开始蓄水，近30万外迁移民的很大一部分是从这条路走向全国各地的。那几年，经常看见运送移民的汽车裹着一团尘埃从这里缓缓驶过。到了20世纪的六七十年代，这条路再次热闹了起来，因为，附近建了三座“三线厂”，这条用石子黄泥夯就的公路因而时常汽车轰鸣，尘土飞扬。而最热闹的，当然是千汾线和淳杨线开通以后的现在。

如今，在享受着交通便捷的同时，回头想想，越发觉得祖国的发展真的是太快了，一眨眼的工夫，原来交通相对落后的家乡，不但来了高速公路，就连高铁也来到了我们身边，高铁成了人们出行的主要交通工具之一。高铁速度之快令人难以想象，从千岛湖到杭州以前须耗费整整半天的时间，而乘高铁只需短短的四十五分钟，这不是在飞吗?早些年如要去趟杭州还真不容易，家住县西汾口，去杭州一东一西两条路都可走，东可到排岭换乘汽车到杭州，西可到衢州换乘火车到杭州。

汽车从排岭出发不久，便裹着一团尘土上了盘山公路。喘着粗气的汽车在那弯弯曲曲、千沟万壑的山路上颠簸着缓缓前行。旅客大多不敢直视车窗外，因为车窗外不是悬崖就是陡坡，让你胆战心惊，头昏脑晕、直想作呕。相对来说，往西到衢州换乘火车就平坦多了。但无论选择走哪条道，天蒙蒙亮从家里出发，紧赶慢赶，都要到天快擦黑才能赶到杭州。

每当回想起当年乘坐绿皮火车时的情形，那份艰难，那份无奈，至今心有余悸。1982年7月初，我因事去了一趟广州。记得是下午3点左右在衢州火车站上的车，因是从上海到广州的过路车，上车时已非常拥挤，想平稳站立都很困难。这种情况持续了8个小时，好不容易挨到南昌，南昌是大站，下车的人多，总算抢到一个座位。夏天，没有空调的车厢窗户大开，蒸汽机锅炉房的煤灰夹着尘埃直扑车厢，哐当哐当的火车历经30多个小时终于到达广州站的时候，一车厢的人没有一个不是灰头土脸的。

1989年下半年，我到江西峡江县出差，也是从衢州站上的车。这一次更糟，车上挤得真可以用“无立锥之地”来形容。我和同伴在挤得出了一身臭汗之后，终于在两节车厢的衔接处站稳了脚跟。紧挨着我们的，是一位六十几岁的老妇人和她的儿子，老妇人的丈夫早年随国民党的部队去了台湾，这次是儿子领着母亲去香港和父亲见个面。

行不多时，老妇人毕竟年龄不饶人，站立不稳，一屁股坐在地上，儿子见状，慌忙把一个一直未离手的尿素袋包裹放在地上，给母亲当坐垫，母亲没有坐，对儿子说：“这里面是送给你父亲的火腿，怎么能拿来坐呢?”儿子无语。过了8个小时，火车到了南昌，本想有可能会轮到一个座位了，不料却丝毫没有发现有人准备下车的迹象，看来还得继续站着，可这两条发沉的腿提出了抗议，又酸又胀，没办法，只好学着别人的样，躺到别人的座位底下去休息一下。就这样，站累了，或像虾一样躬起身来躺着，或屈膝坐在地上。11个小时以后，经于挨到江西新余站，到站了，解脱了，但不知那母子俩还要挨到什么时候才能有个座位。

往事随光阴的荏苒渐渐地远去，只留在了记忆的深处而不会重现。今天，高速来了，高铁来了，很多以前做梦都不会想到的事接二连三地来了。听说高铁从千岛湖到北京最快只需5小时路程，中午还在北京全聚德吃烤鸭，晚上想到千岛湖鱼味馆品尝有机鱼头也不是不可能，真是难以想象。但，应该可以想象，随着祖国日新月异的发展速度，千岛湖的腾飞时代已不再遥远，或许就在明天，你又会有新的惊喜。

家乡的路

文｜汪晓琪

我是20世纪80年代生人。在我的小时候，要想从汾口去到千岛湖是一件不太容易的事情——那个时候想去千岛湖有两条途径：一是走陆路，二是走水路。走陆路，就是去赶一天只有一个班次的客车，那时候的客车上都有个特别大的发动机，像个小山包似的拱在驾驶室和乘客之间，轰轰隆隆地将一辆汽车界限分明地划分成两个区域。乘客们得坐在发动机的后面，忍受着气味浓重的汽油的味道，随着车子在狭窄的山路十八弯的盘山公路上，颠簸着前行，倘若正好遇到了天干日燥的天气，偶尔有想要开窗透透气的乘客，便会吃到满嘴的灰尘。

所以我不喜欢坐汽车，晕车呕吐的记忆实在是堪称童年的阴影。实际上，当年幼小的我更喜欢大人们选择走水路。那时候的轮船，一天有两个班次，早上的6点多发船，下午的则是1点钟发船。人们可以先坐车到达码头，然后再买票乘船即可。这就给了人们选择的余地，带孩子的人们如果不是很着急，一般都会选择坐下午的这趟船。千岛湖是个人工形成的内陆湖，基本上没有什么风浪，所以坐船也不会像坐车那样出现晕船呕吐的状况——这就很让人高兴了，而更让人高兴的是，因为航速及路线原因，坐船到千岛湖需要历经整整四个小时，所以每艘船上都会有一个厨房，可以煮面卖给有需要的乘客。而我便是那碗面条的忠实拥趸。那一碗船面里有着家里烧不出的鲜香味道，着实让幼小的我每每只要想到，嘴里便忍不住开始分泌出口水来。

然而大人并不是每一回都舍得花钱买一碗面来吃的，毕竟那个年代的经济条件普遍不是很好——但是孩子也会有孩子的小手段，那就是每当我知道今天大人要带着我去坐船了，中午那一顿饭便一定不会好好吃了，能少吃一口就少吃一口，务必要保证自己在上船之后会饿肚子，这样一来，大人就是再舍不得也总归不会让我饿着肚子坐四个小时的船，也就只好妥协。

高速客轮是在2000年左右出现的，它的出现大大地缩短了从汾口去千岛湖的时间——从四个小时缩短到一个半小时，不得不说是质的飞跃。并且由于行程时间的缩短，班次也相应地增加到了两小时一班，大大地方便了人们的出行。

高速客轮是真的快啊，所以即便是需要先乘车到码头再转坐船，选择乘船的人们也大大地多过了乘车的人——毕竟加上坐车也不过两个小时的时间，比起汽车在山路十八弯上辗转腾挪的三四个小时，着实是快了不止一星半点。

而彼时的我已经到千岛湖上高中了。那时的千岛湖还是个不大的城镇，所以公交车这种事物向来只存在于电视之中，然而自行车和步行又已经渐渐地不能满足需要出门的人们，于是史上价格最便宜的出租车便应运而生了。

当时我们的学校刚刚从老校区搬到新开发出来的南山新校区，因为远离城区，所以周末放假的时候，学生们便最喜欢乘坐这种不计里程、只计人数且均价只需1元的出租车出行。绿色的出租车行驶在千岛湖镇的大街小巷里，招手即停，实在是方便至极，而低廉的价格便是学生乘坐了也不会觉得奢侈——以至于在多年后的某一天，当我在超市门口无意间听到有两个外地游客很惊喜地说当时已经提价到4块钱的出租车是她们见过的最便宜的出租车的时候，便忍不住在心里偷笑：姑娘，你们要是再早些年来千岛湖的话，还能见到一块钱的出租车呢！

2007年的12月26日，全长约76千米的千汾公路正式地建成通车了。它拉直了从汾口到千岛湖的线路，以一座千米多长的千岛湖大桥横跨水域，终结了乘车去千岛湖镇需要走那山路十八弯的时代。而那时候，客车早已更新换代，没有了巨大的发动机和令人作呕的难闻气味，再加上出租车也开辟出了跑各个乡镇的新业务，于是一时间，选择乘车走陆路的人又压过了走水路的人。

千汾公路有着柏油铺成的黑色的左右两车道，而在机动车道的两边，还有着两条鲜亮的红色自行车道。在天气晴好的日子里，经常能看见来自全国各地的自行车友们穿着专业的骑手服，踩着自行车或单独或成群地骑行在千岛湖的山水之间，那恣意的样子，有时候也会让乘坐着汽车从旁与之擦肩而过的我们不由得从心底生出来些许的敬佩与羡慕。

时代的脚步在大踏步地向前奔跑着，很快地，另一条环绕着千岛湖的淳杨线也开通了。那是一条被称为中国最美公路之一的线路，它带着70%的临湖路段，完美地将那些个千汾线关照不到的乡镇串联起来，走上共同发展的新路线。

我的孩子就出生在这个高速发展的时代。在他出生后的第三年，千岛湖高铁站正式地落成了。我带着他乘坐高铁去过杭州野生动物园，去过苹果乐园，也去过自然博物馆，看着孩子开心的笑脸，我在恍惚中仿佛看见了数十年前那个小小的坐在客船上抱着一碗面就觉得无比幸福的自己——那时的我想象不到未来的千岛湖会有这样的光景，就好像现在我的孩子也想象不出他妈妈小时候的千岛湖是何种的模样，但这样的现在，真好！

千岛湖在发展，而我们脚下的路也会越走越多，越走越远！

鲍沈公路的前世今生

文｜章公平

鲍沈公路位于淳安县西北部，全长14.33千米，它起点于鲍家桥经郭村到沈畈。这条公路贯穿整个郭村源，淳安交通称之为鲍沈公路。它像一条长龙，蜿蜒缠绕在郁川溪流的青山绿水之间。

众水始出为源，源水汇溪。郭村源这条溪流叫郁川溪，又名"瀛溪""郭村溪"。它发源于白际山脉歙岭东麓。源头水来自白坪、叶祀，经沈畈汇横源、过郭村至姜家镇流入千岛湖，主流长30多千米。

鲍家桥

沿千汾公路（淳开线）走，至50千米−100米处，有个三岔路口，老郑鸠线在这里与淳开线交会。沿着郑鸠线老路横穿黄村桥村，两分钟左右车程，就能看到架在郁川溪上的鲍家桥。

鲍家桥两边在大地上点缀的村庄都属于黄村桥村。

鲍家桥距千岛湖主城区50千米，它高高地架在郁川溪流之上，淙淙溪流顺着山势蜿蜒而下从鲍家桥下注入新安江水库(千岛湖)。在桥下流100米左右有一座宋代古桥,就是黄村桥。

鲍家桥建于1975年8月至1976年8月。全长70米,宽8米,桥高10米,单孔双曲桥,净跨50米,国家投资10万元,县交通局测设,由当时的姜家公社组织施工。历时一年建成,是一座单孔双曲桥。是郁川溪上最大最宏伟的水泥钢筋混凝土大桥。

鲍家桥是鲍沈线的起点。在鲍家桥桥西头90度向北拐,便驶上了鲍沈公路。这条公路贯穿整个源,当地人习惯叫这条狭长的山谷为郭村源里,只因在此源中郭村村庄名气最大。

前　世

在郁川溪畔至今还保留几段古道,旧时路人皆步行。古道往北直达徽州,往南至遂安古狮城、常山,往西通横沿,汾口,直驱开化、衢州、赣之德兴、上饶。往东可至遂安东亭,乃至淳安。同时这还是一条浙皖贸易商道,徽商经安徽歙县长陔乡翻歙岭或从璜蔚乡上源头村翻璜蔚岭来淳安经商的必经之路。

因此昔日郭村,是遂北巨镇(民国时属遂安县瀛山乡)。此古道处为交通要道,是郭村源村民与外面世界往来的唯一通道。

郭村进去往里到了玩川口,源又分横源里直源里,源里的小的分支山谷均有村庄,这是典型的淳安山区地貌。

郭村源里的山势和缓,不像梓桐和里桐的山那般陡峭。

横源里的是马安村,直源里最后的村庄是白峰坪村,为遂绿茶主产区。从白峰坪村翻山可往徽州府,白峰坪村建在山腰上,翻过山头就是同样建在山腰的安徽源头村。

宋朝著名的理学家朱熹就曾走过这条羊肠小道。在瀛山书院与詹仪之进行过理学研讨，并在瀛山书院写下了《咏方塘》一诗，又名《观书有感》和《题方塘诗》等。

除了诗，朱熹在瀛山书院还留下许多脍炙人口的故事呢。

名家的故事是古道上的调味品，而源里的山鬼神怪故事更像是坊间的主菜。民间故事，村里上了年纪的老人都会讲，常常是夜里掌灯了，某个人家的屋里就聚了好些个孩子，一个讲故事的老农正操一口土话，吸着旱烟锅，孩子们都围坐着怯怯地听山鬼的故事，他们心里明明是生生的怕，却十分有滋味地痴痴听。老农讲得最好的是歙岭上长陔南源王寡妇修路的故事。

王寡妇修的路是歙岭古道，皖浙通商的路，古时候，安徽歙县的徽商走长陔，翻歙岭，从浙江淳安的叶祀岭上下来，穿过沈畈村到章村，再到郭村经过里鲍家到姜家，上老遂安县城（已是千岛湖水下古城）。王寡妇自掏腰包出资修歙岭翻山的路，在坊间传为佳话。

有了路，一些生活便长了腿。路将源头与源尾串了起来。这一万多人口的郭村源里统共就三爿店铺，郭村一爿、沈畈一爿、夫畈一爿。乡亲们生计用的盐巴、米面以及日用百货全靠肩挑，进货要到古县城狮城。

挑货郎五更就要起床，吃罢早饭天放亮就得出发。山里产的茶叶、桐油、青油、茶油、菜油往外挑，民生必需品盐巴、米面、煤油、布帛、铁器农具往里挑。

“挑担郎，五更起，天没放亮就担起。”一副货担轻则七八十斤，重则一百四五十斤，肩挑行走一天，要到晚上漆黑才能到家。

20世纪50年代有了独轮车，于是挑担的和推独轮车的结伴，挑着箩，担着担，推着独轮车，他们挑着箩担经姜家九门桥从北门进狮城，进好货就在城门口食饭，饭食是自带的糠菜饼。

吃过中饭然后往回赶，推独轮车的一车东西坛坛罐罐麻袋包加起来足足四五百斤，他们晨接星星晚接月，走的就是老鲍沈山路。

村里一位老爹爹见人就说以前和副县长一道推独轮车，讲推独轮车的经历，说在山麓上推车，人不魁梧是不行的，要脚有劲手有力才推得了车，一趟车推下来，到家汗衫一脱一拧，“滴滴答答的汗水”，肩膀上两道拴车把手的绳勒的印记，住在了古铜色的肌肤上，深深的……

郭村源里丰产树木，我国早期铁路上铺的轨道枕木都是木质的，而且大多数是松木，一根枕木毛料是三米长，山上砍下来的生料一根有二百来斤，力气大的，就一前一后两人扛，能推独轮车的，则一边一根，一车四五百斤单人推到姜家码头，这种特制的独轮车轮子比一般的独轮车要大一点，是专为运输铁路枕木而设计的。

听说过路会唱歌吗?是的，郭村源这条路的确会唱歌。

有别于他镇他源他乡他路，旧时郭村镇尚有从事民间猪崽交易的猪行，在这条路上，还活跃着一帮能说会唱能走山路能跑山梁的“赶猪匠”。

赶猪的汉子手里挥一条长竹枝，嘴里吆喝着嘹亮而悠扬的赶猪号子:“哦啰啰，哦啰啰，猪啰猪啰快快走，翻过歙岭到徽州，到了徽州好东家，苞谷番薯吃个饱。”

赶猪调唱的是方言，即兴创作，自编自导，不用作词作曲，想怎么唱就怎么唱，爱怎么唱就怎么唱，唱在山腰响在山谷，歌词中含有悲怆之情。

竹枝条下是一窝小猪崽，猪崽少则七八只混队赶，多则数十只组合赶，小猪崽发出哄哄、嗷嗷的声音，赶猪匠站在猪的后面轻轻敲哄小猪崽，这时小猪崽听着主人的歌声就会自动往前走，钻着山沟就跑上了山梁，循着了山道就下了山沟，一路浩浩荡荡向歙岭顶出发，赶猪的汉子和猪崽们翻过道道岭，翻过歙岭那边就是安徽长陔乡了。

到了长陔乡，赶猪匠累了，小猪崽也累了，赶猪匠就把小猪崽们喂得肚皮滚圆滚圆的，吃饱了走疲了的小猪这时就会“哼哼唧唧”地挤在一堆睡觉，等候新的主人来抱养。

赶猪汉子则忙着吆喝找东家，要是一只猪崽被抱养了，赶猪汉子就拎起一条猪腿，倒挂着，全方位展示给东家看，那猪崽就叫得“嗷嗷”的，可惨了。这幅令人神往的画面，20世纪八九十年代还能时常遇见，而今却已销声匿迹了。

今　生

在没有公路之前，山里人走的山路，是又陡又窄又弯，一位白坪村老农给我讲了一个故事，说早年有一村民用箩筐挑了一担番薯粉到山下郭村去换大米，在山路上一换肩，结果脚下一滑，前箩筐刚磕碰到土埂上，后箩筐扁担梢绳就立马脱开，前箩后筐都翻了，一担番薯粉撒了一地，箩和筐也滚下了山……

要知道粮食在当年可是救命物资，真是叫天天不应，叫地地不灵。

而百来年徽商那时走的路和郭村源里乡亲们忙于生计的路，正是鲍沈公路的前身，全程六十余华里，很大部分都是山腰上的羊肠小道。

而坐落在马凹里的瀛山书院山脚就是鲍沈公路，书院落在孤峰上，四面空阔，远近村庄皆能环瞰，站在观山亭，郁川溪（郭村段）溪嬉桑田，田园风光潋滟，村景旖旎。目光游视上郭村、下郭村、庄口村、西山、上胡宅、下胡宅、新屋里、霞五村。惬意无比，正是村村接村，山山接山，溪如练，屋在田，袅袅炊烟，艳艳天。

鲍沈公路将这些山村一一串起。

郁川溪的源头就在白峰坪村山脚，山泉清澈甘甜，山路蜿蜒曲折，山势两边皆伟岸又相挟，山峰联袂层，景观甚是美好。辛丑年春节，走亲访友经白峰坪村时，白峰坪村已经整体动迁，还有两家的房舍矗立在大山的腰上。站在白峰坪村最高处望郁川溪，郁川溪尽数被大山遮挡，无法看见。天气晴朗，可见得鲍沈公路忽隐忽现宛若游龙，在连绵起伏跌宕的群山拥蹙的山谷里游走。

鲍沈公路随着山形似玉带环绕，伟岸连绵的白际山脉和郁川溪则是对宠儿的夫妻，相互交错着绕抱鲍沈公路。鲍沈公路所到之处皆是山，在公路两边山湾平缓地繁衍生息着200多个自然村，15000多人口。

新中国成立后，国家于1950年分立郭村、夫畈两乡，说起中华人民共和国成立初的夫畈乡，还有点小故事，夫畈村在沈畈村以里约2千米，当时乡名为夫畈，而乡政府则设在沈畈村。

1958年郭村、夫畈两乡合并，组建成郭村人民公社，1961年又分设郭村公社和夫畈公社，在1965年又合并为郭村公社，到1982年又分为郭村公社和沈畈公社，从1984年开始改为乡，到1992年9月两乡合并为郭村乡，2006年乡镇区划调整时并入姜家纳入姜家镇统筹管理。姜家镇现有人口27000人。

在淳安县交通“十三五”规划后，鲍沈公路直接惠及了鲍家以里16个行政村。

在此之前，出入郭村源里的是一条土路山路。出村入庄，盘山挂溪，路面狭小，是县里出了名的没交通源。最宽处路面是单车道那般宽，委实不堪担当新时期山乡交通重任，只是在那个肩挑、独轮手推车推的年代将就着起了路的作用。

建设新安江大坝的时候，建设用的木桩、岭后铁路用的轨道枕木源里每个大队都贡献过。源里各村男女劳力半夜就出发，点着火把，家伙都自带，是记工公的，村村出人出力，男女老少喊着号子干，阵仗真的声势浩大，走的也是鲍沈山路。

至今在郭村源还流传着这样一句口头禅叫“宁出三尺，不进一寸”。

这辛酸的口头禅说的是当地青年男女找对象，宁愿出来三个村庄找，而不愿进去一个村里寻，她们要的不是“三大件”，而是有一条平坦的路。就像现在的年轻人都喜欢往城里跑一样，这说明交通条件是多么的重要。

路漫漫其修远兮，鲍沈线写满了奋斗者的足迹。要想富，先修路。

公路自鲍家桥始，经郭村到沈畈村，全长14.33千米，宽约3.5米，全沙石路面，第一次冠名鲍沈公路。

此公路1980年8月由县交通局测绘队测设，前期工程鲍家至郭村8千米，由郭村公社承建，同年9月开工，12月完工，国家投资11.8万元。二期工程郭村至沈畈6.33千米，1981年12月开工，次年12月竣工；由郭村公社和沈畈公社共同承建；国家投资3.25万元，社队自筹资金0.44万元，1983年1月22日正式通车。

鲍沈公路通车后，同时还配备了5名养路工人，其中郭村3人，沈畈2人，从1981年开始接养。

重修鲍沈线

早期的乡村公路沙石路面，尘土飞扬路基地洼，且坎坷不平，每逢雨雪天气，道路处处积水、泥泞不堪，严重阻碍了山区农副产品的输出和生产资料的运入。

为改变这种路况，1999年政府实施了鲍沈公路沙改油工程。当年完成鲍沈8千米，2000年完成6千米，3条22千米全部铺上了沥青路面。

绿水青山就是金山银山，随着乡村经济高速发展，农村家庭开上小车的明显增多，宽窄不一的鲍沈公路远远地落在时代发展的步伐后面，逢年过节，堵车现象时有发生，乡亲们都迫切要求对鲍沈公路进行拓宽改造。

经过县委县政府多方努力，鲍沈公路改造提升被列入我县交通“十三五”公路规划项目实施类计划，路线全长14.5千米，总投资约2.9亿元。

2017年启动了一期建设即鲍家至银峰段改建工程，投资4850万元，2017年完成4.0千米，2018年完成剩余的1.78千米。

二期工程也已正式开工建设，二期工程起点接一期终点，起点桩号K4+000，终点位于鲍沈公路端坡村处，路线全长约1.78千米，新建桥梁1座，按三级公路标准建设。该项目总投资3221.22万元，工期6个月，计划于2018年底完工。

鲍沈公路提升改造项目工期紧任务重，县交投集团将以“六大攻坚战”为抓手，倒排时间，倒逼进度，加快推进项目建设，力争按期完工。

山乡巨变要属路，值得一说，鲍沈公路银峰村段，该段环银峰溪（按民风民俗称）新建，既高端又便捷，是十足的亮点工程之一。

回想老年份的这条路，就会想起明朝释函可写的诗《山路》：“山下溪横截行路，半冰半水马不渡。山人难见声难闻，日暮微钟出白云。”

文化与路，文化与乡村，文化与你我，从不隔阂。郁川溪哺的郭村源里，在康庄工程鲍沈公路两侧，文化与郁川溪同在，和康庄工程鲍沈公路同在。

鲍沈公路沿线风景秀丽，历史遗存甚多；郭村源文化底蕴深厚，旅游资源丰富，我们不妨沿着新鲍沈线去看看，去体验一下千年文化的浸润。

山乡人文叙不尽，康庄道有鲍沈路。期待鲍沈公路全线贯通，更愿淳安更加美好，绿水青山飞出金凤凰。

千岛湖上的坐船记忆

文 | 刘水平

在每一个20世纪80年代之前出生的淳安人的记忆里，乘坐老轮船（交通船）徜徉在千岛湖上的那些日子不可磨灭。因为，小时候，家乡出行要么翻山越岭，要么就是坐轮船，光昌边到溪口、到文昌都需要坐船，特别是排岭（现在的千岛湖镇）县城，唯一的交通就是坐船，而且当天基本上不能来回。当然喽，在那个特殊的年代里，汾口、威坪、临岐、叶琪等其他乡镇也不例外，统统要去坐船。

那时从村里去县城里办点事，都得搭乘轮船。在1985年之前，从排岭到临岐、溪口的是大轮船，上下两层，上船之后，便有售票员过来卖票，有些时候，有的人赶船慢了一脚，开船的师傅都很好，会掉转船头接上客人，现在想起来，美好的回忆扑面而来：坐在船上闭上眼睛，安安静静地坐着，仿佛就有了无与伦比的放松；又或者在晃晃悠悠的船上，看满眼的青山绿水，遇到烟波浩渺时，青山远黛，山林似水，云自流，与友人闲谈几句排解无聊，就很惬意。那个年代，大家条件都差不多，不过，在船上条件好差还是能看得出来，尤其是政府工作人员，都穿着中山装，夏天一般都穿着的确良的衬衫，有点文化的中山装口袋里插一支钢笔，格外显眼。

在船上，特别记忆犹新的是吃光面，轮船上的面条，可能就是那个年代淳安人认为最好吃的面条，只有其一，没有其二了。光面，顾名思义，就是没什么料的面条，白水煮面条而已，里面放点猪油，葱花都不放，但是很香。每次坐船，总能闻到这个味道，就是自己不吃，也感觉特别香。

后面，大轮船被富山方林私人开的交通船代替，其实这个船与水上的挂机没有什么两样，只是木头的船舶变成铁制的，相对安全一点，大一点，船上没有光面了，取而代之的是用一个竹篮兜售零食，方林与卸英（音）有一点做得比较好的是学生们从奎星桥放学回家或者从家中坐船去对面，都不收钱的，很人性化。我记得从家里到排岭县城还是要点时间的，许多当时混得好的年轻人、有几个钱的大人们还喜欢在船上打打老K，有的还来小九，清一色的赌博。总会发现，几人开心，几人忧，赌博都是没有好下场的。当年在交通船上赌博曾经风光的好些人，现在人生已经暗淡失彩。在记忆中，轮船换交通船时，我们余坑源口茨湾弄上，作为杨岸与余坑源人坐船的码头，后来又改到杨岸鱼塘拱上，反正换来换去，一直在折腾，哪里方便等哪里。

其实，千岛湖对淳安人而言，是充满了复杂的情感的。一方面，由于新安江建造大坝，淳安从一个甲级县变成了杭州地区的贫困县，心里多多少少有点疙瘩；另一方面，由于移民又给人们带来搬离居所与交通的辛酸，特别是光昌、富山、丰茂一带的倒流农户，这些人吃的苦头不少。水库逐渐淹没了人民赖以生存的土地，三十几万人不得不搬离故土。移民到省内附近的地方，也有到江西、安徽等省的，原先老百姓的村庄则被永久地封存在了湖水之下。同时，当时全县的公路只剩下12千米，人们出行只能走水路，轮船与码头便出现了。

当年，码头大多数是用沙石铺成的，就如同漂浮着的小木屋，比如汾口、威坪以及姜家之类较大的码头皆是如此，人们一脚踩上去还需要小心翼翼，避免溅起水花而弄湿鞋子。在这样艰苦的条件下，人们坚持了多年后，等船之时才慢慢有了遮风挡雨的砖瓦水泥凉亭。我们光昌边对面的奎星桥码头相比光昌边坎山的码头要热闹许多，起先里面还有小店，边上还有光昌林场、林化厂、光昌乡公办、杨岸老太太的包子小吃店、木料厂、大理石厂、收购站等，紧接着在20世纪80年代，一些较大的码头逐步建起了宽敞的候船室，人们的交通出行才便利起来。后来在改革开放大环境的影响下，淳安的交通大力发展起来了，乡镇之间有了公路，交通工具渐渐从轮船转变为车辆。现在人们都使用车辆出行，而千岛湖中陪伴淳安人们50余年的老轮船与老码头也慢慢地被大气、漂亮的旅游码头取而代之。

随着老码头与老轮船的消逝，千岛湖的交通焕然一新。比如光昌边村离高铁站、东面旅游码头均在新建，隧道工程也已动工，交通将变得极其便捷，从这里去杭州市区也就2个小时即可到达。并且，村庄离千岛湖主城区越来越近，其优越的地理位置，势必会让光昌边村受到外来旅客的青睐，得到更大的发展。

在岁月变迁与历史洪流的推搡下，简陋的轮渡码头已经演变成华丽的旅游码头，千岛湖也从过去的困苦发展成如今的欣欣向荣，而那些老码头、老轮船、汽笛声虽然已随往日时光而消逝，但那些熟悉的回忆时常在脑海中重现，仿佛永葆青春与美好。

港湾之星　摄影/应建民

“交通先行”四十年

文｜余象武

一

1979年底，全县经营管理工作会议结束后，我跟随县委章耀德书记到县交通管理局去调研。在时任局长王树金和副局长张善祥、朱田法等同志参加的座谈会上，章书记提出了“淳安要发展，交通须先行”的理念。他说：“党的十一届三中全会作出把党和国家的工作重心转移到经济建设上来，实行改革开放的伟大决策，是历史性的转折。我们应当迅速从过去只重视抓粮食生产、‘苦干加巧干，把缺粮帽子掼到新安江里去’的狭窄思维里解放出来，坚持以经济建设为中心，才能举一反三、推动各项事业全面发展。但对集老区、边区、山区和库区为一身的我县来说，地理、区位劣势明显，交通闭塞造成了人员、物资‘出不去、进不来’的现象，严重地阻碍着经济和社会的发展。这也充分证明了交通的重要，它不但与我们的日常生活息息相关，更重要的是能为商品流通和人员流动提供基本条件，把社会生产、分配、交换和消费等各个环节有机联系起来，使经济规模得以实现，对经济、社会各方面都有着巨大的、不可替代的推动作用。从这个意义说，交通是改革的‘先行官’‘排头兵’。我们一定要下大决心、作大规划，‘砸锅卖铁’干他十年二十年，甚至三四十年，彻底改变淳安‘山隔水阻’的交通困境，实现内外畅通，为‘转过来，搞上去、富起来’奠定坚实的基础。”与会同志就此展开了热烈的讨论，纷纷表示决心当好这个排头兵。从那以后，“交通先行”就成了历届县委、县政府的战略共识和全县人民齐心协力的奋斗目标。

我还清楚地记得，1979年我县的交通状况仍然很不乐观。1959年新安江水库形成后，由于境内108米高程以下所有交通设施均被水淹没，残存的公路、手车路和人行道，大都成了断头路，尤其是作为大动脉的公路，只剩下互不连接的12千米，加上下游航道又被大坝截断，我们一直面临着“有脚无路走、有货运不出”“鸡犬之声相闻、长途绕道往来”的困难处境。虽然1958年在“大跃进”形势下动员全县民力建成通往杭州的淳（安）分（水）简易公路，勉强行车；1979年又初步开通淳（安）建（德）公路；20世纪60年代后期至70年代初为开发林业和煤炭资源，先后在县内兴建了32条207千米简易专用断头公路；1975年金（华）新（安江）铁路延伸到毛竹源，并在此建成年吞吐量60万吨级的半机械化码头，使本县客货水运得以与铁路衔接，但交通“内断外堵”的实质并没有根本改变。淳分公路虽经连年小修小改，总里程稍有缩短，线型也略有改善，却终因原来的基础太差，建筑的等级太低，行车仍要翻越6座山岭，绕行1440道山弯，由于路窄、坡陡、弯多，不仅行车速度慢且不安全；淳建公路因初建时受经济技术条件所限，依山就势建筑，所以等级低、翻山多，而且坡陡路窄弯急，行车很不安全。1960年县运输公司成立时仅有小拖轮3条共70马力，木帆船152艘计2194吨位，至20世纪70年代中后期，才开始实现客运船舶机轮化、货运船舶拖带化。1980年初，我跟着章书记下乡，基本上都是步行。当时县委县革委会已有一辆北京吉普、一辆嘎斯69吉普和一艘小型工作艇，但因县内都是断头路，章书记只有去杭州开会才用一下北京吉普车，去库边区社下乡时才用工作艇过渡一下，然后翻山越岭到社队去。有一次，我们两人从唐村区回来在虹桥头码头等客班船，自上午8时多一直等到中午12时，才知道从安徽深渡始发的客船已坏在半路上。章书记让我到附近的虹桥头水泥造船厂去打电话(他还须赶回县里参加晚上的会议，那时又没手机，随水位延伸的码头附近也只有船厂能通电话)，请王维贤县长派船来接。我在电话里报告了情况，王县长说他自己随工作船前来。但当船厂厂长在我打电话时去码头找来章书记，让我们两人各吃了一碗面条并送我们再次来到码头后，又等了近两个小时工作艇才到。原来他们在路上遇到了货船挂破渔网造成的水道拥堵事件，是王县长出面当了一回指挥，才疏通航道得以过来的。还有一次，在随章书记去省城开会的途中，听司机张化军同志说，不久前他送县委洪德森副书记到杭州去开会，刚翻过快到文昌的那座大岭开始拐弯下坡时，忽听洪书记大叫“小张快停车，我要吐了!”他赶紧来个刹车，谁知还没停稳，洪书记便已打开车门一跟斗翻下车，吓得他急忙跑过去扶起洪书记，说“你吐啊，怎不吐了?”哪晓得这一跟斗却把洪书记的呕吐感给翻没了，连说“好了，没事，上车吧”。“幸亏洪书记是往路里翻的，如果是朝外，后果就不堪设想了!”提起此事，老张还心有余悸呢。因为在这条路上，确确实实出过好多次车翻人亡的重大交通事故。

针对存在的问题，县委县政府一边通过人代会等途径制订交通发展规划，确定第六个五年计划期间我县交通建设的任务，是“从本县基础设施薄弱，水路运力不足、航道空置率高，陆路南北阻隔、断头路多、公路等级低的实际情况出发，把重点放在加大投入、提升水上运输能力，接通断头路、改造等外路，沟通南北陆路交通、改善出县通道上”，一边按照“民办公助”方针，通过多渠道集资，工程一个又一个地干起来。淳(安)杨(禾)公路铜山口至横沿段、蜈蚣岭至安阳段、大石坪至蜈蚣岭段、西园码头至千岛湖林场段，以及威（坪）三（阳坑）公路第三期工程、潭（头）唐（家）公路齐坑至马山段、郑（家）胡（家）公路第四期和第五期工程、富（溪）西（山坪）公路二期工程、威（坪）门（岭）公路叶门段、昌（化）临（岐）公路右口至紫槽岭段、枫（树岭）白（马）公路新丰至宋家埠（枫电水库淹没）段改线工程、杨（旗坦）樟（村）公路余家至樟村段、龙（川）百（亩畈）公路下湖至百亩畈段、梅（川）铜（山）公路梅川桥至荷家坞段、鲍（家）沈（畈）公路一二两期工程、大（市）上（坊）公路桃源凌家至上坊段改善拓宽工程、临（岐）光（昌）公路第一二期工程、仙（人潭）黄（石潭）公路、管（家）双（溪口）公路刘店至双溪口段，还有上江埠轮渡码头建设和淳分公路改造工程等，都是这个时期“接、改、通”的力作。

有幸的是我也参与了这一历程。1984年，即到宋村公社任职党委书记的第二年，我牵头做了四件事，开路、架桥、办蜜饯厂（社企）、为公社电站并网建变电所，其中两件事在《淳安交通志》上有记载：一是专用简易公路“刘店至双溪口段全长7.58千米，县水利水电勘察设计室于1984年8月进行测设，由县云港公路指挥部组织施工。于同年10月开工，次年6月完成，开挖土石方14.84万立方米，路基宽6.5米，最大纵坡4%，最小半径20米。工程设计标准为四级公路。因经费不足，仅铺筑了简易碎石路面宽2.5米。此路为云港电站需要而建，故建时称云港公路。化工9万个。国家投资25.7万元”（见1998年版《淳安交通志》第28页“管家至双溪口公路”一节）。需说明的是，这段路俗称“‘画眉跳坑’的廿五里青山”，施工组织者“县云港公路指挥部”实为宋村乡（当年4月公社改乡）所属的“云港公路指挥部”，是因乡办电站并网要建变电所运大型变压器须开路而成立的；“国家投资25.7万元”，加上乡办蜜饯厂在库边修路、建码头的补助3万元，都是由县民政局在库区移民安置经费中列支的（当时县移民办尚未单列，是民政局下属的一个科）。二是“云港桥，地点宋村，桥型结构双曲拱，桥长124米，面宽6.5米，桥高8.7米，孔数1，跨径50米，建成年月1984年12月，投资金额9.70万元”（见1998年版《淳安交通志》第92页《机耕路桥一览表》）。这也是乡里出面筹资建造的云港源宋村段有史以来第一座钢筋混凝土大桥，建成后结束了宋村乡“一涨水就只能隔河相望”“旱路两头断（里大山外水库）”的历史，是当时通乡简易公路（待拓宽）上的主桥梁；另外我曾在一块石碑上写下“奠基石·宋村乡人民政府1984年12月立”的字样，让石匠师傅雕刻后于开工典礼时埋入右岸桥墩底下，因此《交通志》上的建成年月实际上是开工年月，真正的建成时间应该是1986年初（1985年11月我调往汾口区委工作时，此桥还未浇栏杆、铺桥面）；投资金额9.70万元中，含县交管局补助6万余元，干部群众及在外工作人员捐款近万元，各村集体赞助木材等物资和村民义务投工投劳（挑沙石等）折合2万多元，特别是通过募捐弥补建桥资金不足的举措，得到了县交管局时任局长、书记钱立本同志的充分肯定和大力推广，在改善全县乡村交通过程中起了示范作用。

据统计，到1993年底，全县已有大小客货码头131座，航道54条495千米；共有机动船舶653艘，合计18395马力，11450吨位，7339客位；客运航班已达33个，日行76个班次，年客运量达到223万人次，货运量42万吨，从根本上改善了水上交通。1985年上江埠汽车轮渡码头建成，先后新造钢质三车、六车渡轮各一艘，并购进钢质拖轮、钢质双并六车渡运驳船各一艘投入营运，使西南方向13个乡镇与县城中断28年的陆上交通得以恢复，同时使县内近一半的公路作用得到发挥。1993年，历时7年的淳分公路改造工程竣工，累计开挖土石方258万立方米，港湾填方40处，开挖拉沟19座，砌驳坎5.52万立方米，建桥梁5座，做涵洞135个，开隧道3条总长640米，改线后弯道由1440道减少为88道，里程由48.93千米缩短至36.2千米，路基宽8.5米（浪达岭段12米），沥青路面宽7米（浪达岭段9米），最大纵坡5%，最小半径65米，为二级公路，从县城至杭州的行车时间由6小时缩短为4

小时，且淳建公路改线工程也已于当年10月破土动工，使出县公路的状况有所改善。至1993年底，全县共有公路68条，总长831.119千米，37个乡镇有27个通车，898个行政村、2157个自然村已通公路的分别达到了54.9%和41.3%。在此期间，广大农村自力更生，投放大量人力物力建成机耕路319条，总长1508千米，初步改善了农村的交通条件。同时运输业也相应得到发展，1993年全县从事交通运输业务的人员已有5054人，各种机动车已达2754辆，还有大中型拖拉机565台、手扶拖拉机2457台，全年客运量达到227万人次，货运量达97万吨。从事汽车修配的厂、组有69家，其中可承接汽车二级保养和大修的36家；有船舶修造厂4家，客货轮、游艇和各种工作船舶均能够自行设计生产。交通业的逐步恢复，加速了城乡交流，促进了城市经济的发展。

二

1994年后，县委县政府将"九五"时期定为交通建设期，提出"全民动手、齐心协力、修建环湖公路，实现乡乡通公路、镇镇路面黑色化"的目标，在全县上下形成了大办交通的氛围。特别是在加快06省道（原淳建公路）淳安段二级公路和05省道（原淳分公路）淳安段一级公路改建工程的同时，于1996年开始兴建"环湖公路"。该工程是党中央、国务院为解决淳安库区移民遗留问题和库区交通而批准的建设项目，按国办函〔1995〕32号《国务院办公厅关于解决新安江水库移民遗留问题的通知》精神，明确解决淳安库区的交通问题由浙江省、杭州市、淳安县各承担6000万元，中央补助6000万元，共同出资2.4亿元，从1995年开始分4年安排，由省交通厅牵头，按基本建设程序审批立项，交通部负责监督检查。环湖公路全程贯穿

10个乡镇(其中5个当时未通公路)，规划总里程308千米，开挖土石方1011万立方米；建特大桥3座(石门、里阳、威坪)726延米，中小桥17座276延米；隧道20座4159.7延米；大小涵洞372道5131延米，概算总投资3.17亿元。首期工程分南北两线于1996年8月同时开工，均按三级公路标准(路基宽7.5米，路面宽6米)建设，其中北线(千威线)全长44.49千米，有短隧道13座3020米；南线(白沙小坑坞线)全长38.09千米，有隧道4座738.5米。两线总投资1.25亿元，于1999年12月(南线)、2000年11月(北线)先后通车，宣告沿途乡镇长达40余年陆路交通阻隔的历史结束(为衔接北线交通，2000年9月开始修建阳光轮渡码头，并于2000年11月27日由县航运总公司调一艘客船至渡口运送过往旅客，与环湖公路北线西段同步开始营运，旅客过渡，客运车辆则在两岸码头等候衔接，不能直接过渡。2001年1月码头建成，由上江埠轮渡站调配“浙淳安驳0001”号渡轮至该渡口正式投入营运，后根据需要又增调“浙淳安车006”号渡轮参加营运)。与此同时，06省道淳安段改线工程进展迅速，1993年10月到1995年12月按部颁山岭重丘二级公路标准，完成宏山口至坪山8.63千米路基贯通；1995年底到1996年底完成桃源口至淡竹岭16.86千米路基及简易路面；1996年9月到1997年10月建成钢筋混凝土桁架拱桥——全长276米主跨160米的石门大桥，并完成全段25.5千米沥青路面铺筑，于1997年底实现全线通车，比原计划提前半年竣工。整个工程还新建中小桥6座、涵洞92道，实际总投资6500万元，比概算7132万元节约600余万元。改建后的建淳公路淳安段，比原公路里程缩短近50%，减少弯道535个，行车时间由原来的近2小时缩短为20多分钟，成了快速出县境的第二条大通道。

进入21世纪，县委、县政府抓住杭州市实施“交通西进、旅游西进”战略举措的机遇，在中央和省、市政府及各级管理部门的关心支持下，按照打造“网络交通、平安交通、效率交通”三块品牌的要求，提出“打通大动脉、构筑大交通、高速通杭城、快捷出县境、乡乡镇镇通柏油路、村村基本通公路”的交通建设目标，积极拓宽筹融资渠道，努力实施公路建设“内成环、外疏口、通环湖、建大桥、拓大道、铺油路、建乡村康庄工程”等重点工作，实现了淳安交通跨越式的发展。全长31.92千米、总投资2.81亿元的县内第一条采用市场融资兴建的“四自”工程项目——05省道淳安段一级公路，于2000年11月26日开工，全程新建全幅桥梁14座386米、半幅桥梁3座41米，单洞隧道4座、连体隧道2座，总长2188米，于2002年12月18日全面竣工，12月25日正式通车，结束了淳安无高等级公路的历史；全长13.55千米、总投资8.5亿元的杭（州）千（岛湖）高速公路千岛湖支线淳安段，于2004年5月5日开工，2006年10月28日提前竣工通车，该工程是杭州市“交通西进”的重点项目，也是构建杭州地区1.5小时交通圈、旅游圈、经济圈的关键性工程，淳安段起自建德洋溪枢纽，终点为千岛湖坪山工业园区，双向4车道，设计速度80千米/小时，路基宽23米，路面宽20.5米，淳安境内共有隧道8座，大桥9座，其中横路头隧道长度分别为1915米（下行）和1888米（上行），是杭州地区最长的公路隧道；全长1340米、桥跨252米的金竹牌大桥，是浙江省内高速公路上承式钢管拱桥中的第一跨，通车后实现了淳安高速公路零的突破；全长1258米、宽18米、总投资1.35亿元的千岛湖大桥于2002年9月28日举行开工典礼，2005年9月18日完工，9月20日举行通车典礼，该大桥的建成为淳安加快融入大都市，沟通安徽、江西等省市吹响了集结号，也给县境内全天候交通网络的形成提供了条件；全长75.6千米、总投资8亿元的淳（安）开（化）公路淳安段（千汾线）紧接着上马，此工程是杭州通往江西、安徽的第二条干线通道，也是淳安“一纵、一横、一环、十出口”公路交通网络的重要组成部分，其起点在千岛湖大桥北岸桥头，途经小金山林场和界首、姜家、浪川、汾口等4个乡镇，终点淳安与开化交界处，采用二级公路标准建设，路基宽12米，双向两车道，桥梁、隧道与路基同宽，设有特大桥1座、大中小桥梁21座，隧道11座，于2005年12月21日开工，2007年12月26日全线通车。淳开公路还是一条生态景观路，它的建成通车对改善杭州西部地区的公路网络结构、发挥干线公路及淳安公路网络整体效益、促进沿线经济和旅游业发展、加强杭州与浙西南地区的区域合作、推动大杭州经济社会协调发展起到了重要作用。

此期间，公路“内成环”的工作继续紧锣密鼓地进行。郑（家）鸠（坑）线胡家至鸠坑段、富（溪）西（山坪）旅游公路、叶（家）周（家）公路（叶门线）二期工程、环（千威线4k＋100处）左（口）公路（环瑶线）、虹（桥头）横（双）公路、汪（宅码头）汪（宅乡政府）公路、宋（村）王（阜）公路、环（白小线）叶（家）公路和昌化至文昌公路改建工程、郑鸠公路杜井至练村段改建工程、威坪至前山接线工程、环湖公路左口至光昌段一期工程等纷纷竣工通车，使县域内乡镇之间公路交通网络得到进一步完善。尤其是上江埠大桥及其接线工程，全长6.69千米，总投资5.16亿元，包括特大桥1座（上江埠大桥）长1278米，大桥2座（界牌桥和港口桥）总长854.06米，其中上江埠大桥和港口桥桥宽15米，设计载荷为公路—Ⅱ级，有隧道3座总长1045米，开挖土石方199.2万立方米，路基宽10米，路面宽7米，自2007年12月26日举行开工典礼，2008年9月9日全面开工，计划3年内完工。更值得一说的是“康庄工程”的实施。1994年以前，除县乡公路沿线村庄外，其余大部分村只通机耕路，较偏远的村庄连机耕路都没有，为实现“乡乡通公路、村村通简易公路”的目标，1997年开始实施交通扶贫工程，当年修建了30个村计104千米简易公路，投资467万元；1998年开通45条153千米通村公路，完成投资811万元；到2000年底，全县有849个村开通简易公路（机耕路）或县乡公路。2003年，交通部加大了对全国农村公路建设的投资力度，按照省交通厅浙交〔2003〕279号《关于实施乡村康庄工程的意见》，为缓解我县农村“行路难”和“路难行”的问题、改善农村百姓出行条件，县委县政府决定从当年

天堑变通途　摄影/郑进奇

开始，实施普惠全县45万人民的“康庄工程”，成为最受百姓关注和认可的政府实事工程。2004年，康庄工程在全县30个乡镇全面展开，通村公路实际开工项目234个810.7千米，当年完成路基项目141个477.83千米，路面项目64个172.29千米，完成投资1.57亿元，有186个村通上了等级公路；2005年，完成康庄工程601.04千米、投资3.29亿元，全县已有441个村通上了等级公路；2006年，完成康庄工程152.27千米、投资1.04亿元，提前一年完成了康庄工程建设任务。3年中全县共建成通村公路路基工程1291.14千米，路面硬化1329.53千米，受益行政村526个，加上原已通等级公路的360个村，全县共有886个行政村通上了等级公路。2007年，省交通厅出台《关于加强2007年农村公路建设工作的意见》，提出由县乡两级政府在康庄工程“双百”的基础上，组织实施农村公路联网工程，本着以便捷为重点，突出“打通断头路、减少回头路、沟通便捷路”的原则，我县从当年开始，完成距干线公路500米以内联网公路7条12.9千米，投资418万元；2008年，实际完成联网公路41条79.7千米、500米以内康庄工程29条11.8千米，合计完成70条91.5千米、投资4851万元，超额完成了年度计划目标任务，截至年底全县通村公路已达1384.95千米，累计总投资6.65亿元。康庄工程和联网公路的实施，给农村陆路交通带来了历史性的变化，彻底改变了农村的交通条件，极大方便了农村百姓的生产生活，为解决“三农”问题，实现城乡统筹发展，加快农民致富奔小康提供了有力的交通保障。

至2008年底，全县公路总里程达2466.6千米，其中高速公路13.55千米，省道公路56.89千米（一级公路31.92千米），县道公路796.76千米，乡道公路214.45千米，村道公路（康庄工程）1384.95千米；有公路隧道69座（村道隧道3座），高速和省、县、乡道公路桥梁228座（特大桥6座、大桥22座、中桥44座、小桥156座），通村公路桥梁273座。随着石门大桥、威坪大桥、里阳大桥、南浦大桥、千岛湖大桥、小金山大桥、金竹牌大桥、上江埠大桥等跨湖桥梁的建成通车，淳安的陆路交通不再是南北东西山水阻隔，而被通衢大道所取代，对外一个半小时交通圈和县内网络交通格局已基本形成。由于公路网络日趋完善，实现了公路运输大发展，到2008年底，全县已有班线客车263辆6383座（旅游客车18辆560座），公交车43辆1099座，出租车92辆368座。共有道路客运班线156条，长途班线已达江西、安徽、江苏、上海等省（市）；跨地（市）班线22条43.5班次，日行程达6375千米；县内班线103条，村村通率93.17%。城市公交从无到有，自2004年9月开通千岛湖K001、K002路公交车后，相继增开了K003、K004、K005、K006路公交车，极大地改善了市民的出行条件，也提升了千岛湖镇的城市品位。2008年末，全县共有货运车辆467辆3379吨位，货运装备和经营结构不断改善，物流业及快运网络逐步发展，建立了全国主要地区的运输服务网点，基本实现了货畅其流。环湖公路开通前，水路运输一直是全县运输业的绝对主力，县航运公司是国有运输企业的主力军，但随着公路网络的不断完善和公路等级的持续提高，千岛湖水上普通客货运输逐渐淡出，2001年3月，淳航货运公司撤销，退出水上货运市场；2008年7月，营运了半个世纪的千岛湖镇至威坪、汾口、姜家等水上主要客运航线相继停开；2005年9月千岛湖大桥竣工通车后，阳光轮渡撤销停运。与此同时，随着千岛湖知名度的提高和旅游业的发展，水上旅游客运逐年上升。2008年底，全县共有各类码头143个，包括客运专用码头5个、货运专用码头8个（含5个临时货运码头）、旅游专用码头20个、客旅综合码头1个、汽车渡运码头4个、客货综合码头105个（其中千岛湖客运码头原址位于新安大街与泗渡洲路相交处，有3855平方米的候船大楼，于1988年11月建成投入使用，后因城镇建设需要，于2007年7月搬迁至阳光路16号冬瓜坞原木材公司加工厂地块，利用天然斜坡分别修建了普通客船和高速客轮停靠码头，2009年7月又再次搬迁到排岭南路大石坪，新客运码头有候船厅及配套用房共计900平方米，码头客船泊位12个；40万吨货运码头，位于千岛湖镇以北2.5千米的杉树湾，占地9公顷，总投资1376万元，1996年3月破土动工，1998年8月竣工启用，2001年又修建了3号码头，装备吊机2台，用于装卸黄沙等建材，该码头的建成结束了千岛湖镇水上旅游、货运共用一个码头的局面，优化了水上货运装卸环境，规范了周边岸线货船的停靠秩序，但随着2002—2005年千岛湖大桥和滨江景观大道开工建设，约2/3陆域被占，码头范围大幅缩小；千岛湖旅游码头，20世纪80年代初始建于新安大街西端，原为货、旅综合码头，1998年8月，货运部分搬迁至新建的40万吨码头后，12月开始改造为旅游专用码头，新建旅游候船大楼建筑面积442.2平方米，总投资250万元，1999年完工投入使用，随着旅游业迅速发展和客运量逐年增加，2005年1月，新旅游码头在千岛湖镇西约3000米的梦姑塘港湾破土动工，占地面积19.8公顷，建筑面积4.5万平方米，有游客中心、停车场2.5万平方米、泊船码头岸线760米、售票候船大厅、文化街区、商业街区等设施，总投资1.3亿元，于2006年10月竣工投入使用，此后为适应日益增多的旅游船舶停靠需要，又在紧邻新旅游码头的大石坪港湾延伸扩建旅游码头二期和千岛湖客运码头迁建工程，该工程占地面积3.11公顷，管理用房与候船楼建筑面积1500平方米，游船泊位54个，客船泊位12个，总投资1731万元，2007年12月开工，2009年11月交工验收投入使用，新旅游码头整体规划科学、设施齐全、设备先进、环境优美，启用后极大地改善了旅游环境，提升了旅游服务质量和千岛湖旅游的美誉度），计有客船10艘1944客位、高速客轮7艘280客位、旅游船105艘10761客位、旅游摩托艇164艘1408客位、游艇19艘176座、货船88艘9139吨位，逐步实现了旅游船艇标准化、豪华化、快捷化、舒适化，吃、住、游、娱一条龙和高标准、长距离、大吨位的内河运输系统与安全、快速、舒适、高效的客货运输网络。1994年至2008年15年间，全县累计投入公路建设资金42.46亿元、车站建设资金3805.6万元、码头及候船楼建设资金2.38亿元、水上运力投入资金3.28亿元、公路客货运输装备投入2.42亿元，合计总投入50.92亿元。

三

2009年起，县委、县政府在继续贯彻“内成环、外疏口”方针，加快公路、水路联网建设步伐的同时，开始把重心转向“高效、环保、安全、舒适”的现代化交通建设上来，使我县的交通运输业出现了质的飞跃。特别是党的十八大以后，通过以中央“四个全面”战略布局和“创新、协调、绿色、开放、共享”五大发展理念为引领，按照国家主体功能区建设试点示范、省重点生态功能区示范区建设试点和“美丽杭州”实验区的要求，坚定不移地走“绿水青山就是金山银山”发展道路，为实现“世界山水公园、东方休闲名湖”的目标奠定了坚实的交通基础。

此后组织实施完成的交通建设项目主要有：上江埠大桥及其接线工程，自2008年9月9日全面开工，至2011年6月29日举行竣工通车典礼（上江埠轮渡同时撤销停运），使环湖公路真正成环，本县南部地区的三镇两乡正式融入环湖公路交通圈，实现了24小时全天候交通，加快了实行城乡统筹、促进经济与社会发展的进程；潭唐线临岐至屏门段改建工程（二级公路），路基宽8.5米、行车道宽7米，里程10.87千米，2010年开工，2011年完工，工期14个月；淳杨线排岭半岛段改建工程（二级公路），路基宽10米，里程5千米，隧道净高5米、宽10米，2010年开工，2011年完工；杨璜公路杨旗坦至中洲段改建工程（二级公路），路面宽8.5米，里程6.06千米，2011年开工，2012年完工；05省道淳安段九龙至西阳改建工程（一级公路），路基宽11.25米，里程3.3千米，2011年开工，次年完工；临岐至千岛湖大桥进贤湾段(环左公路二期)改建工程(二级公路),里程2.823千米,2012年10月开工,2013年9月完工;淳杨线道路改造工程(二级公路),路基宽10米,桥隧宽12米,里程52.21千米,2012年开工,2014年完工;霞叶线(杨璜线塔山桥至郑月段)改建工程(三级公路),路基宽7.5米,里程0.815千米,2013年初开工,当年底完工;金富公路石头埠至富文段改建工程,里程4千米,2013年开工,2014年完工;屏河公路改建工程(威坪驮岭脚桥至叶家村),2013年开工,2014年完工;梓桐镇至千汾公路接线工程(三级公路),里程13.945千米,2013年开工,2015年完工……

2014年是淳安交通史上不平常的一年。这年7月,杭黄高铁淳安段正式开工,该工程起自我县富文乡紫高尖隧道,终点王阜乡天目山隧道,跨域本县5个乡镇,全长53.66千米,需新建隧道19座47千米,桥梁18座4.3千米,设计时速250千米,站点(千岛湖站)设在文昌镇文昌村(拥有始发功能,是一般县级小站不具备的),总投资为71.5亿元(为实现与高铁的无缝对接,近几年来县政府还投入资金45亿元,用于高铁配套工程,先后启动了潭唐公路改建工程、330国道临歧至紫槽岭改建工程、05省道千岛湖火车站至千岛湖镇快速路工程和骑行绿道工程、丰茂半岛接线工程、淳开线与千威线接线工程等9大配套工程,这在淳安交通史上也是空前的),经过4年艰辛施工,终于2018年12月25日建成通车,从此结束了淳安县不通铁路的历史,同时还将名城(杭州)、名江(富春江、新安江)、名湖(千岛湖)、名山(黄山)串联起来,形成一条黄金旅游通道,极大地有利于整合旅游资源,加强长三角经济辐射,加快千岛湖融入杭州一小时经济圈和上海一个半小时经济圈,缩短与长三角、中部地区及至全国的距离,加速了千岛湖现代国际化旅游城市建设的步伐;与高铁开工相呼应的,是2014年9月26日,全县有史以来规模最大、投资最多(14.5亿元)的淳杨公路改线工程交工验收并正式通车,改建后的淳杨公路由原来的73千米缩短为52千米,线形更优、品质更好、环境更美，其中70%的路段依湖而建，千岛湖风光尽收眼底，临湖一侧还同步建有环湖绿道，可供骑行，因将普通公路与旅游环道、慢行绿道相结合，以风景为依托，形成“路、景、湖、人、车”多方位、多种形式的绿色公路体系，对促进沿线5个乡镇10余万人口的经济和旅游业发展、加快推进城乡一体化具有典型意义，一建成便被称为“最美公路”，2019年4月，又经交通运输部考核，获评全国首条农村“绿色公路”，我县也被确定为浙江省“四好农村路”示范县；此外，2014年开工实施的项目，还有潭唐线郑中段改造工程（按二级公路标准设计，长1.385千米，桥梁2座204米，2015年竣工）、余茶线厦山路段改建工程（按二级公路标准，结合城市设计，路基宽9米，长0.5千米，当年底完工）等。

2015年至2018年，我县交通建设紧紧围绕高铁配套工程展开。其中淳开线与千威线（千威公路珍坞段）接线工程全长2.675千米，采用二级公路标准，路基宽10米，2015年开工，2018年竣工；投资6.1亿元的潭唐公路改建工程全长19.093千米，按二级公路标准建设，需新建隧道3座、桥梁7座，改建后缩短路程7.5千米，于2016年7月开工，2018年9月提前完工；330国道临歧至紫槽岭段改建工程全长14.84千米，采用二级公路标准，设计时速60千米，路基宽10米，隧道净宽10米、净高5米，桥梁净宽9米，2017年1月开工，目前已基本完工待验收；05省道千岛湖火车站至千岛湖镇快速路工程全长18.408千米，骑行绿道依托省道而建，长21.47千米（路基段长10.9千米、栈桥段长10.57千米），2017年3月开工，2018年底完工；S302省道丰茂半岛接线工程全长8.422千米，按二级公路标准，设计时速60千米，新建桥梁9座1511米、隧道4座950米，路基宽17米（含绿道），2016年12月开工，目前已接近完工。常规性的建设项目还有：山下至上梧线乡道拓宽改建工程全长4.2千米，按三级公路标准建设，2015年开工，2016年完工；鲍沈公路改建工程全长1.6千米，按公路三级标准改造，路基宽7.5米，2016年开工，2017年完工；中洲镇政府至纪念馆公路拓宽改建工程全长2.5千米，按四级公路标准，路基宽7米，于2016年12月开工，次年完工，建设工期14个月；白小线改造提升工程，道路大中修、路肩硬化，安全设施改造、绿化、杆线序化，2017年动工，当年完工；昌文公路千岛湖大桥至临岐段改建工程全长39千米，其中按二级公路标准设计37千米、按一级公路标准设计2千米，建设年限2018—2020年；屏三公路东方大桥至唐村段改建工程全长10.57千米，按二级公路标准建设，路基宽8.5米，建设年限2018—2020年。扛鼎之作是溧阳至宁德国家高速公路浙江省淳安段（千黄高速淳安段）工程，该项目的建设将把上海、杭州西湖、淳安千岛湖、安徽黄山"名城、名湖、名山"等国际黄金旅游线通过高速公路串联起来（千岛湖到黄山只需1小时），路线全长51.47千米，设计时速80千米，双向4车道，概算投资95.27亿元，2016年12月28日举行配套工程先行启动实施，2017年9月27日正式开工，建设期限3年，计划2020年建成通车，截至2019年7月20日，路基工程已完成总体工程量的92.9%，桥梁工程已完成63.5%，隧道工程已完成86.5%。还连续六年将农村公路大中修列入淳安为民办实事工程，2009—2018年，小型交通投资项目政府先后投入22亿元，累计实施农村公路大中修工程1527千米（村道668千米）、农村公路安保工程590千米、农村公路病危桥改造工程110座、农村公路隧道照明及维修加固工程48座、农村联网公路340千米、农村公路地质灾害隐患点治理83处、投入农村水毁公路修复工程3.1亿元、对660座农村公路桥梁进行了定期检查、对11座大桥进行了特殊检查。

这期间，各类交通基础设施建设并驾齐驱，亮点纷呈。比如，临岐车站，占地面积3500平方米，包括站房、停车场、修理车间、旅游集散场，按准四级车站设计，2008年开工，2009年建成；东南旅游码头新建工程，占地5公顷，投资5477万元，2008年开工，2010年竣工；千岛湖客运中心站，总建筑面积25016平方米，其中主站房10998平方米、公交综合楼建筑面积7730平方米、辅助用房建筑面积3936平方米、其他建筑物2352平方米，站前广场3240平方米，2008年开工，2011年投入使用；城市公交车站及管理用房建设，包括千岛湖广场公交换乘中心、旅游码头中心站、南山公交首末站、前坞首末站等，工期2011年一年；超限运输检查站，在千汾线收费站原址上改建，投资450万元，2011年开工，当年完工；千岛湖综合作业区建设，300吨泊位2个，年吞吐能力36万吨，投资1300万元，2011年开工，2012年竣工；石林镇客运码头工程，占地面积2000平方米，投资80万，工期2012年一年；石门大桥检测系统，主要为石门大桥称重传感器采购及安装，投资200万元，工期2013年一年；汾口公共交通换乘中心项目，站级为二级，占地面积45.75亩，总建筑面积8875平方米，投资3300万元，2013年8月29日开工，2014年11月20日竣工；千岛湖汽车客运北站工程，占地约69亩，包括客运主站房，机修、检修车间，地下停车库及站前广场、绿化等配套设施建设，投资1.25亿元，2013年开工，2015年竣工；东北湖区旅游码头建设，规划用地190亩（包括配套设施），投资2亿元，2015年开工，2018年完工；交通信息指挥中心项目，实现交通信息资源汇聚、安全监管、运行监测、信息发布及服务、行政执法和应急指挥等，投资1000万元，工期2018年一年；千岛湖镇公交站点二期81个基础设施改造工程，投资500万元，建设工期2018年一年，等等。

截至2018年底，全县公路总里程已达2762.34千米，其中高速公路13.02千米、国道53.97千米、省道29.26千米、县道766.82千米、乡道244.01千米、村道1655.25千米，公路桥梁669座，公路隧道80座，乡村公路里程跃居浙江第一，并在全省率先实行了60岁及以上老人乘坐农村客运班车减免票政策；还有高速铁路53.66千米。全县共有道路客运班线157条（其中长途客运班线36条）、公交线路16条（含汾口镇2条），有班线客车175

辆4595座位，旅游客车63辆2285座位，公交车143辆3196座位，出租车130辆650座位，货运车辆1727辆21912吨位；有已经办理岸线证的码头23个(其中已办港口经营证的码头16家)、泊位313个，有客船403艘20379客位、游艇62艘、工作(公务)船艇113艘、货船27艘(货运量1.37万吨、周转量69.9万吨/千米)。自2009年初到2018年底，累计投入公路建设资金184.7亿元、车站建设资金2.8亿元、码头建设资金2.6亿元，合计总投入190.1亿元。

改革开放四十年来，我县交通基础设施发生了翻天覆地的变化。一条条“青山相伴、绿水相依、百花相迎、百鸟相随”的美丽公路纵横交错、让你如入仙境，更有风驰电掣的高铁，给人们提供了现代化交通快速、舒适的享受。便捷的交通，优越的环境，不但有效地解决了看病难、上学难、出行难等一系列“老大难”问题，还带来了大量的车流、人流、物流、资金流、信息流，使全县很快出现旅游热、骑行热和招商热，迅速推动了经济的发展，2018年全县生产总值已达243.19亿元，是1978年的206倍。从浮动码头、简易沙石码头到轮渡码头、旅游码头，从水路、旱路到高速公路、高速铁路，从最初上杭州要12个小时到只需50分钟，从崇山峻岭、隔河相望的闭塞到虹桥飞架、高速联网的通达，回忆这段历史，首先想到的是当年章书记倡导的“交通先行”理念，还有在宋村经历的两件事——一是造桥过程中因缺少资金而安排义务工定额挑沙石料，全乡家家户户全部超额完成、无一人拖欠的，令我十分感动；二是刘店至双溪口段简易公路开通后，青山口村一位年近八旬的老爷爷拄着拐杖在新路上来回走了一趟，逢人便说：“共产党真有本事，几千年无路可走的廿五里青山，没想到六七个月就开出了这么宽敞的路！”是啊，修桥铺路、拓展交通，自古以来就是积德行善、众望所归的义举，也是党和政府不忘初心、执政为民办实事的重要内容之一，我县四十年来交通建设突飞猛进的发展，充分说明了我们的党和国家是一切从人民利益出发的，我们的社会主义制度是能够集中力量办好事、办大事、办成事的。我们见证了一段史无前例的奇迹，更坚信在共产党的领导下，人民生活一定会越来越美好！

最美的路

文｜余象武

1959年9月，我国第一座自行设计、自制设备、自主建设的以发电为主，兼顾防洪、灌溉、供水、航运、养殖、旅游的大型水利水电枢纽工程——新安江水电站开始蓄水发电，我县贺城、狮城2座千年古城和49个乡镇、1377个村庄、30余万亩良田沦为水域，29万父老乡亲深明大义，为国家建设泪别故土、迁往他乡，用慷慨和悲壮在新中国发展史上大笔写下了凡人“舍家为国”的震撼一页。

那一年我才9岁，并不知道水库在附近形成对我们的生活会有什么影响，只记得父亲与几位年轻力壮的堂兄，从已经整体外迁到本省金华湖镇的库内老祖家三台村，抬回了一副半新的青石大磨，给我们做豆腐、磨羹米提供了方便。起先水位还没满到设计高程，且汛期与枯水期的水位落差达20多米，雨季时跟随母亲从安阳到大墅大姐二姐家走亲戚，因为山阻水隔必须乘船，就用5分钱买张票，坐进新造的箬叶竹篷木船里，在刺鼻的桐油味水腥味和“吱呀、吱呀”的橹棹声中几经摇晃，便连苦胆水都吐出来了；旱季里我又跟着父亲步行二三十里地，到水位下降后重新显露的祖村去捡砖头瓦片，在残垣废墟里深一脚浅一脚跋涉。1964年秋我考上大墅中学，每个周末都得回家拿米菜，星期六下午离校、礼拜天午后返回，来来往往必须经过水库边。水退去了还好说，我们能从山路村开始，沿着老大路经日头山脚，过琅川、三台，一直走到下前塘村，路上虽然积着淤泥有些滑，但只要小心点便没问题；水满上来就不一样啦，我们得顺着大大小小的库湾在临时便道上多走不少路，有一回水把库湾尽头的一条深沟淹没了，跨越时我没注意一脚踏空掉进深水里，好在不远就是岸，只是爬上来后全身都已湿透；水位不高不低时更危险，总想抄近路的我们，等不及库水再降，就肩挑粮菜，在几米宽的裸露地带上攀着树桩、柴根穿越库区，那些久经水渍浸泡的柴根树桩和脚下的泥土碎石已无根基，一旦松动打滑，就会顺着斜坡溜入水底，直看得划船经过的当地老农心惊肉跳，高喊着要我们上山去走便道，现在想想都还有点后怕哩。

1967年夏，因高校停招，作为“老三届”初中生的我回乡务农。那时新安江水库仍处于低水位运行，最高水位始终在100米高程以下，因此库区有许多耕地可以利用。安阳公社便把所有可利用耕地都分配给了接受后靠移民安置任务的大队，各大队又按移民人口数分配到生产队，我们队也分到了五六亩。春季里挑着秧苗到库区内去种田，印象最深刻的，就是路太滑。一年又一年，水涨水退，淤泥越积越厚，土是肥了，路却越来越滑溜，一不小心就摔倒。入职提干后，特别是在团县委、县委办、县府办、移民办等单位工作期间，我相继走遍了全县的山山水水，对库区人民隔水相望、因路而贫的困境感触尤深。还记得，无论从哪个区、社上县城，只能走路到离自己最近的停靠点去乘客船。因为自水库形成尤其是保持高水位运行后，县境内108米高程以下所有交通设施均被水淹没，残存的公路、手车路和人行道大都成了断头路，特别是作为交通主动脉的公路，仅剩下互不连接的12千米，加上下游航道又被大坝阻断，我县百姓一直都面临着“有脚无路走、有货运不出”“鸡犬之声相闻、长途绕道往来”的艰难局面。虽然1958年在“大跃进”形势下动员全县民力，建成了通往杭州的淳（安）分（水）简易公路，1979年又初步开通淳（安）建（德）公路，并在20世纪60年代后期至70年代初期为开发林业和煤炭资源，先后在县内兴建了32条207千米简易专用断头公路，但交通“内断外堵”的实质没有得到根本改变。1960年县运输公司成立时仅有木帆船152艘计2194吨位、小拖轮3条共70马力，至20世纪70年代中后期，才开始实现客运船舶机轮化、货运船舶拖带化，客班船不但每天只经过各地一两趟，错过了就得等半天或第二天再来等，而且没有固定码头，只有临时停靠点随水位进退，枯水期要在烂泥遍地的滩涂上跋涉数百米甚至一两里路，才能踏着斜架在客船和泥泞之间的跳板小心翼翼地上船去。

无路可走，使很多人把时间耗费在“等船”上。1980年，我跟着县委章耀德书记下乡，基本上都是步行，只有到库边社队，才用工作艇过渡一下。有一次我们两人从唐村区走路出来到虹桥头造船厂外等客班船回排岭，自上午8点多一直等到中午12点，才听说从安徽深渡始发的客船已坏在半路上，一起在等的三四十人有的拿出干粮边吃边继续等，有的则走开不等了。章书记说：“小余啊，我之所以要再三强调‘交通先行’，就是为了尽快改变‘有脚无路走，有水无船行’的局面，彻底解决大量时间浪费在路上的问题！客船停摆，我们还有工作艇救急，老百姓呢，就只能望洋兴叹，尤其是交通梗阻，他们的原材料进不来，农产品出不去，何日能致富？解决交通问题，刻不容缓哪！”回县后，他再次召集有关部门，研究制订筹措资金、发展水陆交通的规划与措施，从工程浩繁、投资巨大的实际出发，确定把工作重点首先放在改建淳分公路和解决西南各乡镇的公路衔接上，并相继成立港务管理局、汽车运输公司、公路运输管理所、县航运公司（由原运输公司改建）、县联运服务公司等机构，对水陆交通实行统一管理。自1980年起至1993年底，经过“砸锅卖铁办交通”，先后完成了原淳建公路浪达岭至东庄及东庄至排岭段的改善拓宽和新淳公路淳安段的整体改线工程，使淳分公路的弯道由原先的1440道减少为88道，里程由48.93千米缩短为36.2千米，并升级为路基宽8.5米、沥青路面宽7米的国家二级公路，从县城至杭州的行车时间由6小时缩减为4小时，接着又启动了淳建公路的分期改建工程；在拓宽改造横沿至宋祁、蜈蚣岭至安阳、大石坪至蜈蚣岭、火炉尖至大石坪等路段的基础上，于1985年12月建成了上江埠轮渡码头，淳杨公路全线贯通，使西南方向13个乡镇与县城的陆上交通得以连接，同时还新建和修建了虹桥头、百亩畈、姜家、洋畈、溪口、文昌、富山、安阳、积岭、胡家、淡竹、富溪、梓桐、南赋等客、货运码头，普遍改建或新建了库边各码头的候船亭，浇筑了砼踏步和斜坡道路面，在方便出行的同时使运输业也初具规模。1993年全县从事交通运输业的人员达5054人，有各种机动车2754辆、大中型拖拉机565台、手扶拖拉机2457台、机动船653艘（合计18395马力、11450吨位、7339客位），全年客运量达到450万人次（其中水运223万人次）、货运量139万吨（其中水运42万吨），从事汽车修配的厂、组有69家（其中可承接二级保养和大修的有36家），还有船舶修造厂4家，客货轮、游艇和各种工作船舶均能设计生产。交通业的逐步恢复，促进了城乡交流，带动了经济复苏。

然而，新安江水库体量巨大，580平方千米广袤水域导致的交通闭塞不仅严重地制约了县域经济的正常发展，而且给人民群众的生命财产安全造成直接威胁，建库后全县水陆交通事故频发，直到1993年底，因10多个乡镇仍未通车，加上公路等级普遍较低，重大水陆交通事故还时有发生。由于太多，这里仅举几例：1961年4月27日，青溪公社汪家生产队一艘农船在库内倾翻，死7人；1979年11月5日，桐子坞公社坎上大队14人乘坐农用小塘船外出劳动，翻船死10人；1984年5月12日中午，因突起暴风，停泊在排岭货运码头的百亩畈、厚屏、东亭、鸠坑、左口、卸岭等乡办企业和个体户的6艘货船被风浪打翻，损失15万元；1991年11月30日，威坪镇沃川村15名小学生乘梭机船去上学，途中遇浪翻船死亡11人；1992年1月21日，光昌乡石岭后村一条挂机船在奎星桥航段与一载15人的小塘船相撞，小塘船翻沉，死亡6人；由于湖面缺乏监控，1994年发生了震惊中外的“3·31”事件，死亡32人；1975年2月，一辆自淳返沪的上海冷冻车行驶至淳分公路马家高山段，因道路弯多司机路况不熟而翻车，死亡3人；1976年秋，厚屏公社一大型拖拉机驶经东方机械厂路段时翻车，死亡6人；1991年5月4日，上海宝钢组织43名科技人员来淳旅游、疗养，在本县翁家岭路段翻车，死亡8人、重伤11人；1993年3月15日，县运输公司一辆中巴翻入水库，死亡13人、重伤1人、轻伤3人；1996年6月9日，县长运公司一中巴载客18人从杭返淳，在新淳公路翁家段翻入落差22米的千岛湖水库，3人死亡、7人受伤；1996年3月17日，淡竹乡一辆农用中巴翻入黄子岭水库，5人死亡、2人受伤；同年9月4日，一载有42人的客运中巴在王阜云岭翻入86米深的山谷，9人死亡、33人受伤；2001年2月12日，县长运公司一辆24座客车在淳杨公路邵家码头段，遇山体滑坡坠入千岛湖，死15人、伤8人；2004年1月17日，杭州一客车在淳杨线45K处翻车，死12人、伤21人，等等。同时，用渡轮连接交通也存在安全隐患，是资金技术短缺时的无奈之举。记得20世纪80年代末至90年代初，因工作关系我们常来往于上江埠轮渡，由于湖面宽渡轮来回耗时长，上不了就得再等1个多小时，为赶渡司机往往开快车，有一次也是春节前，我和几个同事乘车冒着鹅毛般的大雪好不容易赶上最后一渡，却因渡轮停靠的斜坡太陡、积雪太厚，轮渡站临时决定不渡车只渡人，弃车上渡后大雪仍下个不停，经协商，每人出20元油费，渡轮给我们送到大石坪，再顶着风雪走回排岭，到家已是晚上8点。

1994年起，县委县政府围绕交通安全，继续把改善基础设施、落实“通”的问题作为工作重点。在加快06省道(原淳建公路)淳安段二级公路、05省道(原淳分公路)淳安段一级公路改建和县内公路连接的同时,于1995年初投资200万元,建造了我国第一座“水上通信救助中心”,对船舶进行卫星跟踪,并成立水上派出所,实行昼夜巡逻;1996年8月,开始启动“环湖公路”建设,该项目是党中央国务院为解决淳安移民遗留问题而批准的建设项目,规划总里程308千米,贯穿10个乡镇(其中5个当时未通公路),需建特大桥3座(石门、里阳、威坪)、中小桥17座、隧道20座、大小涵洞372道,概算总投资3.17亿元,是当时我县历史上交通设施建设投资最大的项目,首期工程分南北两线同时开工,其中北线(千威线)全长44.49千米,南线(白小线)全长38.09千米,均按三级公路标准(路基宽7.5米、路面宽6米)施工。至1997年底,全长25.5千米的06省道淳安段二级公路改建工程全线竣工通车,比原公路里程缩短近50%,减少弯道535个,行车时间由原来的近2小时缩短为20多分钟,开辟了本县快速出县境的第二条大通道;1999年12月底环湖公路南线建成通车,2000年11月27日北线相继举行通车典礼,不仅解决了最后5个乡镇不通公路的问题,还基本打破长达40余年南北交通阻隔的局面,结束了沿途百姓出行主要依靠“水路”的历史,使淳安交通“外疏口、内成环”的目标初步得以实现(但此时环湖公路南北两线与县城的连接,仍由上江埠轮渡和阳光轮渡码头承担)。

进入21世纪,在杭州市委、市政府“交通西进”战略引领下,淳安交通终于踏上了“快车道”。县委、县政府提出“打通大动脉、构筑大交通、高速通杭城、快速出县境、乡乡镇镇通柏油路、村村基本通公路”的目标,2002年,全长31.92千米、总投资2.81亿元的本县第一条采用市场融资建设的“四自工程”项目——05省道淳安段一级公路建成通车,结束了淳安无高等级公路的历史;2005年9月20日,全长1258米、宽18米、总投资1.35亿元的千岛湖大桥建成通车,标志着淳安西北片南北山水阻隔状态的结束,也成为千岛湖上一道亮丽的风景线,阳光轮渡码头完成使命;2006年10月28

日，全长13.55千米、总投资8.5亿元的杭千高速公路千岛湖支线淳安段提前建成通车，实现了淳安高速公路零的突破；2007年12月26日，全长75.6千米、总投资8亿元、按公路二级标准兴建的又一项交通“四自工程”淳开公路淳安段（千汾线）全线通车，成为杭州市通往江西、安徽的第二大出口，彻底告别了本县断头路多的历史；同时，为加快农村经济发展、推进新农村建设，还从2003年开始实施“康庄工程”，到2008年底，累计投入资金4.45亿元，建成了通村公路（康庄工程）1384.95千米，是农村中继家庭联产承包责任制、免除农业税后第三件让全体农民得实惠的民心工程、百姓工程和实事工程。据统计，自1994年至2008年，全县总计投入交通基础设施建设资金50.92亿元，其中公路建设资金42.46亿元、车站建设资金3805.6万元、码头及候船室建设资金2.38亿元、水上运力建设资金3.28亿元、公路客货运装备资金2.42亿元；全县公路总里程已达2466.6千米，其中高速公路13.55千米、省道公路56.89千米（含一级公路31.92千米）、县道公路796.76千米、乡道公路214.45千米、村道公路1384.96千米，石门、威坪、里阳、南浦、千岛湖、小金山及金竹牌等跨湖大桥相继建成投入使用，对外一个半小时交通圈和县域内网络交通格局基本形成；到2008年底，全县共有道路客运班线156条，长途班线已达江西、安徽、江苏、上海等省（市），跨地（市）班线22条43.5班次，县内班线103条，村村通达率93.17%，货运装备和经营结构不断改善，物流快运业逐步发展，建立了全国主要地区的运输服务网络；随着公路网不断完善和等级相应提高，千岛湖水上普通客货运输逐渐淡出，旅游客运逐年上升，2008年底，全县有客船10艘1944客位、高速客轮7艘280客位、旅游船105艘10761客位、摩托艇167艘、游艇19艘176座、货船88艘9139吨位，逐步形成了“高标准、长距离、大吨位”的内河运输系统和“安全、快速、舒适、高效”的客货运输网络，水上旅游客运实现了“吃、住、游、娱”一条龙服务。

2015年至2018年，我县交通建设仍紧紧围绕着高铁配套工程展开。随着淳杨线、上江埠大桥连接线，以及杭黄高铁、千黄高速公路等大手笔投入，从淳安到杭州由原来的4个小时车程缩短到1个半小时，县城到各乡镇由原来三四个小时缩短至1个小时，为盘活全域经济打下了基础。尤其是淳杨线的开通，把下姜村等乡村旅游、民宿民居、农产品销售等业态都带动起来了；还有全长150千米，由淳杨线绿道、千汾线绿道和排岭半岛绿道组成的环湖景观绿道，串联起76个休闲农业点、7个旅游风情小镇、22个乡村旅游景点、11个登山露营基地，2017年共接待游客638.8万人次，实现乡村旅游经济收入8.36亿元，淳杨公路因此而荣获“全国优秀设计成果奖”，被评为“浙江省最美自驾公路”；千岛湖绿道先后被评为“浙江省十大经典绿道”和“浙江最美绿道”。2019年4月，淳杨线又经交通运输部考核，获评全国首条农村“绿色公路”，我县也被确定为浙江省“四好农村路”示范县，“美丽公路”品牌成为一张金名片；杭黄高铁亦被誉为“最美高铁”。

2019年至2021年，县政府在交通重点建设项目的实施上查漏补缺、持续跟进。其中长14.84千米、投资3.76亿元的330国道临歧至紫槽岭段二级公路改建工程，设计时速60千米，路基宽10米，隧道净宽10米、净高5米，桥梁净宽9米，2017年1月开工，2019年8月竣工通车；长8.42千米、投资6.59亿元的302省道丰茂半岛接线工程，按二级公路标准，设计时速60千米，新建桥梁9座1511米、隧道4座950米，路基宽17米（含绿道），于2016年12月开工，2019年12月竣工投入使用；长1.36千米、投资1.09亿元的千黄高速威坪出口接线及配套工程，路基宽11米，于2019年3月开工，2020年4月贯通；占地面积26.8亩、投资3600万元的威坪客运中心新建项目，2019年8月23日正式开工，2020年9月底完工；长23.4千米、投资7.4亿元的省重点项目枫常线淳安段二级公路改建工程，2018年11月28日开工，2020年12月22日正式通车，一举打通了淳安南部的交通瓶颈，被誉为乡村振兴的示范工程；扛鼎之作是溧阳至宁德国家高速公路淳安段（“千黄高速”淳安段）工程，该项目路线全长51.47千米，设计时速80千米，双向4车道，概算投资95.27亿元，2016年12月28日举行配套工程先行启动实施，2017年9月27日正式开工，于2020年11月18日顺利通过交工验收，同年11月24日被中国公路学会命名为“最美绿色高速”，是全国首条在高速开通之前就被评为“最美”的高速公路，2020年12月22日，千黄高速全线通车，从此把上海、杭州西湖、淳安千岛湖、安徽黄山等“名城、名湖、名山”国际黄金旅游线通过高速公路串联起来（千岛湖到黄山仅需1小时），使我县交通正式步入了“两高时代”；同时，G330国道公路段至坪山段、千威线和郑鸠线提升改造、威前公路整治、G330国道坪山至淡竹段大中修及绿化提升等项目，也已于2020年内完工；长10.8千米、投资2.89亿元的屏三公路东方大桥至唐村段二级公路改建工程，于2019年8月动工，计划今年8月完成；全长39.03千米、总投资11亿元的G330国道千岛湖大桥至临歧段改建工程，其中一级公路4.865千米、二级公路34.165千米，新改建路段21.3千米、利用老路整治段17.73千米，已被列入浙江省“十四五”时期首批361个有效投资重大项目，于2021年3月17日集中开工，建成后将进一步推动本区域基本公共服务均等化，带动区块开发和沿线旅游业发展，为高水平打造“数智杭州·宜居天堂”，奋力展现“重要窗口”的“头雁风采”增添强劲动力。据统计，到2020年底，全县公路总里程已增至2862.271千米，其中高速公路65.618千米、国道公路89.777千米、省道公路29.264千米、县道公路721.913千米、乡道公路277.549千米、村道公路1678.15千米；有公路桥梁804座59705.6米、公路隧道143座87551.6米……

蓦然回首，已是60年一甲子。从懵懂少年记忆中的羊肠路、手推车、毛竹筏、箬篷船，到退休老者生活里的通衢大道、高铁、高客、豪华游轮，我见证了一场史诗级巨变：一座容量178亿立方米（相当于4个太湖、3000个杭州西湖)、年可发电20多亿千瓦时的巨湖，形成后使一个浙江省陆地面积最大且历史悠久、交通便捷、工商发达、经济繁荣的甲等县降为交通闭塞、经济萎缩的贫困县，工农业总产值一下子退回中华人民共和国成立初期的水平；但在中国共产党领导下，依靠社会主义制度的优越和自身努力奋斗，历经10年倒退、10年徘徊和40年的恢复发展，一步步脚踏实地建立起了水路、公路、铁路相对接的现代化交通体系，2019年全县经济总量实现254.5亿元，人均GDP为71088元，其中以“最美高铁”“最美高速”“最美公路”“最美绿道”为支柱的旅游经济总收入达231.93亿元，不能不说是一个奇迹。交通的发展推动了经济崛起，“四好农村路”更是百姓的致富路。相信经过《县域总体规划(2015—2030)》交通项目和“十四五”规划交通类投资的组织实施，淳安未来的路，必将更加通达、宽敞、平坦、亮丽，在“大路大富、快路快富、美路美富”中继续一马当先，为经济繁荣、生活宽裕、社会文明、人民幸福奠定坚实的基础。